诗词韵、格、谱集成

申忠信 编著

中国文史出版社
CHINA CULTURAL AND HISTORICAL PRESS

图书在版编目(CIP)数据

诗词韵、格、谱集成 / 申忠信编著. — 北京：中国
文史出版社，2023.6

ISBN 978－7－5205－4200－5

Ⅰ.①诗… Ⅱ.①申… Ⅲ.①诗词格律－基本知识－
中国 Ⅳ.①I207.21

中国国家版本馆 CIP 数据核字（2023）第 133567 号

责任编辑：詹红旗

出版发行：**中国文史出版社**
社　　　址：北京市海淀区西八里庄路 69 号　　　邮编：100142
电　　　话：010－81136606　81136602　81136603（发行部）
印　　　装：廊坊市海涛印刷有限公司
经　　　销：全国新华书店
开　　　本：787 毫米×960 毫米　1/16
印　　　张：22.5
字　　　数：230 千字
版　　　次：2024 年 1 月北京第 1 版
印　　　次：2024 年 1 月第 1 次印刷
定　　　价：68.00 元

前　言

　　近年来，随着国学的振兴，中国古典诗词爱好者越来越多。对于古典诗词，韵、平仄、句型、格式、词谱等都是特别重要的知识点。无论是从欣赏的角度还是从创作的角度来说，我们都不可避免地要经常地查一查诗韵、词韵，查一查某一词牌的词谱。对初学者来说，还要查一查格律诗的格式。为方便查阅这些知识点，特地把诗韵、词韵、格律诗的句型与格式以及常用词谱编纂到一起，形成了这部《诗词韵、格、谱集成》。这里收入的诗韵、词韵、格律诗的句型与格式、常用词谱等，并不是把原有的典籍简单、直接地收进来，而是通过对诗韵、词韵、格律诗的句型与格式以及常用词谱的深入研究，对其重新拣选，重新调整，该增加的内容增加，该减少的内容减少，该调整的内容根据知识点的自身规律和当代实际需要进行了调整。从而整理出诗韵、词韵、格律诗的格式，以及词谱的一个崭新的版本。其中《诗韵精选》以《诗韵合璧》为蓝本，去其生僻字，依据《集韵》酌加增补，收入常用韵字达 6333 个。韵目仍依平水韵之 106 韵排列。为方便查阅，将两韵或两韵以上兼收的字称为双韵字，加方括号以示区别。可以说，这部《诗韵精选》是当前收入常用字最多，单韵字与双韵字分列较为完善的一个版本。

　　《词林今韵（十七部）》依据《词林正韵》重新拣选，去其生僻字，增加了常用字。在分部上则依据唐宋名家名作之用韵，把《词林正韵》之十九部调整为十七部，即将《词林正韵》第十三部合入第六部，第十四部合入第七部。平上去声共十二部。入声五部不变，但序号改为第十三部至第十七部。《词林今韵（十七部）》之后附了"关于《词林今韵（十七部）》的说明"，对改为十七部之理由做了详细的阐述，供读者参阅。

当前，喜欢使用新韵的人也越来越多了。这里把《中华新韵（十四韵）简表》列于《诗韵精选》和《词林今韵（十七部）》之后，以方便新韵爱好者查阅。

《格律诗句型、格式一览》是把格律诗的句型、平仄、粘对、对仗等规律性的内容总结提炼出来，以固定的格式展现给读者。特别是对初学者更容易接受和理解，更容易查找和使用。

《常用词谱精选》是从唐宋词人优秀词作中精选出常用词牌180个，其谱以《全唐诗》和《全宋词》所载名家词作为准。谱中的句式、平仄，特别是可平可仄的依据更为充分和准确。填词者可以从中选取，进行填词创作。

编写这部《诗词韵、格、谱集成》的初衷就是为查阅诗韵、词韵、格律诗的格式以及词谱提供一个方便、实用的读本，免得在需要的时候东找西找，甚至查找时又觉得很麻烦。有了这本书，我们不管是要查找诗韵的某一个韵字，还是要查找词韵中的某一个韵字；不管是要查找格律诗的某一种格式，还是要查找某一个词牌的词谱，都可以简单快捷、随心所欲、信手拈来。希望本书能得到读者的喜爱，并在使用中提出宝贵意见。

申忠信

2022 年 8 月 28 日于牡丹江戏墨斋

总　目

目　　次

韵　典

诗　格

词　谱

附　录

韵　　典

☆诗韵精选

☆词林今韵（十七部）

　　附：关于《词林今韵（十七部）》的说明

☆中华新韵（十四韵）简表

诗 韵 精 选

　　本《诗韵精选》以《诗韵合璧》为蓝本，去其生僻字，收入韵字6333个。其中《诗韵合璧》未收入的常用字，依据《集韵》《古今韵会举要》等典籍酌加增补。与其他各典不一致处则视具体情况，或依《诗韵合璧》收入，或依各典加以补正。韵目仍依平水韵之106韵排列。为方便查阅，将两韵或两韵以上兼收的字称为双韵字，加方括号以示区别。

一、上平声

【一东】

东铜桐筒峒酮童僮潼曈瞳朣忠衶忡盅虫螽融终戎绒狨棕崇嵩崧菘芁蕻洪烘弓躬芎穹穷宫崆隆窿癃风枫疯工江红攻功蒙濛檬矇朦艨栊珑昽胧聋匆葱聪骢蓬篷通雄熊充彤鸿丛公翁嗡鬃沣酆[中][冲][衷][种][空][倥][悾][笼][砻][庞][曚][幪][鲖][恫][侗][同][術][曹][懵][梦][冯][泽][虹][总][逢][艟][丰][哄]

【二冬】

冬咚疼农侬浓哝脓秾醲宗踪琮悰容榕熔镕蓉龙茏龚舂蚣松忪淞枞峰蜂锋烽庸慵墉镛鳙佣痈噰饔凶讻匈胸邛筇蛩恭邕钟彤[冲]

[重][憧][橦][艟][从][纵][逢][缝][茸][供][淙][溶][汹][喁]
[雍][壅][淞][登][丰][封][葑]

【三江】

江茳扛杠矼缸豇泷龙邦梆桩逢双窗腔[降][泽][庞][撞][幢]
[橦][淙][悾][登]

【四支】

支吱枝岐歧肢之芝眵黟移簃垂陲卑碑裨脾郫陴奇埼崎琦畸欹
猗漪皮披疲知痴蜘踟驰池师狮蛳筛基其箕綦骐期欺淇棋祺琪蜞旗
麒斯澌撕厮词祠颐姬宧谁惟椎帷雌骓锥维潍罹丝兹滋慈磁嵫鹚鸶
鸥鹈而洏鲡鲋鳍耆蓍髻髭龇疵赀资咨粢瓷姿茨炊坻时诗持隋随危
厄栀蓠篱漓缡螭醨魑尾縻糜薇醾麋肌脂厘狸眉湄嵋楣郿笞怡饴贻
规窥夷姨痍丕伾邳祁芪衹祇泚胝禧嘻嬉僖熹熙罴羁伊咿虒篪妫沩
追迨逶痿萎蕤夔葵荽绥虽蚩嗤媸蝥蔾劙淄缁锱辎缌飔螺孜尸怩妮
呢墀宜仪悲辞疑亏羲曦私彝衰匙牺蟻蠃蜊娭貔枇纰毗蚍琵坯儿弥
霉鳙[吹][噫][遗][迟][迤][弛][施][陂][医][累][锤][篓][委]
[倭][仔][孳][比][仳][伎][偲][思][尼][居][丽][鹂][骊]
[酾][台][治][眙][睢][推][唯][差][嵯][氏][坻][椅][锜][刬]
[骑][踦][剂][荠][徙][莳][薪][解][槌][桦][庳][靡][鏖]
[犛][訾][觜][堕][机][饥][蛇][蟻][蠡][其][溅][涯][为]
[陂][离][璃][龟][司][嶷][馗][鵹][提][戏][褫][寅]

【五微】

微薇徽挥晖辉翚韦帏祎违闱围讥叽矶玑非霏扉绯腓圻沂祈颀
旂肥淝希晞稀威葳妃飞畿依巍归[菲][诽][蜚][痱][欷][狶]
[几][机][饥][衣][俟]

【六鱼】

鱼渔裾琚腒舒妤余徐狳蜍滁渠蕖诸猪潴储庐驴胪胥蔬梳虚墟歔璩蕖摅蛆疽菹趄雎锄闾桐栫初书舆袪祛[居][据][椐][屠][予][纾][且][苴][沮][狙][咀][如][茹][洳][于][淤][龉][衙][嘘][醵][车][誉][疏][除][与][欤][畬][肤][蹰][湑][粙]

【七虞】

虞吴娱蜈禺愚嵎髃隅刍雏趋无芜巫诬于吁盱纡竽迂盂邘都欋衢瞿戵需儒濡嚅襦须媭朱侏诛洙姝珠株殊铢蛛邾茱嵛渝愉瑜榆觎歈逾觎氀臾萸谀腴岖枢躯柎苻符夫芙扶肤蚨趺麸厨蹰拘驹劬胸谟摹模晡匍逋蒲敷辜沽姑菇枯蛄骷鸪胡湖猢瑚糊鹕葫醐酥酴途荼菰孤狐弧觚罛奴孥驽乎呼滹吾梧鼯徂殂租粗卢炉泸栌轳舻鲈鸬颅炉芦孚俘莩郛稃呜乌凫俱壶徒摹图毋苏夌雩洿刳[区][呕][驱][娄][偻][镂][蒌][芋][菟][莆][铺][酺][酤][俞][揄][喻][输][愈][龉][喁][呱][瓠][句][岣][枹][罦][桴][污][涂][屠][瞿][谀][褕][膜][瓿][于][帑][虪][懦][恶][阎][庑][跗]

【八齐】

蛴脐跻齑犁梨黎藜藜萋凄圭奎畦闺堤低羝啼蹄绨梯稊鹈鸡奚傒溪蹊鼷倪猊蜺鲵嘶西栖栖醯暌睽笄篦砒稽赍黳犀鼙迷携分乩[齐][挤][提][缇][醍][题][骊][鹂][嵲][螭][徯][氐][诋][批][鬄][螇][妻][璃][泥][缔][霓][渐][椑][稽]

【九佳】

佳淮鞋街睚崖牌阶皆偕谐喈揩俳排埋霾骸乖怀豺侪斋钗挨崴[娲][蜗][娃][哇][蛙][洼][涯][柴][差][楷][槐][荄]

【十灰】

灰诙恢盔偎隈煨回茴洄徊徘裴哀缞媒煤祺陪醅酶梅莓枚玫瑰魁雷罍堆崔催摧杯坏胚薹苔抬胎㤉邰鲐鳃腮该陔孩垓赅咳唉埃才材财来莱崃桅哉灾猜皑开呆颓[思][偲][傀][隗][槐][嵬][裁][栽][台][骀][推][悝][培][欸][脢][能][荄][颏][倈][毸]

【十一真】

真嗔禛瞋因茵姻洇骃裀氤辛莘新薪辰唇宸晨申伸神绅呻宾滨嫔缤槟邻粼璘辚鳞麟匀旬荀询恂峋洵珣昀郇秦溱溱榛蓁臻逡踆皴堙禋钧均筠珍春椿频苹濒颦银民珉岷笢缗伦沦轮驯肫窀纯淳醇鹑巡遵旻斌赟贫臣人仁身巾彬尘陈津循纫闽闉矞[嶙][磷][瞵][湮][欯][甄][振][娠][抡][纶][屯][纯][垠][填][困][麇][亲][竣][寅][谆][惇][狺][泯][傧][鄞][琎][畛]

【十二文】

文纹蚊雯云芸妘纭耘焚棼芬棻汾纷豶雾氛氲煴君裙群军荤皲勤勋员郧熏薰曛獯醺芹昕欣筋豮[董][鄞][坟][垠][龈][闻][分][颁][员][贲][斤][听][殷][缊][麇][狺][薪]

【十三元】

元芫沅园原源嫄袁猿辕蕃幡璠燔膰蹯翻藩萱喧暄浑裈袢温辒瘟痕根跟轩尊樽蹲墩墪昏惛婚阍爰湲鹓鸳仑昆馄琨锟鹍鲲炖饨盆湓孙狲荪门扪掀鼋冤言魂存豚村烦埙坤垣昍恩吞蘩矾樊飧髡臀鞔[屯][纯][囤][圈][溷][论][抡][湲][媛][援][闷][怨][瞀][宛][蜿][奔][贲][喷][洹][狟][缊][蕰][蕴][繁][敦][惇][反][番][垠][颙][犍][獂][阮]

【十四寒】

寒箪殫郸竿杆玕肝奸刊邗骭安鞍兰拦栏丸纨汍芄峦栾滦鸾銮端湍姗珊跚蹒瞒颟顸官倌棺馒鳗盘槃磐瘢宽髋潘磻蟠完刓剜酸狻貛抟桓檀丹韩餐残阑襕团欢摊[单][弹][瘅][曼][蔓][谩][墁][漫][镘][难][滩][阑][澜][洹][狟][乾][干][汗][奸][叹][观][翰][看][冠][钻][羱][胖][弁][莞][坛][般][敦][繁][犴][奱][攒][揣]

【十五删】

删弯湾鬟鬓寰澴阛班斑环还闲娴鹇痫颁顽颜关蛮奸菅攀山鳏斓艰斓悭扳偄[屏][潺][般][殷][湲][潸][间][纶][擐][汕][患][颁][奸]

二、下平声

【一先】

前湔千芊阡迁跹戈笺玄弦痃舷船沿铅田畋坚贤阗滇颠癫巅巅肩捐娟涓鹃妍岍骈胼焉蔫嫣然燃边笾延筵涎蜓连莲涟鲢廛瀍躔婵蝉蠕蜷鬈拳篇偏编蹁鳊翩翾缏梗鞭鞯全荃筌诠佺拴栓铨痊专砖悛篇颛遄鸢鹓澶膻鳣邅椽橼宣揎瑄仙籼骞褰璇悬愆绵棉权天胭烟怜年眠渊鼍泉毡旃联镌川圆虔挛[先][佃][钿][单][禅][鄯][鲜][湮][甄][欤][犍][键][旋][漩][燕][煎][谝][扁][扇][煽][纯][缘][屏][潺][湲][浅][溅][钱][传][便][填][牵][研][员][穿][咽][零][平][卷][棬][蜎][骞][竣][纤][缠][阒][乾]

【二萧】

萧箫潇蟏蜩凋雕苕招怊弨昭轺貂韶龆岧髫迢超条枭撩獠寮尧荛哓峣饶骁浇蛲跷翘宵霄绡消硝销逍魈朝潮焦蕉谯憔樵鹪乔荞侨桥骄晁姚珧祧谣徭猺瑶鳐飖遥窑嫖幖膘瓢薸飘飙苗描猫枵鸮辽邀聊喓腰寥刁杓幺镳钊椒妖翛莜幧[肖][哨][蛸][摇][繇][鹞][佻][挑][洮][朓][铫][跳][侥][娆][桡][烧][娇][峤][轿][僚][嘹][潦][燎][镣][鹩][要][漂][摽][剽][劭][标][橇][夭][调][徼][嚣][彯][陶][鲦][料][僬][噍][廖][藨]

【三肴】

肴崤淆巢爻交茭洨蛟鲛郊包苞咆胞跑匏庖筲捎梢艄抄抓抛呶哮坳硗铙茅蝥嘲虓猇謷硇脬凹[佼][咬][姣][胶][筊][蛸][鞘][鄗][敲][泡][枹][炮][飑][刨][掊][唠][啁][教][嶅][謷][艽][鸼][窌][钞][剿]

【四豪】

豪壕嚎濠毫毛毷髦旄刀叨忉舠魛咷桃逃䕼曹嘈槽螬糟遭艚艘高蒿篙涛皋嗥槔翱遨敖嗷璈獒熬鳌螯慅搔骚羔糕萄掏绹淘匋醪慆滔韬臊尻缲猱弢褒袍牢饕捞痨蒋麈[劳][涝][唠][骜][謷][洮][挑][挠][裯][绸][缫][缲][操][号][陶][膏][氂][嚣][咎][漕][潦][芼][梼][焘]

【五歌】

歌哥多罗啰锣萝箩苛疴何诃阿呵珂柯河菏莎桫挲摩魔瘸坡波禾科蝌他佗陀驼柁跎酡讹靴莪俄哦娥蛾鹅骡螺皤皤鄱窝埚涡锅挪搓傞蹉踒矬痤窠鼍蓑唆梭婆戈囮[茄][枷][迦][逻][过][瑳][嵯][磋][瘥][峨][硪][砢][轲][荷][和][磨][娑][沱][那][哪]

[颇][拖][傩][么][番][驮][献][倭][髁][陂]

【六麻】

麻纱沙砂鲨裟袈加珈跏笳嘉痴牙芽呀鸦邪琊耶椰揶挝瓜宓爬巴芭笆琶吧耙疤葩夸奢拿佘赊嗟槎艖骅哗又杈枒桠楂渣查虾蟆葭霞瑕遐赮遮花茶家斜爷丫[娃][哇][洼][涯][蛙][蛇][蜗][娲][茄][枷][迦][衙][爹][哆][哑][咤][呱][华][桦][杷][畬][涂][污][溠][差][车][阇][苴][瘕][些][划]

【七阳】

阳场扬杨旸肠钖炀殇觞乡芗光洸胱香昌菖猖鲳闾章嫜樟漳獐璋彰鄣方芳坊枋肪钫鲂邡房唐塘搪溏糖螗戕斨妆装尝常棠裳堂镗螳蹚霜骦孀央殃秧鸯蔷墙嫱樯梁粱庄赃黄簧璜仓沧呛玱舱跄鸧瘡皇篁徨湟惶煌蝗艎隍遑凰囊襄骧穰镶瓤箱缃绗厢亡芒忙邙肓茫荒郎螂廊狂汪康慷糠冈钢纲刚匡筐洭眶良茛娘狼琅稂粮跟杭航苀伥姜羌蜣僵缰礓疆徜徉羊佯详洋祥翔庠床筹珰裆旁滂磅螃螯锵浆桑伤商昂帮臧[长][张][涨][苍][抢][枪][创][倘][趟][行][桁][桄][防][彷][妨][汤][炀][砀][飏][攘][穰][将][蒋][亢][吭][肮][颃][当][铛][锽][凉][泱][浪][潢][王][相][忘][望][偿][倡][强][庆][量][椰][丧][障][彭][藏][慌][阆][膀]

【八庚】

庚鹒赓虹氓盲绷棚亨烹英瑛苹伻抨坪枰砰怦怔钲京惊琼劻明萌莹甍莺萦濙营荥嵘蝾生笙牲甥鲸黥衡蘅宏纮翃闳泓苘硁罂缨撄撄璎樱鹦鸣争筝峥峥铮狰菁清情晴睛蜻精鲭祊旌盈楹赢嬴籯瀛贞桢祯赪成城诚郕呈程醒柽蛏名洺浜兵枨枡姘拼撑瞠盯粳羹觥荆兄卿擎耕薨晶声倾饧簧伶珩铿轰訇橙蕻澎膨彭坑[平][评][正][征][行][桁][搒][榜][横][更][彭][盟][莹][檠][迎][盛][轻]

[令][并][枪][丁][侦][顷][裎][猩][狰][铠][锽][趱]

【九青】

青泾陉形邢刑硎铏型亭葶停婷渟苧咛仃汀叮玎厅疔星惺腥灵
棂苓岺伶泠玲铃聆蛉羚舲龄囹翎鸰瓴瓶帡冥螟荥荧萤萍垌肩馨霆
醽酃俜铭[廷][莛][蜓][庭][宁][丁][钉][町][溟][暝][瞑][蓂]
[经][猩][醒][零][听][屏][娉]

【十蒸】

蒸承丞症惩登簦澄菱陵凌绫崚鲮棱楞膺鹰绳蝇誊塍腾滕滕藤
朋崩鬃鹏曾罾僧增缯憎噌矰芿仍扔礽弘肱薨冰升兢矜灯姮恒层
[胜][縢][冯][凝][烝][应][乘][兴][征][徵][称][能][堋][凭]
[蹭][镫][蹬]

【十一尤】

尤优忧疣莸由抽油蚰鲉邮流琉旒硫鎏整镠璆樛瘳榴骝游蝣酋
猷遒輶鞦秋啾楸鳅愁鹙鸠仇修脩攸悠牛牟侔眸蛑蟊矛柔揉周惆稠
州洲酬舟俦帱踌休髹貅鸺床囚泅求俅球赇裘述浮蜉侯篌猴
喉缑糇讴抠鸥瓯喽搂楼蝼髅骰投耰鄋诌邹罘沟钩斞兜篼刘羞雠
丘邱蚯虬谋陬偷头幽彪哀篝呦阄飕搜锼廋麀[区][呕][沤][欧]
[留][溜][馏][遛][瘤][娄][偻][蒌][薮][篓][调][绸][啁][裯]
[叟][溲][诹][鳅][揪][掊][揄][缪][戮][蹂][鞣][罘][桴][枹]
[枸][句][售][噍][咻][涷][浏][湫][梼][帱][鲦][飕][芁][馗]
[收][不][驺][卤][龟][督][犹][髟][柚][妯][鸼]

【十二侵】

侵骎寻浔鲟林森霖淋琳郴今衿芩琴岑涔衾禽擒檎谌斟音愔歆

壬淫霪箴忱砧心钦嵚襟金针阴琛[任][妊][椹][湛][沉][深][浸]
[祲][镡][蟫][吟][黔][临][禁][暗][参][篸][荫]

【十三覃】

覃潭谭昙骖毵含贪盦聃耽龛戡堪坩俗谈郯痰甘坩泔柑蚶酣邯
苷糁蓝篮南男谙鹌庵涵岚蚕惭儋婪[镡][蟫][醰][淦][湛][澹]
[楠][函][参][眈][酰][三][担][探][坛][憨][颔][篸][弇]

【十四盐】

詹谵幨檐瞻禅蟾兼鬑谦嫌缣磏鲢鹣廉镰蠊拈沾鲇黏觇霑金签
鼓淹腌阉阎奸髯蚺恢恬惉湉甜钳钤尖佥潜添炎暹帘[盐][占]
[苫][阽][店][纤][锨][严][兼][砭][渐][黔][楠][崦]

【十五咸】

咸缄搀馋凡衫杉岩衔芟鹌喃[巉][镵][谗][函][监][嵌][搀]
[锨][严][帆][髟]

三、上声

【一董】

董懂蓊螉嗊动孔汞捅桶蠓拢[侗][洞][幪][曚][总][笼][空]
[倥][偬][惷][琫]

【二肿】

肿宠陇垄奉捧拥甬俑涌蛹踊勇恿怂耸拱栱珙冢悚竦踵氄巩
[溶][汹][种][雍][茸][重][恐][鲖]

【三讲】

讲港棒蚌项缿耩[玤]

【四纸】

纸舐枳轵咫诡娓跪技妓庋麂庀匕姒秕止芷址沚祉耻趾齿此紫
嘴倚绮旖旎尔你玺迩耳弭旨指第姊秭宄氿轨甌市柿恃峙痔己芑
圮屺杞纪已巳汜祀洍鲔籹籽子李枲矢雉癸揆以苡似拟姒史驶俚娌
理鲤士仕侈矣涘诔耜迤彼徙俾婢梓滓是毁髓蕙蕊豕冢搥视美兕水
喜蟢嚭痞鄙篚畧死履垒趾起羋舣[莛][屣][弛][迤][匜][氏][坻]
[抵][砥][底][靡][庳][髀][剞][掎][椅][锜][踦][跂][伎]
[仔][傀][使][俟][仳][比][泚][觜][訾][里][悝][委][累][褫]
[箠][揣][企][否][蚁][始][崴][哆][唯][被][岿][酾][几][机]
[珥][只][微][耒]

【五尾】

尾娓扆苇伟玮炜韪悱棐斐匪篚榧鬼虮岂唏[菲][诽][蜚][蚁]
[虺][卉][几][豨][纬]

【六语】

圉圄敔吕莒侣耜旅脊苎伫绪贮抒杼序渚绪楮褚煮许杵巨苣拒
炬钜距阻俎龃举榉叙淑汝暑鼠黍醑虏所础屿墅[语][龉][衙][予]
[纾][苴][诅][沮][咀][女][茹][著][与][敔][处][糈][湑][楚]
[去][御][讵][柜]

【七麌】

羽诩栩禹瑀踽麌抚妩怃庾腐腑俯府拊鼓瞽虒虎琥古罟估诂岵

怙牯祜股殁蛊簠土杜肚主拄柱麈普谱户沪扈午仵浒努弩坞甫浦辅脯黼溥组祖鲁橹堵赌睹五伍缕褛婺寠宇武鹉父斧釜滏伛侮舞卤乳补竖妈姥部矩[虡][蒌][篓][偻][潆][嵝][数][苦][酤][枸][蒟][莽][雨][贾][吐][树][煦][莆][圃][咻][取][剖][愈][怒][炷][雇][迕][簿][庑][聚]

【八荠】

米澧鳢醴牴邸陛弟礼体启棨[荠][挤][济][氏][诋][坻][抵][柢][砥][底][娣][递][涕][悌][泥][洗][泚][蠡][髀][溪][缇][醍][眯][稽]

【九蟹】

蟹獬澥买荬骇奶摆拐矮锴[解][洒][楷][罢][夥]

【十贿】

贿蓓倍给殆怠迨馁猥亥毒每海垲恺凯闿改浼傀待睬彩罪宰醢蕾璀乃腿磊[诒][骀][嵬][傀][隗][悔][采][在][载][铠][礌][鼐][欸][颏][汇][琲]

【十一轸】

轸胗疹敏允狁陨殒闵悯绋蚓尹窘肾脤尽忍愍准隼笋哂牝蠢紧篹缜稹菌[诊][畛][赈][蜃][引][盾][泯][纯][吮][朕][囷][黾][嶙]

【十二吻】

吻刎谨槿粉愤挥卺韫[坋][忿][坟][抆][揾][蕰][蕴][隐][听][近][堇][瑾][殷][齗]

【十三阮】

挽晚坂返偃螞鼹郾忖悃捆阃绲混棍辊焜很恳垦撙鲧苑婉琬踠
幰本笨损衮滚稳畚沌烜[阮][远][反][阪][饭][宛][菀][浣][畹]
[蜿][盾][遁][堰][鄢][蹇][囤][圈][绻][巘][龈][娩][懑]
[鳟]

【十四旱】

旱秆罕缓暖管琯坦袒满趱浣脘碗伞短款诞瞳纂徼懒亶[馆]
[盥][卵][散][断][伴][但][侃][算][瓒][悍][懑]

【十五潸】

限板版钣眼盏划产浐铲简赧柬皖[潸][拣][撰][绾][栈][莞]
[阪][孱]

【十六铣】

铣筅跣践典腆犬畎免冕勉辩辨瓣篆笕岘泫铉碝褊匾泂狝
茧蒇藓剪翦辇软沔演充窗喘展显謇舛戬件琏墡鳝殄燹癣阐隽撰
[善][遣][缱][转][辗][碾][选][洗][浅][饯][栈][钱][键][搴]
[蹇][宴][狷][蚬][蜎][蜓][衍][卷][眄][扁][谝][谳][巘][鲜]
[吮][麤][跰][黾][娩][变][璇]

【十七篠】

篠沼绍杪秒眇渺缈缥鳔缭瞭皎皦育窈窕兆旐悄愀小表鸟茑袅
了扰晓杳窅矫嬲藐淼肇斿赵[侥][绕][娆][娇][佻][眺][挑][掉]
[摽][嫖][少][蓼][湫][标][夭][僚][燎][缴][剿][藤]

【十八巧】

巧饱鲍卯昴泖狡绞铰爪搅吵炒[挠][拗][茆][佼][咬][姣][笅]

【十九皓】

皓浩皞皂澡藻璪早草枣考拷栲老栳恼脑瑙杲昊滈槁稿镐保葆褓堡岛捣鸨宝道稻讨嫂颢灏袄蚤媪抱[缟][部][涝][潦][好][造][倒][祷][扫][埽][缲][缫][夭][懊]

【二十哿】

哿可砢舸婀娜果裸蜾颗襄朵垛舵椠火伙我琐锁妥臝蓏回左爸祸脞弹[坷][轲][荷][砢][硪][峨][堕][惰][跛][颇][簸][哆][沱][傩][坐][那][哪][么][夥][瘅][卵][娑][爹][揣][拖][瑳]

【二十一马】

马玛者赭踝痄野寡剐社写冶也她扯傻厦鰕槚惹喏姐耍雅睲[假][瘕][哑][哆][泻][洒][下][夏][贾][舍][若][且][妊][髁][打][把][鲊][瓦]

【二十二养】

痒象像橡奖桨敞氅仿纺昉党谠漭蟒曩滉幌网罔惘辋魍魉丈柱掌赏嗓磉颡谎怳恍鞅朗昶沆驵响想爽享襁鲞壤往厂莽馕[养][泱][快][慌][广][圹][挡][抢][苍][莽][蒋][彷][傥][倘][仰][仗][杖][榔][榜][膀][强][攘][荡][两][攘][盎][长][涨][上][吭][吭][脏][帑][晃][奘]

【二十三梗】

梗埂绠哽鲠景憬璟影冷岭领颈颖颖丙炳郢皿猛艋蜢靖静饼省

售境幸倖悻警永井骋逞整瘿杏秉耿苟矿冏[请][婧][靓][并][屏][顷][犷][猙][黾][檠][郉][裎][打][儆][阱]

【二十四迥】

迥泂炯伫挺梃珽铤艇颈酊酪茗到等鼎顶肯拯謦婷[町][汀][溟][醒][莛][并][诇][胫]

【二十五有】

酉酒口抖蚪苟笱狗久玖羑丑扭纽忸钮偶耦藕薮擞莠诱肘纣绺纠赳陡手朽柳友受腠牖阜九帚亩舅臼韭牡缶黝耇糗某母拇殴垢郈叩滫[有][右][后][否][咎][培][剖][瓿][掊][扣][篓][搂][嵝][走][取][掫][鲋][守][嗾][叟][溲][绶][首][厚][蹂][狃][卣][岣][枸][浏][茆][寿][斗][吼][欧][呕][妇][姆][负][灸][服]

【二十六寝】

寝锓锦罧葚荏饪恁怎谂稔审婶禀廪懔凛沈品[噤][甚][椹][枕][衽][朕][饮]

【二十七感】

感撼揽览榄敢橄惨糁黪菼菡胆坎毯掭昝罱[桛][錾][澹][颔][喊][晻][眈][醰][嵌][赣]

【二十八俭】

俭捡检脸睑险陕奄崦掩罨冉苒芡谄玷点觇嫌琰刬染篼贬俨魇闪[猃][敛][激][渐][歉][魇][忝][崦][晻][弇][焰]

【二十九豏】

豏减碱犯范槛舰斩黯[湛][掺][阚][喊][滥][歉][巉]

四、去声

【一送】

送弄哢冻栋凤讽众瓮贡痛仲粽恸控鞚赗葼[同][洞][恫][衕][梦][中][衷][空][哄][幪][砻][瞢][偬][凇][赣][戆]

【二宋】

宋统综讼颂用诵俸疭共[供][从][纵][封][葑][重][种][缝][雍][恐]

【三绛】

绛巷[降][洚][淙][撞][憧][幢][艟][哄][虹][戆]

【四寘】

寘寄寐至轾致笥伺嗣饲饵刵馈匮帜炽备畀痹秘毖庇挚贽鸷四驷泗利莉痢痣志忌怼恚意惎次恣懿弃异记试谊诿寺侍义议位莅遂隧燧邃鼻劓惴瑞臂避譬詈置萃翠悴粹醉瘁芰忮豉翅愧魅谥缢稚穗穊冀骥季悸睡泪自洎字牸示祟啻砦喂嗜肆肄屃赑厕赐勚贰腻戴地事吏器伪智类媚坠二诐帔觊渍糒鞴[诒][治][始][眙][眯][睢][眦][柴][晒][思][累][蒉][篑][掎][骑][吹][咥][识][织][积][值][埴][植][柜][槌][迟][遗][跂][踬][跸][跛][陂][被][其][澌][刺][戏][使][易][帅][食][暨][比][觯][荔][莳][薏][彗][企][为][责][谇][屣][锤][岿][施][庳][司][里][瑟][泌][珥][出][欬][亟][孳]

【五未】

未味气饩讳畏胃谓渭猬狒费贵翡慰魏毅既[髴][沸][汇][溉][暨][尉][蔚][苇][诽][痱][卉][衣][忾][欷][纬]

【六御】

箸翥署薯曙倨锯踞豫预蓣澦遽觑絮恕庶虑瘀助驭饫[御][去][胠][女][如][茹][沏][沮][诅][狙][据][椐][淤][处][著][与][欤][疏][语][酿][除][楚][嘘][讵][誉]

【七遇】

遇寓赋赂辂路潞露璐鹭固痼锢铸镀渡库裤务雾布怖忤募墓暮慕蠹蛀住注驻驸付附鲋阼祚祔裕捂悟晤寤捕哺傅赙措醋酗互冱柜鹜婺娶姹妪妒护戽具飓惧愫嗉素屡缕澍溯塑腧谕误诉讣赴趣步兔故顾戍绔孺[厝][怒][恶][胯][瓠][铺][醐][圃][瞿][雇][属][苦][酤][句][煦][蒟][吐][咮][喻][俞][输][足][仆][作][芋][获][菟][树][度][数][鹜][聚][污][驱][雨][炷][迕][妇][负][副][富][跗]

【八霁】

霁脐岁剔制蓟薤艺呓蕙惠螼慧憩盼睨睥睇剃第逝势誓砌砺厉蛎励疠敝蔽弊算羿翳帝蒂褅谛计诣谜髢髻帨税锐屉戾喙隶棣桂筮噬嚏芮汭枘偈稗薜嬖踶鳀细继例俪袂禊滞漷世卫币际婿媲虮毙裔系替脆睿霓曳赘瘈[齐][挤][济][剂][娣][涕][悌][递][说][蜕][泥][泄][贳][蹶][鳜][偈][揭][挨][丽][契][祭][闭][缀][缔][彗][柢][达][逮][掣][妻][眯][眦][题][粝][离][荔][轪][切][哲][裼][医]

【九泰】

泰会荟侩浍绘桧脍郐赖籁濑癞贝狈沛霈蔼太汰带外旆蔡害最艾兑丐柰[大][奈][轪][盖][粝][蜕][酹][狯][哕]

【十卦】

卦挂诖懈廨邂迈劢虿戒诫械介芥玠疥瘵夬快拜湃债败呗哙喟喝隘卖派怪坏界薤懈稗届惫砦寨聩[杀][铩][夬][箦][喝][噫][嗌][话][晒][眦][瘥][画][瀣][解][祭][狯][价][块][衩]

【十一队】

队内爱暖瑗碍倅淬碎晬晦海溃愦辈代玳岱贷袋黛妹昧睐赍肺慨概乂刈对耐戴襶褙吠啄碍碚佩退懯态秒菜废配块焙背再赛邶[栽][载][裁][孛][悖][忾][悔][脢][勍][欬][溉][瀣][塞][逮][敦][铠][在][琲][瑁][碏][酹][倈][采][北][淬][啐][韣][块][未]

【十二震】

震闰润慎镇刃仞轫物韧鬓摈殡殉徇晋缙搢瑨馑觐蔺躏俊峻骏浚畯舜瞬荩烬赆遴讯汛迅进吝信印阵顺衅胤椿憃仅认衬疢趁[振][娠][赈][蜃][磷][瞵][诊][谆][傧][填][班][瑾][引][亲][龀]

【十三问】

问运酝晕郓郡捃汶紊韵粪奋偾愠焜靳训釁[分][坋][忿][斤][近][缊][蕰][蕴][扢][员][隐][闻]

【十四愿】

愿巽噀建健茛恨褪寸困宪劝券钝逊嫩贩畈垈楦诨[揾][远]

[遁][绻][圈][溷][论][闷][怨][懑][饭][献][曼][蔓][喷][奔]
[敦][涴][畹][堰][媛][瑗][键][焌][鳟][万][顿]

【十五翰】

旰矸扞按案岸炭半泮绊畔骭判叛诨涫瀚汉涣奂换唤焕赞灌瓘
罐鹳粲璨埤捍焊惋腕寁揎段缎锻乱旦玩烂贯爨幔灿惮蒜嗲裸豢
[翰][干][汗][骭][悍][难][滩][谰][澜][谩][墁][漫][镘][缦]
[叹][观][断][散][算][冠][弹][看][钻][胖][伴][但][侃][馆]
[晏][盥][瓒][攒]

【十六谏】

谏涧铜裥襻涮汕疝扮盼嫚慢惯雁赝宦办豢串苋绽幻篡孪卝瓣
[缦][谩][讪][栈][栅][患][间][晏][绾][骭][擐][羼]

【十七霰】

霰见现砚线线缮膳鄯鄄练炼绚绢罥暝眩炫卞汴忭彦谚谴茜荐
唁啭颤擅嬗掾殿面县变箭战贱院电甸眷倦羡奠骗遍恋钏片淀靛楝
嬿馔[传][转][辗][碾][研][趼][先][选][煎][燕][咽][穿][宴]
[堰][弁][媛][瑗][援][拣][撰][佃][钿][遣][缱][眄][瞑][饯]
[溅][便][倩][瑑][缘][缠][单][禅][扇][煽][蚬][狷][旋][漩]
[酃][牵][善][瑱][衍][卷][倦][讠谦]

【十八啸】

啸叫噭召诏邵照曜耀俏诮峭票骠僄裱庙疗笑窍妙钓眺尿窠醮
[僬][噍][敫][徼][绕][烧][朓][铫][跳][嘹][镽][鹩][鹞][摇]
[掉][摽][剽][漂][慓][要][劭][调][吊][少][料][娇][轿][肖]
[哨][鞘][约][爝]

【十九效】

效珓校孝酵罩淖棹衳靮疱闹豹貌窖稍笊[较][胶][教][桡][爆][拗][乐][觉][敲][泡][炮][趵][刨][窌][钞]

【二十号】

噪燥躁诰郜靠糙耗牦到报菢帽导盗灶奥懊悼犒蹈傲嫪暴套臑[号][告][造][暴][瀑][劳][涝][潦][漕][隩][澳][燠][冒][瑁][帱][祷][煰][缟][膏][操][好][纛][弩][倒][凿][扫][埽][耄][眊]

【二十一箇】

箇个莝挫锉座贺货做佐饿课糯唾播破卧剁[大][奈][驮][坷][轲][磋][磨][瘅][作][那][些][过][逻][和][簸][坐][惰][懦][髁][涴]

【二十二祃】

祃骂驾架谢榭嫁稼亚娅乍诈诧侘傞讶砑迓灞柘靶化夜暇赦蔗罅跨麝怕卸坝鹧汉嗄[妷][咤][价][假][借][蜡][藉][把][杷][华][桦][下][吓][罢][夏][霸][炙][舍][射][胯][贳][泻][溠][差][话][衩][帕][鲊][瓦]

【二十三漾】

漾恙样壮状帐胀怅怆恨酿旷纩圹旺放舫访让诳谅谤傍况贶嶂瘴伉抗炕向饷唱畅葬匠尚酱鬯亮妄宕[荡][汤][炀][砀][飏][长][张][涨][亢][吭][颃][防][妨][快][盎][行][桁][桄][相][杖][仗][仰][偿][傥][倡][当][挡][榜][掠][凉][阆][浪][潢][上][望][将][晃][量][障][藏][养][王][丧][两][忘][广][创][脏][奘]

【二十四敬】

敬政姓性泳咏净诤竟猄镜柄病郑迸摒命圣映晟劲竞孟聘硬帧夏[请][倩][婧][靓][盛][盟][榜][横][评][诇][正][证][令][行][庆][更][迎][轻][并][侦][儆][邴][檠][娉][阱][趟]

【二十五径】

径定碇锭嶝磴瞪凳蹭赠甏订钉磬罄縢邓孕滢剩佞亘[经][胫][廷][庭][应][听][胜][乘][称][莹][证][兴][宁][泞][醒][钉][镫][蹬][暝][烝][凭][凝][珊]

【二十六宥】

宥侑候堠就僦鹫秀绣锈透奏凑辏腠狄狩戊茂宙岫袖貅胄臭嗅嗽漱漏佑豆饾腅逗籀贸购构菁媾觏遘诟姤逅谬鹨疚枢绉皱瘦袤糅楙酎寇究窦箍簌授兽陋昼旧救幼瘦咒瞉骤鳌燠又鲨蔻厩耨[畜][留][溜][馏][遛][瘤][右][扣][后][售][柚][辐][副][富][复][覆][蹂][鞣][瞀][蔟][嗾][味][吼][狃][犹][守][宿][宄][仆][伏][绶][缪][廖][楼][镂][走][繇][首][句][呕][收][厚][读][寿][斗][有][囿][姆][灸]

【二十七沁】

沁渗譖谶鸩赁窨闯妗[枕][酖][沉][深][禁][噤][吟][暗][任][妊][衽][褉][浸][饮][临][甚][荫]

【二十八勘】

勘磡啖淡暂绀缬憾瞰暗[憨][阚][淦][錾][滥][澹][担][探][三][赣][参][醂][嵌]

【二十九艳】

艳滟念埝验殓赡韂垫堑坫店俺僭窆酽掞厌餍[猃][剑][敛][潋][占][苫][阽][痁][欠][椠][砭][盐][兼][忝][焰][焱]

【三十陷】

陷鉴梵忏赚蘸站泛[监][帆][剑][镟][阚][谗][欠]

五、入声

【一屋】

屋木沐霂竹竺筑箛簇族镞目苜腹蝮蝠蝠福禄碌殽毂穀觳孰塾熟鹿簏麓漉辘菊掬鞠麴逐轴舳牧犊渎椟牍黩粥鬻育淯叔菽淑卜扑萩簌速觫榍枘祝蹙茯洑濮蹴醭薁昱蓿缩穆秃谷肉陆肃骕鹔六哭蓄搐滀独睦魁矗蹴谡毓凤彧倏髑曝[幅][辐][副][匐][暴][瀑][蓼][缪][戮][复][覆][隩][澳][燠][俶][伏][仆][朴][柚][妯][宿][读][畜][鹜][恧][蔌][菔][服][毂][郁][囿][涑][碡][啄][煜]

【二沃】

沃鋈烛触录箓篆绿渌逯醁酷誉梏牿鹄鹆欲俗浴峪辱蓐缛溽褥郦蜀蠋躅躅局续牍玉曲粟狱束促嘱瞩旭顼幞笃督瘃勖毒丁[足][属][矗][告][仆][碡]

【三觉】

角桷确浞捉娖卓倬诼涿琢椓学嵭雹壳悫擢濯偓渥握幄喔龌齷嚣珏璞榷岳朔槊搦搊斲剥趵驳浊镯荦兒邈[觉][乐][朴][数]

[爆][觳][较][药][趵][皰][督][眣][啄]

【四质】

质锧日驲鸷桎郅庢室窒实密蜜必铋镒谥溢漆膝疾蒺嫉悉蟋蟀率聿律失佚轶泆秩栗溧溧篥毕荜筚笔吉佶诘姞恤怵秫术述逸逷鹬潏橘枻七叱一乙壹黜弼虱戌昵佾臂匹[出][苗][侄][咥][蛭][芯][瑟][泌][汩][踤][蹎][卒][捽][崒][崒][轶][唧][帅][尼][拮][焌]

【五物】

物勿芴茀弗佛刜拂怫绋绂钹祓黻屈倔崛乞仡屹迄讫诎熨欻黦[尉][蔚][茀][菀][沸][髴][艴][掘][厥][郁][不][吃]

【六月】

月谒蝎羯歇没殁伐筏垡阀阏蕨撅橛劂突窣猝饽脖鹁勃渤笏忽淴惚纥矻兀杌扤矹窟堀曰骨发讷粤罚钺樾[厥][蹶][鱖][孛][悖][汩][滑][讦][越][卒][捽][崒][鹘][哰][呐][掘][揭][猲][碣][竭][凸][刖][核][阕][艴][袜][顿]

【七曷】

曷葛渴褐鞨鹖遏末沫抹秣眊括活阔阆挞拶挶捺撮钹跋魃拨泼被褐笪妲怛割豁钵脱夺萨辣斡剌瘌[拔][掇][剟][喝][猲][獭][阏][越][鹘][适][袜][呐][达][粝][磕][蘖]

【八黠】

黠秸劼扎札轧戛嘎刮刹刷捌揠八叭朳唽察菝猾狭辖瞎煞[杀][铩][滑][鹘][鹘][拔][刖][苗][獭][颉][帕]

【九屑】

屑节疖别列冽洌裂烈杰蕝热亵结洁桔穴窃彻决诀抉玦缺觖撇瞥餮鳖楔锲挈絜垤绖羹悦阅阋捏涅陧铁跌迭㤦篾蔑蠛撷缬撤澈辙辍啜惙绁媟揲渫薛孽蘖折浙哲蜇舌呐啮噎臬桀设谲雪绝血灭拽拙劣餐孑铏截[偈][揭][碣][竭][侄][哐][蛭][掇][缀][剟][讦][说][嗽][茁][茶][芾][蕖][颉][拮][批][抶][橇][泄][咽][切][掣][契][凸][闭][轶][皙][霓]

【十药】

博搏缚膊铸薄欂礴各骆洛络恪珞烙硌略酪貉落阁雒雀霍藿攉膇嫛篗懩攫镬蠖爵嚼郝㫛郭廓勺芍妁灼酌铎择箨箬诺都萼谔崿愕腭锷鳄鄂鹗鹤鹊确错粕泊箔绰烁铄跃蹯鞏樟漳镈瘄怍昨酢迮虐谑噱斫柝壑亚噩弱蒻却脚幕扩托削橐钥龠瀹亳涸疟镢糈[药][约][莫][膜][昔][厝][作][柞][著][踱][恶][乐][栎][轹][跞][若][凿][掠][度][获][格][酿][魄][鄗][敫][缴][拓][焯][簿][索]

【十一陌】

陌百貊客喀骼白伯拍柏珀舶帛迫赤赫亦奕弈迹役疫碧石祏跖骶磔硕额译泽驿择绎怿峄释辟僻擗擘檗檗襞癖脊崎踖鹊瘠责箦帻帻碛赜厄扼轭隔嗝槅膈翮舄潟掖腋场蜴掴帼蝈摭蹠夕汐宅岁窄蚱胙掷踯郤惜籍策逆脉席戟麦册尺隙屐剧益斥坼拆谪虢爽袜螫貘蟆绤蓦[昔][借][腊][藉][柞][栅][核][格][魄][积][画][易][适][摘][蹢][射][炙][翟][舂][鬲][鲫][吓][哑][嗌][划][刺][莫][霸][霹][获][只][笮][索][革]

【十二锡】

锡惕踢剔历沥呖枥疬苈雳劈壁甓绩嫡滴镝析淅晰蜥皙狄荻逖的

茐砾阅阒觅觌汩涤溺幂寂击笛敌激檄籴鹔鷡戚迪郦倜[焱][摘][蹢]
[適][霹][霓][翟][鬲][耆][吊][吃][栎][轹][踉][裼][蓂][俶]

【十三职】

职力仂肋勒黑默墨息熄则侧测恻弋式拭拭栻轼或域棫蜮惑阈
敕棘匿慝亿忆臆仄昃克翊翌翼殛啬濇穑饬饰蚀洫湜国色极得德贼
刻直殖特稷即陟抑愎幅淢逼踣[值][埴][植][幅][副][匐][识]
[织][唧][鲫][食][北][塞][劾][冒][螣][嶷][菔][薏][恧][亟]
[万][革]

【十四缉】

缉揖辑葺戢溅立笠泣粒邑挹浥悒给卅廿十什汁及岌芨伋级汲
吸执蛰絷翕熠褶霅湿涩集急入习袭隰[唈][笈][圾][歙][煜][拾]
[楫]

【十五合】

合蛤鸽颔塔搭褡嗒答盒盍溘嗑榼瞌阖塌蹋榻遏邂遝拉垃纳衲
沓踏跶靸飒杂匝潝卅衕[唈][喝][盖][磕][腊][蜡][圾][拓]

【十六叶】

叶帖贴谍堞喋蝶蹀鲽屟倢捷婕睫荚侠挟浃铗蛱颊页惬箧晔烨
聂摄嗫嵲惬镊蹑鬣蹑躞妾接捻惬叠氉涉协勰靥辄猎奢[魇][霎]
[荼][笈][筴][箑][喋][歙][楫][拾]

【十七洽】

洽恰袷祫夹狭峡硖郏法怯劫蛱胁甲押狎呷胛柙鸭匣闸业邺插
锸歃乏眨压掐劄[喝][喋][筴][箑][霎]

词林今韵(十七部)

一、为满足广大词家和爱好者的需要，依据《词林正韵》重新拣选，辑成本编，为与其他版本区别，故称《词林今韵（十七部）》。

二、《词林正韵》未收入的常用字，依据其他典籍酌加增补。与其他各典不一致处则视具体情况，或依《词林正韵》收入，或依各典加以补正。

三、本《词林今韵》分部改为十七部。将《词林正韵》第十三部合入第六部，第十四部合入第七部。平上去声共十二部。入声五部不变，但序号改为第十三部至第十七部。改为十七部之理由主要基于两点：一是所合并韵部内之各韵，在《词林正韵》（十九部）出现之前的宋人词中就已通用；二是所合并韵部内之各韵的韵母基本相同或相近，合并后更切合现今实际。相关内容，可参阅本编附"关于《词林今韵（十七部）》的说明"。

四、为方便查阅，将两韵或两韵以上兼收的字称为双韵字，加方括号以示区别。

第一部

平声：一东二冬通用

【一东】东铜桐筒峒酮童僮潼瞳曈朣忠翀忡盅虫螽融终戎绒狨棕崇

嵩崧菘芃蒐洪烘弓躬芎穹穷宫崆隆窿癃风枫疯工讧红攻功蒙濛檬
曚朦朦棚珑咙昽胧聋叨葱聪骢蓬篷通雄熊充彤鸿丛公翁嗡鬃沣酆
[中][冲][衷][种][空][倥][悾][笼][砻][庞][曚][檬][鲖]
[恫][侗][同][衕][酱][憕][梦][冯][浲][虹][总][逢][艟][丰]
[哄]

【二冬】冬咚疼农侬浓哝脓秾醲宗踪琮惊容榕熔镕蓉龙茏龚春蚣松
忪淞枞峰蜂锋烽庸慵墉镛鳙佣痈噰饔凶讻匈胸邛筇蚣恭邕钟彤
[冲][重][憧][橦][艟][从][纵][逢][缝][茸][供][淙][溶][汹]
[喁][雍][壅][淞][蹱][丰][封][葑]

　　仄声：上声一董二肿
　　　　去声一送二宋通用

【一董】董懂蓊塕唪动孔汞捅桶蠓拢[侗][洞][幪][曚][总][笼]
[空][倥][傯][憕][珥]

【二肿】肿宠陇垄奉捧拥甬俑涌蛹踊勇恿怂耸拱栱珙冗冢悚竦踵氄
巩[溶][汹][种][壅][茸][重][恐][鲖]

【一送】送弄哢冻栋风讽众瓮贡痛仲粽恸控鞚懵蕹[同][洞][恫]
[衕][梦][中][衷][空][哄][幪][砻][酱][傯][淞][赣][戆]

【二宋】宋统综讼颂用诵俸疯共[供][从][纵][封][葑][重][种]
[缝][雍][恐]

第二部

　　平声：三江七阳通用

【三江】江茳扛杠矼缸豇泷龙邦梆桩逄双窗腔[降][浲][庞][撞]
[幢][橦][淙][悾][蹱]

【七阳】阳场扬杨旸肠钖疡殇觞乡芗光洸胱香昌菖猖鲳闾章嫜樟漳獐璋彰鄣方芳坊枋舫钫鲂邡房唐塘搪溏糖螗戕牂妆装尝常棠裳堂铛螳蹚霜骦孀央殃秧鸯薔墙嫱樯梁粱庄赃黄簧璜仓沧呛玱舱跄鸧疮皇篁徨湟惶煌蝗艎隍遑凰囊襄骧禳镶瓢箱湘缃厢亡芒忙邙肓茫荒郎螂廊狂汪康慷糠冈钢纲刚匡筐洭眶良茛娘狼琅稂粮踉杭航苌怅姜羌蜣僵缰礓疆徜徉羊佯详洋祥翔牚床筼玚裆旁滂磅螃蟊锵浆桑伤商昂帮臧[长][张][涨][苍][抢][枪][创][倘][趟][行][桁][枕][防][彷][妨][汤][炀][砀][飏][攘][穰][将][蒋][亢][吭][肮][颃][当][铛][锽][凉][泱][浪][潢][王][相][忘][望][偿][倡][强][庆][量][椰][丧][障][彭][藏][慌][闯][膀]

> 仄声：上声三讲二十二养
> 　　　去声三绛二十三漾通用

【三讲】讲港棒蚌项蛶耩[玤]

【二十二养】痒象像橡奖桨敞氅仿纺昉党谠漭蟒曩滉幌网罔惘辋魍魉丈枉掌赏嗓磉颡谎怳恍鞅朗昶沉俎响想爽享襁鲞壤往厂莽饷[养][泱][怏][慌][广][犷][挡][抢][苍][莽][蒋][彷][傥][倘][仰][仗][杖][椰][榜][膀][强][穰][荡][两][攘][盎][长][涨][上][吭][肮][脏][帑][晃][奘]

【三绛】绛巷[降][洚][淙][撞][幢][幢][艟][哄][虹][戆]

【二十三漾】漾恙样壮状帐胀怅怆悢酿圹纩旷旺放舫访让诳谅谤傍况贶嶂瘴伉抗炕向饷唱畅葬匠尚酱鄙亮妄宕[荡][汤][炀][砀][飏][长][张][涨][亢][吭][颃][防][妨][怏][盎][行][桁][枕][相][杖][仗][仰][偿][傥][倡][当][挡][榜][掠][凉][闯][浪][潢][上][望][将][晃][量][障][藏][养][王][丧][两][忘][广][创][脏][奘]

第三部

平声：四支五微八齐十灰（半）通用

【四支】支吱枝岐歧肢之芝眵黟移簃垂陲卑碑裨脾郫陴奇埼崎琦畸敧猗漪皮披疲知痴蜘跢驰池师狮蛳筛基其箕綦骐期欺淇棋祺琪蜞旗麒斯澌撕厮词祠颐姬宧谁惟椎帷雌骓锥维潍罹丝兹滋慈磁嵫鹚鸶鸥鹈而洏鲥鲋鳍耆蓍鬐髭魮疵赀资咨粢瓷姿茨炊坻时诗持隋随危厄栀蓠篱漓缡螭醨魑尾糜縻蘼醿糜肌脂厘狸眉湄嵋楣郿笞怡饴贻规窥夷姨痍丕伾邳祁芪衹祇泜胝禧嘻嬉僖熹熙罴羁伊咿虒篪妫沩追逵逶痿葰蕤夔葵荽绥虽虵嗤媸鷈藜劙淄缁锱辎缌飔嫘孜尸怩妮呢墀宜仪悲辞疑亏羲曦私彝哀匙牺蟻嬴蜊娭貔枇纰毗蚍琵圮儿弥霉鼒[吹][噫][遗][迟][迤][虵][施][匦][医][累][锤][箠][委][倭][仔][挐][比][化][伎][偲][思][尼][居][丽][鹂][骊][醿][台][治][眙][睢][推][唯][差][嵯][氏][坻][椅][锜][剞][骑][踦][剂][荠][莛][莳][薪][觯][槌][椑][庳][靡][鹙][蝥][訾][觜][堕][机][饥][蛇][蟻][蠡][其][澌][涯][为][陂][离][璃][龟][司][嶷][馗][鏊][提][戏][禠][寅]

【五微】微薇徽挥晖辉翚韦帏祎违闱围讥叽矶玑非霏扉绯腓圻沂祈颀旂肥淝希晞稀威葳妃飞畿依巍归[菲][诽][萤][痱][欷][豨][几][机][饥][衣][俟]

【八齐】蛴脐跻齑犁梨黎藜蔾萋凄圭奎畦闺邦堤低羝啼蹄绨梯稊鹈鸡奚傒溪蹊鼷倪猊蜺鲵嘶西栖栖醯暌睽笄篦砒嵇赍黄犀鼙迷携兮乩[齐][挤][提][缇][醍][题][骊][鹂][巂][蜺][谿][氏][诋][批][蠡][鏊][妻][璃][泥][缔][霓][澌][椑][稽]

【十灰】灰诙恢偎隈煨回苘洄徊徘裴媒禖煤陪酶酶梅莓坯胚杯桅枚玫瑰魁雷罍堆崔催摧盉颓缞[傀][隗][槐][嵬][推][培][悝]

[脢][朏]

仄声：上声四纸五尾八荠十贿（半）
　　　去声四寘五未八霁九泰（半）
　　　十一队（半）通用

【四纸】纸舐枳轵咫诡姽跪技妓庋麂庀匕姒秕止芷址沚祉耻趾齿此紫嘴倚绮旖旎尔你玺迤耳弭旨指第姊秭宄氿轨匦市柿恃峙時痔己芑圮屺杞纪已巳汜祀洧鲔籽子李枲矢雉癸揆以苡似拟姒史驶俚娌理鲤士仕侈矣浼诔耔逦彼徙俾婢梓滓是毁髓蕊豸豕捶视美兕水喜蟢齈痞鄙簋暑死履垒趾起半舣[莼][屣][弛][迤][匜][氏][坻][抵][砥][底][靡][庳][髀][剞][掎][椅][锜][踦][跂][伎][仔][傀][使][俟][舭][比][沘][觜][訾][里][悝][委][累][褫][箠][揣][企][否][蚁][始][嶲][哆][唯][被][狷][酾][几][机][坭][只][徵][沬]

【五尾】尾娓亹韪伟玮炜韡悱棐斐匪篚榧鬼虺岂唏[菲][诽][蜚][蚁][朏][卉][几][狶][纬]

【八荠】米澧鳢醴牴邸陛弟礼体启棨[荠][挤][济][氐][诋][坻][抵][柢][砥][底][娣][递][涕][悌][泥][洗][泚][蠡][髀][溪][缇][醍][眯][稽]

【十贿】贿馁猥每磊儡罪倍蓓蕾璀腿浼[傀][隗][嵬][琲][悔][汇][磊][诒]

【四寘】寘寄寐至轻致笥伺嗣饲饵刵馈匮帜炽备界痹秘毖庇挚贽鸷四驷泗利莉痢志忌怼恚意甚次恣懿弃异记试谊逮寺侍义议位莅遂隧燧邃鼻剿惴瑞臂避譬詈置萃翠悴粹醉痤芰技鼓翅愧魅谥缢稚穗溉冀骥季悸睡泪自洎字牸示崇啻辔喂嗜肆肄贠赑厕赐勚贰腻裁地事吏器伪智类媚坠二诐帔觊渍精辔[诒][治][始][眙][眯][睢][眦][柴][晒][思][累][黉][簀][掎][骑][吹][喹][识][织]

[积][值][埴][植][柜][槌][迟][遗][跂][颐][踔][跛][陂][被]
[其][澌][刺][戏][使][易][帅][食][暨][比][觯][荔][莳][薏]
[彗][企][为][贲][译][屣][锤][岂][施][庳][司][里][瑟][泌]
[珥][出][欪][巫][挈]

【五未】未味气饩讳畏胃谓渭猬狒费贵翡慰魏毅既[髴][沸][汇]
[溉][暨][尉][蔚][芾][诽][靟][卉][衣][忾][欷][纬]

【八霁】霁唪岁剦制蓟薤艺呓蕙惠螮慧憩盼睨睥睇剃第逝势誓砌砺
厉蛎励疠敝蔽弊算羿翳帝蒂裼谛计诣谜髢髻悦税锐屁庆唳隶棣桂
筮噬嚏芮汭枘儝稦薜嬖踶鲲细继例俪袂褉滞濞世卫币际婿媲觑毙
裔系替脆睿氃曳赘瘵[齐][挤][济][剂][娣][涕][悌][递][说]
[蜕][泥][泄][贳][蹶][鳜][偈][揭][掕][丽][契][祭][闭][缀]
[缔][彗][柢][达][逮][掣][妻][睐][眦][题][粝][离][荔][轪]
[切][哲][裼][医]

【九泰】会荟侩绘桧脍贝狈沛霈旆外最兑[蜕][粝][哕][狯][酹]

【十一队】队内倅淬碎晬昧妹晦诲溃愦辈肺乂刈对吠喙佩退秽废配
焙背碚憝邶[译][啐][字][悖][悔][痗][琲][瑁][敦][北][耒]
[濻][礌][酹]

第四部

平声：六鱼七虞通用

【六鱼】鱼渔裾琚腒舒好余徐狳蜍滁渠蕖诸猪潴储庐驴胪胥蔬梳虚
墟歔璩籧摅蛆疽萡趄雎锄闾桐樗初书舆祛袪[居][据][椐][屠]
[予][纾][且][苴][沮][狙][咀][如][茹][洳][于][淤][龉][徐]
[嘘][醵][车][誉][疏][除][与][欤][畲][胠][蹰][湑][糈]

【七虞】虞吴娱蜈禺愚嵎髃隅刍雏趋无芜巫诬于吁盱纡竽迂盂邘都
欋衢瞿戵需儒濡嚅襦须嬃朱侏诛洙姝珠株殊铢蛛邾茱襐渝愉瑜榆

觎歈逾毹氍臾萸谀腴岖枢躯柎苻符夫芙扶肤蚨趺麸厨蹰拘驹劬朐谟嫫模晡匍逋蒲敷辜沽姑菇枯蛄骷鸪胡湖猢瑚糊鹕葫醐酥酴途荼菰孤狐弧觚罛奴孥驽乎呼滹吾梧鼯徂殂租粗卢垆泸栌轳舻鲈鸬颅炉芦孚俘莩郛稃呜乌凫俱壶徒摹图毋苏殳雩洿刳[区][呕][驱][娄][溇][镂][蒌][芋][菟][莆][铺][酺][酤][俞][揄][喻][输][愈][龉][喁][呱][瓠][句][岣][枹][罦][桴][污][涂][屠][瞿][诹][裯][膜][瓿][于][帑][麌][懦][恶][阇][庑][跗]

仄声：上声六语七麌通用
去声六御七遇通用

【六语】圉圄敔吕莒侣稆旅膂苎伫纻贮抒杼序渚绪楮褚煮许杵巨苣拒炬钜距阻俎龃举榉叙溆汝暑鼠黍醑虡所础屿墅[语][龉][衙][予][纾][苴][诅][沮][咀][女][茹][著][与][驭][处][糈][湑][楚][去][御][讵][柜]

【七麌】羽诩栩禹瑀踽龋抚妩怃庾腐腑俯府拊鼓瞽虏虎琥古罟估诂岵怙牯祜股羖蛊簠土杜肚主拄柱麈普谱户沪扈午仵浒努弩坞甫浦辅脯黼溥组祖鲁橹堵赌睹五伍缕褛窭窳宇武鹉父斧釜滏伛侮舞卤乳补竖妈姥部矩[麌][蒌][篓][偻][溇][嵝][数][苦][酤][枸][蒟][莽][雨][贾][吐][树][煦][莆][圃][咻][取][剖][愈][怒][炷][雇][迕][簿][庑][聚]

【六御】箸翥署薯曙倨锯踞豫预蓣滪遽觑絮恕庶虑瘀助驭饫[御][去][胠][女][如][茹][洳][沮][诅][狙][据][椐][淤][处][著][与][欤][疏][语][醵][除][楚][嘘][讵][誉]

【七遇】遇寓赋赂辂路潞露璐鹭固痼锢铸镀渡库裤务雾布怖忤募墓暮慕蠹蛀住注驻驸付附鲋阼胙祚裕捂悟晤寤捕哺傅赙措醋酗互冱枑骛婺娶姹妪妒护戽具飓惧愫嗉素屦履澍溯塑腧谕误诉讣赴趣步兔故顾戍绔孺[唐][怒][恶][胯][瓠][铺][酺][圃][瞿][雇]

[属][苦][酤][句][煦][蒟][吐][昧][喻][俞][输][足][仆][作]
[芋][获][菟][树][度][数][骛][聚][污][驱][雨][炷][连][妇]
[负][副][富][跗]

第五部

平声：九佳(半)十灰(半)通用

【九佳】佳淮鞋街睚崖牌阶皆偕谐喈揩俳排埋霾骸乖怀豺侪斋钗挨崖[柴][差][涯][楷][槐][荄]

【十灰】臺苔抬胎炱邰鲐腮鳃该孩垓陔赅咳唉埃才材财来崍莱哉灾猜哀皑开呆[裁][栽][台][骀][荄][颏][欸][倈][能][思][偲]

仄声：上声九蟹十贿(半)

去声九泰(半)十卦(半)

十一队(半)通用

【九蟹】蟹獬澥买荬骇奶摆拐矮锴[解][洒][楷][罢][夥]

【十贿】给殆怠迨恺垲凯闿睬彩亥海毐改待宰醢乃[欸][颏][采][在][载][铠][骀][鼐]

【九泰】泰赖籁濑癞霭蔼蔡艾太汰浍郐带外害丐柰[大][钛][奈][盖]

【十卦】懈廨邂戒诫械介芥玠界疥瘵夬快怪拜湃澫迈虿债败呗喟哙嘬鍦卖派坏薤稗届忿韅寨聩砦[黉][篑][杀][铩][喝][噫][嗌][晒][价][块][祭][解][濭][眦][瘥][狯][衩]

【十一队】爱暖瑷碍代玳岱贷袋黛睐赉慨概耐戴襶褦硍态菜埭再赛[栽][裁][载][欸][勑][采][块][在][忾][溉][塞][逮][鼐][铠][倈]

第六部

平声：十一真十二文十三元(半)
十二侵通用

【十一真】真嗔禛瞋因茵姻洇骃裀氤辛莘新薪辰唇宸晨申伸神绅呻宾滨嫔缤槟邻粼璘辚鳞麟匀旬荀询恂峋洵珣畇郇秦蓁溱榛螓臻逡踆皴堙禋钧均筠珍春椿频苹濒颦银民珉岷笢缗伦沦轮驯肫窀莼淳醇鹑巡遵旻斌赟贫臣人仁身巾彬尘陈津循纫闽豳贇[嶙][磷][瞵][湮][鼘][甄][振][娠][抡][纶][屯][纯][垠][填][闲][麇][亲][竣][寅][谆][惇][狺][泯][傧][鄞][琎][畛]

【十二文】文纹蚊雯云芸妘纭耘焚棼芬棻汾纷龄雰氛氲煴君裙群军荤皲勤勋溃郧熏薰曛獯醺芹昕欣筋豮[堇][鄞][坟][垠][龈][闻][分][颁][员][贲][斤][听][殷][缊][麇][狺][蕲]

【十三元】浑裈温辒瘟尊樽蹲墩暾昏惛婚阍昆琨锟鹍鲲馄饨炖盆溢根跟痕孙荪狲门扪魂存豚村坤恩吞飧仑髡臀[屯][纯][囤][论][抡][贲][喷][缊][蕰][蕴][惇][敦][奔][垠][溷][闷]

【十二侵】侵骎寻浔鲟林森霖淋琳郴今衿芩琴岑涔衾禽擒檎谌斟音愔歆壬淫霪箴忱砧心钦嵚襟金针阴琛[任][妊][椹][湛][沉][深][浸][祲][镡][蟫][吟][黔][临][禁][喑][参][簪][荫]

仄声：上声十一轸十二吻
十三阮(半)二十六寝
去声十二震十三问十四愿(半)
二十七沁通用

【十一轸】轸胗疹敏允狁陨殒闵悯纼蚓尹窘肾脤尽忍愍准隼笋哂牝

蠢紧篦缰积楯菌[诊][畛][赈][蜃][引][盾][泯][纯][吮][朕]
[困][黾][嶙]

【十二吻】吻刎谨槿粉愤恽荅韫[坋][忿][坟][抆][搵][蕴][蕴]
[隐][听][近][董][瑾][殷][龇]

【十三阮】悃捆阃混棍绲焜辊撙鲧很恳垦衮滚本笨沌忖损稳畚[囷]
[蔥][盾][遁][龈][鳟]

【二十六寝】寝锓锦蕈荏饪恁怎谂稔审婶禀廪憬凛沈品[噤][甚]
[椹][枕][衽][朕][饮]

【十二震】震闰润慎镇刃仞轫牣韧鬓摈殡殉徇晋缙搢瑨馑觐蔺躏俊
峻骏浚畯舜瞬荩烬赆遴讯汛迅进吝信印阵顺衅胤楝愁仅认衬疢趁
[振][娠][赈][蜃][磷][瞵][诊][谆][傧][填][玜][瑾][引]
[亲][龇]

【十三问】问运酝晕郓郡捃汶絜韵粪奋偾愠焮靳训墁[分][坋]
[忿][斤][近][缊][蕴][蕴][抆][员][隐][闻]

【十四愿】巽噗艮恨褪寸困钝逊嫩叁诨[蔥][喷][顿][遁][溷]
[论][敦][搵][奔][焌][闷][鳟]

【二十七沁】沁渗潜黪鸩赁窨闯妗[枕][酰][沉][深][禁][噤]
[吟][暗][任][妊][衽][禙][浸][饮][临][甚][荫]

第七部

平声：十三元(半)十四寒
　　　十五删一先十三覃
　　　十四盐十五咸通用

【十三元】元沅芫鼋园原源嫄袁猿辕蕃幡燔璠膰蹯翻藩萱喧暄轩爰
谖鸳鹓掀冤言矾烦坱垣晅樊袢繁鞬[湲][媛][援][怨][蛮][宛]

[蜿][洹][貆][阮][顝][繁][番][反][键][猭][圈]

【十四寒】寒箪殚郸竿杆玕肝奸刊邗骬安鞍兰拦栏丸纨汍芄峦栾滦鸾峦端湍姗珊跚蹒瞒颟顸官倌棺馒鳗盘槃磐瘢宽髋潘磻蟠完刓剜酸狻獾抟桓檀丹韩餐残阑襕团欢摊[单][弹][瘅][曼][蔓][谩][墁][漫][镘][难][滩][阑][澜][洹][貆][乾][干][汗][奸][叹][观][翰][看][冠][钻][猭][胖][弁][莞][坛][般][敦][繁][智][变][攒][揣]

【十五删】删弯湾鬘饕寰澴阛班斑环还闲娴鹇痫颁顽颜关蛮奻菅攀山鳏鳊艰斓悭扳傆[屏][潺][般][殷][湲][潸][间][纶][擐][汕][患][颁][奸]

【一先】前湔千芊阡迁跹戈笺玄弦蚿舷船沿铅田畋坚贤阗滇颠癫巅颧肩捐娟涓鹃妍岍骈胼焉蔫嫣然燃边笾延筵涎蜓连莲涟鲢廛澶躔婵蝉蠕蜷鬈拳篇偏编蹁鳊翩翾缏梗鞭鞯全苓笒诠佺拴栓铨痊专砖悛篅颛遄鸟鸢澶膻鳣邅椽橼宣揎瑄仙籼骞褰璇悬愆绵棉权天朒烟怜年眠渊蠲泉毡旃联镌川圆虔挛[先][佃][钿][单][禅][鄢][鲜][湮][甄][欤][犍][键][旋][漩][燕][煎][犏][扁][扇][煽][纯][缘][屏][潺][湲][浅][溅][钱][传][便][填][牵][研][员][穿][咽][零][平][卷][倦][蜎][搴][埈][纤][缠][阒][乾]

【十三覃】覃潭谭昙骖毵含贪盦聃耽毚戡堪坍倓谈郯痰甘坩泔柑蚶酣邯苷襜蓝篮南男谙鹌庵涵岚蚕惭儋婪[镡][蟫][醰][淦][湛][澹][楠][函][参][眈][酖][三][担][探][坛][憨][颔][簪][弇]

【十四盐】詹谵檐櫩瞻襜蟾兼鳒谦嫌缣砭鲢鹣廉镰蠊拈沾鲇黏觇霑金签鉩淹腌阉阎歼髯蛳忺恹恬湉甜钳钤尖佥潜添炎暹帘[盐][占][苫][阽][店][纤][锨][严][兼][砭][渐][黔][楠][崦]

【十五咸】咸缄搀馋凡衫杉岩衔芟鹐喃[巉][镵][谗][函][监][嵌][掺][锨][严][帆][髟]

仄声：上声十三阮(半)十四旱
十五潸十六铣二十七感
二十八俭二十九豏
去声十四愿(半)十五翰
十六谏十七霰二十八勘
二十九艳三十陷通用

【十三阮】晚挽坂返偃蝘郾苑婉琬踠烜巘幰[阮][远][反][饭]
[阪][宛][菀][畹][蜿][浣][绻][圈][堰][鄢][娩][蹇][巚]

【十四旱】旱秆罕缓暖管琯坦袒满趱浣脘碗伞短款诞疃纂偬懒亶
[馆][盥][卵][散][断][伴][但][侃][算][瓒][悍][懑]

【十五潸】限板版钣眼盏划产浐铲简赧柬皖[潸][拣][撰][绾]
[栈][莞][阪][孱]

【十六铣】铣筅跣践典腆犬畎免冕勉辩辨辫篆筧岘泫铉碘褊匾涴缅
勔狝茧蘚剪翦辇软沔演兖衮喘展显謇舛戬件琏墡鳝畛燹癣阐隽
撚[善][遣][缱][转][辗][碾][选][洗][浅][饯][栈][钱][键]
[挛][蹇][宴][狷][蚬][蜎][蜓][衍][卷][眄][扁][褊][谳][巘]
[鲜][吮][齴][趼][黾][娩][变][瑑]

【二十七感】感撼揽览槛敢橄惨糁黪菼菡胆坎毯揿俺喺[槊][錾]
[澹][颔][喊][晻][眈][醮][嵌][赣]

【二十八俭】俭捡检脸睑险陕奄埯掩罨冉苒芡谄玷点跕嗛琰剡箪
贬俨广闪[狡][敛][溓][渐][歉][魇][忝][埯][弇][弇][焰]

【二十九豏】豏减碱犯范槛舰斩黯[湛][掺][阚][喊][滥][歉][巉]

【十四愿】愿建健贩畈宪劝券楗[媛][瑗][远][圈][怨][饭][献]
[曼][蔓][绻][堰][键][浣][畹][万]

【十五翰】旰矸扞按案岸炭半泮绊畔鞶判叛诞涫瀚汉涣奂换唤焕赞
灌瓘罐鹳粲璨埠捍焊惋腕窜擀段缎锻乱旦玩烂贯爨幔灿惮蒜嗲裸

豪[翰][干][汗][骭][悍][难][滩][谰][澜][谩][墁][漫][镘][缦][叹][观][断][散][算][冠][弹][看][钻][胖][伴][但][侃][馆][晏][盥][瓒][攒]

【十六谏】谏涧铜裥襻潸汕疝扮盼嫚慢惯雁赝宦办豢串苋绽幻篡孪卉瓣[缦][谩][汕][栈][栅][患][间][晏][绾][骭][擐][羼]

【十七霰】霰见现砚线线缮膳鄯鄄练炼绚绢罥晛眩炫卞汴忭彦谚谳茜荐啨啭颤擅嬗掾殿面县变箭战贱院电甸眷倦羡奠骗遍恋钏片淀靛栋嬿馔[传][转][辗][碾][研][跰][先][选][煎][燕][咽][穿][宴][堰][弁][媛][瑗][援][栋][撰][佃][钿][遣][缱][眄][眠][饯][溅][便][倩][瑑][缘][缠][单][禅][扇][煽][蚬][狷][旋][漩][蟮][牵][善][填][衍][卷][倦][谳]

【二十八勘】勘磡啖淡暂绀缆憾瞰暗[憨][阚][淦][錾][滥][儋][担][探][三][赣][参][醂][嵌]

【二十九艳】艳觇忝掭验猃赡鳡垫堑站店俺僭窆酽掞厌餍[猃][剑][敛][潋][占][苫][阽][痁][欠][椠][砭][盐][兼][忝][焰][焱]

【三十陷】陷鉴梵忏赚蘸站泛[监][帆][剑][镵][阚][馋][欠]

第八部

平声：二萧三肴四豪通用

【二萧】萧箫潇蟏蛸凋雕苕招佋弨昭轺貂韶䫆岧髫迢超条枭撩獠寮尧茭哓峣饶骁浇蛲跷翘宵霄绡消硝销逍魈朝潮焦蕉谯憔樵鹪乔荞侨桥骄骁姚佻桃谣徭猺瑶鳐飘遥窅嫖幖膘瓢薸飘飙苗描猫枵鸮辽邀聊喽腰寥刁杓幺镳钊椒妖鲦莜獟标[肖][哨][蛸][摇][繇][鹞][佻][挑][洮][朓][铫][跳][佻][娆][桡][烧][娇][峤][轿][僚][嘹][潦][燎][镣][鹩][要][漂][摽][剽][劋][标][標][夭][调][微][嚣][髟][陶][鲦][料][僬][嘹][廖][蔗]

【三肴】肴崤淆巢爻交茭洨蛟鲛郊包苞咆胞跑匏庖筲捎梢艄抄抓抛
呶哮坳硗铙茅蛮嘲虓猇聱硇脬凹[佼][咬][姣][胶][筊][蛸]
[鞘][鄗][敲][泡][枹][炮][咆][刨][掊][唠][啁][教][犦][謷]
[尤][鹩][窅][钞][剿]

【四豪】豪壕嚎濠毫毛牦髦旄刀叨忉舠魛咷桃逃鼗曹嘈槽螬糟遭醩
艘高蒿篙涛皋嗥槔翱遨敖嗷璈獒熬螯鳌慅搔骚羔糕萄掏绹淘醄醪
慆滔韬臊尻绦猱犮褒袍牢饕捞痨薅麚[劳][涝][唠][螯][謷]
[洮][挑][挠][裯][绸][缲][缫][操][号]陶[膏][氂][嚣][咎]
[漕][潦][芼][梼][桑]

仄声：上声十七筱十八巧十九皓
去声十八啸十九效二十号通用

【十七筱】筱沼绍杪秒眇渺缈缥鳔缭瞭皎皦窅窈宨兆旐悄愀小表鸟
茑袅了扰晓杳舀矫嬲藐淼肇殍赵[侥][绕][娆][娇][佻][朓]
[挑][掉][摽][慓][少][蓼][湫][标][夭][僚][燎][缴][剿][蔍]

【十八巧】巧饱鲍卯昴泖狡绞铰爪搅吵炒[挠][拗][茆][佼][咬]
[姣][筊]

【十九皓】皓浩皞皂澡藻璪早草枣考拷栲老栳恼脑瑙呆昊滈槁稿镐
保葆褓堡岛捣鸨宝道稻讨嫂颢灏袄蚤媪抱[缟][鄗][涝][潦]
[好][造][倒][祷][扫][埽][缫][缫][夭][燠]

【十八啸】啸叫噭召诏邵照曜耀俏诮峭票骠偠裱庙疗笑窍妙钓眺尿
祟醮[僬][噍][敫][徼][绕][烧][朓][铫][跳][嘹][镣][鹩]
[鹞][摇][掉][摽][剽][漂][慓][要][劭][调][吊][少][料][峤]
[轿][肖][哨][鞘][约][爝]

【十九效】效佼校孝酵罩淖棹袎靿疱闹豹貌窖稍筲[较][胶][教]
[桡][爆][拗][乐][觉][敲][泡][炮][趵][刨][窅][钞]

【二十号】傲燥躁诰郜靠糙耗耄到报菢帽导盗灶奥懊悼槁蹈傲嫪帛

套臊[号][告][造][暴][瀑][劳][涝][潦][漕][隩][澳][燠][冒][瑁][畴][祷][套][缟][膏][操][好][纛][婺][倒][凿][扫][埽][芼][眊]

第九部

平声：五歌独用

【五歌】歌哥多罗啰锣萝箩苛疴何诃阿呵珂柯河菏莎梭挲摩魔瘼坡波禾科蝌他佗陀驼柁跎酡讹靴莪俄哦娥蛾鹅骒螺蠡蟠鄱窝埚涡锅挪搓傞蹉蹉矬痤窠鼍蓑唆梭婆戈囮[茄][枷][迦][逻][过][瑳][嵯][磋][瘥][峨][硪][砢][轲][荷][和][磨][娑][沱][那][哪][颇][拖][傩][么][番][驮][献][倭][裸][陂]

仄声：上声二十哿
去声二十一箇通用

【二十哿】哿可砢舸婀娜果裸蜾颗裹朵垛舵椭火伙我琐锁妥蓏菠冋左爸祸脞亸[坷][轲][荷][砢][磋][峨][堕][惰][跛][颇][簸][哆][沱][傩][坐][那][哪][么][夥][瘅][卵][娑][爹][揣][拖][瑳]

【二十一箇】箇个垩挫锉座贺货做佐饿课糯唾播破卧刴[大][奈][驮][坷][轲][磋][磨][瘅][作][那][些][过][逻][和][簸][坐][惰][懦][裸][浣]

第十部

平声：九佳（半）六麻通用

【九佳】佳[娲][蜗][蛙][娃][哇][洼][涯]

【六麻】麻纱沙砂鲨裟袈加珈跏笳嘉痂牙芽呀鸦邪琊耶椰揶挝瓜窊爬巴芭笆琶吧耙疤葩夸奢拿佘赊嗟槎艖骅哗叉杈桠楂渣查虾蟆葭霞瑕遐蝦遮花茶家斜爷丫[娃][哇][洼][涯][蛙][蛇][蜗][娲][茄][枷][迦][衙][爹][哆][哑][咤][呱][华][桦][杷][畬][涂][污][溠][差][车][阇][苴][痕][些][划]

仄声：上声二十一马

去声十卦(半)二十二祃通用

【二十一马】马玛者赭踝痤野寡剐社写冶也她扯傻厦蹉槚惹喏姐耍雅睤[假][痕][哑][哆][泻][洒][下][夏][贾][舍][若][且][妊][髁][打][把][鲊][瓦]

【十卦】卦挂诖[话][画]

【二十二祃】祃骂驾架谢榭嫁稼亚娅乍诈诧侘偌讶砑迓灞柘靶化夜暇赦蔗罅跨麝怕卸坝鹧汉嗄[妊][咤][价][假][借][蜡][藉][把][杷][华][桦][下][吓][罢][夏][霸][炙][舍][射][胯][贯][泻][溠][差][话][衩][帕][鲊][瓦]

第十一部

平声：八庚九青十蒸通用

【八庚】庚鹒赓虻氓盲绷棚亨烹英瑛苹伻抨坪枰砰怦怔钲京惊琼勍明萌莹茕莺索濙营荣嵘蠑生笙牲甥鲸黥衡蘅宏纮翃闳泓茎硁罃婴缨嘤撄瓔樱鹦鸣争筝峥琤铮狞菁清情晴睛蜻精鲭祊旌盈楹嬴蠃籯瀛贞桢祯赪成城诚郕呈程酲柽蛏名洺浜兵枨枰妍拼撑瞠盯粳羹舣荆兄卿擎耕甍晶声倾铴黄伧珩铿轰訇橙薲澎膨蟛坑[平][评][正][征][行][桁][搒][榜][横][更][彭][盟][莹][檠][迎][盛][轻][令][并][枪][丁][侦][顷][裎][猩][狰][铛][锽][赪]

【九青】青泾陉形邢刑硎铏型亭葶停婷渟竛咛仃汀叮玎厅疗星惺腥灵棂苓笭伶冷玲铃聆蛉羚舲龄图翎鸰瓴瓶帡冥螟荥荧萤萍垌扃馨霆醽鄅偋铭[廷][莛][蜓][庭][宁][丁][钉][町][溟][暝][瞑][荚][经][猩][醒][零][听][屏][娉]

【十蒸】蒸承丞症惩登簦澄菱陵凌绫崚鲮棱楞膺鹰绳蝇誊腾滕滕藤朋崩犙鹏曾罾僧增缯噌憎磳熷芿仍扔礽弘肱薨冰升竞矜灯姮恒层[胜][腾][冯][凝][烝][应][乘][兴][征][徵][称][能][堋][凭][蕾][镫][蹬]

仄声：上声二十三梗二十四迥
　　　去声二十四敬二十五径通用

【二十三梗】梗埂绠哽鲠景憬璟影冷岭领颈颖颕丙炳郱皿猛艋蜢靖静饼省耇塇幸倖悻警永井骋逞整瘿杏秉耿苘矿囧[请][婧][靓][并][屏][顷][扩][挣][龟][檠][邴][裎][打][儆][阱]

【二十四迥】迥泂炯侹挺梃涎铤艇颋酊酩茗到等鼎顶肯拯謦婷[町][汀][溟][醒][莛][并][调][胫]

【二十四敬】敬政姓性泳咏净净竟猄镜柄病郑迸摒命圣映晟劲竞孟聘硬帧夐[请][倩][婧][靓][盛][盟][榜][横][评][词][正][证][令][行][庆][更][迎][轻][并][侦][儆][邴][檠][娉][阱][趟]

【二十五径】径定碇锭嶝磴瞪凳蹭赠甑订钉磬罄媵邓孕滢剩佞亘[经][胫][廷][庭][应][听][胜][乘][称][莹][证][兴][宁][汀][醒][钉][镫][蹬][暝][烝][凭][凝][堋]

第十二部

平声：十一尤独用

【十一尤】尤优忧疣莸由抽油蚰鲉邮流琉旒硫鎏鏊镠璆樛瘳榴骝

游蟒酉猷逌轴鞦秋啾楸鳅愁鹜鸠仇修脩攸牛牟侔眸蜉蟊矛柔
揉周惆稠州洲酬舟俦辀筹俦畴踌休髹貅鸺麻囚洇求俅球赇裘述
浮蜉侯筷猴喉缑糇讴抠鸥瓯喽搂楼蝼髅骰投檽鄹诌邹罘抔沟钩
軥兜筑刘羞雠丘邱蚯虬谋陬偷头幽彪哀篝呦阄飕搜锼庼廒[区]
[呕][沤][欧][留][溜][馏][遛][瘤][娄][偻][溇][蒌][篓]
[调][绸][惆][裯][叟][溲][诹][鳅][摗][掊][揄][缪][戮]
[蹂][鞣][罦][桴][枹][构][句][售][噍][啾][涷][浏][湫]
[梼][帱][鲦][飈][尤][馗][收][不][骝][卣][龟][瞀][犹]
[髟][柚][妯][鹃]

仄声：上声二十五有
　　　　去声二十六宥通用

【二十五有】酉酒口抖蚪苟筍狗久玖羑丑扭纽忸钮偶耦藕薮擞莠诱
肘纣绺纠赳陡手朽柳友受瞍牖阜九帚亩舅臼韭牡缶黝杳糇某母拇
殴垢郈叩滫[有][右][后][否][咎][培][剖][瓿][掊][扣][篓]
[溇][嵝][走][取][撒][鳅][守][嗾][叟][溲][绶][首][厚][蹂]
[狃][卣][岣][构][浏][茆][寿][斗][吼][欧][呕][妇][姆][负]
[灸][服]

【二十六宥】宥侑候堠就僦鹫秀绣锈透奏凑辏滕狄狩戊茂宙岫袖鼬
胄臭嗅嗽漱漏佑豆饾脰逗籀贸购构菁媾觏遘诟姤逅谬鹨疚枢绉皱
瘦裱糅懋酎寇究窦籀篍授兽陋昼旧救幼瘦咒縠骤骜懋又鲨蔻厩耨
[畜][留][溜][馏][遛][瘤][右][扣][后][售][柚][辐][副]
[富][复][覆][蹂][鞣][瞀][蔟][嗾][味][吼][狃][犹][守][宿]
[峁][仆][伏][绶][缪][廖][偻][镂][走][飈][首][句][沤][收]
[厚][读][寿][斗][有][囿][姆][灸]

第十三部

入声：一屋二沃通用

【一屋】屋木沐霂竹竺筑箙簇族镞目苜腹蝮馥蝠福禄碌穀縠縠縠孰塾熟鹿簏麓漉辘菊掬鞠麴逐轴舳牧犊渎栋牍默粥鬻育淯叔菽淑卜扑薂簌速觫斛槲棜祝蹙茯洑濮蹼醭奥昱蓿缩穆秃谷肉陆肃骕鹔六哭蓄揢滀独睦蚰矗蹴谡毓夙彧倏髑曝[幅][辐][副][匐][暴][瀑][蓼][缪][戮][复][覆][隩][澳][燠][傲][伏][仆][朴][柚][妯][宿][读][畜][鹜][恧][蔟][蔽][服][縠][郁][囿][涑][碌][啄][煜]

【二沃】沃鋈烛触录菉箓绿渌逯醁酷嚳梏牿鹄鹘欲俗浴峪辱蓐缛溽褥郦蜀蠋躅跼局纰赎玉曲粟狱束促嘱瞩旭顼幞笃督瘃勖毒丁[足][属][矗][告][仆][碡]

第十四部

入声：三觉十药通用

【三觉】角桷确浞捉娖卓倬诼涿琢斵学岿雹壳悫擢濯偓渥握幄喔龌龊嚣珏璞榷岳朔槊捔搦斲剥趵驳浊镯荦皃邈[觉][乐][朴][数][爆][縠][较][药][趵][炮][督][眈][啄]

【十药】博搏缚膊铸薄欂礴各骆洛络恪珞烙硌略酪貉落阁雒雀霍藿攉臛寠夔戄攫镬蠖爵嚼郝椁郭廓勺芍妁灼酌铎择箨箬诺都蕚谔崿愕腭锷鳄鄂鹗鹤鹊碏错粕泊箔绰烁铄跃蹑寞摸漠镆瘼作昨酢连虐谑嗃斫析椁凿歪噩弱蒻却脚幕扩托削橐钥龠瀹亳涸疟镢祚[药][约][莫][膜][昔][厝][作][柞][著][踏][恶][乐][栎][铄][跞][若]

[凿][掠][度][获][格][酿][魄][部][敫][缴][拓][爝][簿][索]

第十五部

入声：四质十一陌十二锡
　　　十三职十四缉通用

【四质】质锧日驲鸷栉郅庢室窒实密蜜必铋镒谧溢漆膝疾蒺嫉悉蟋
蟀率聿律失佚帙泆秩栗溧篥毕荜筚笔吉佶诘姞恤怵秫术述逸遹
鹬潏橘柿七叱一乙壹黜弼虱戌昵佾臂匹[出][茁][侄][咥][蛭]
[苾][瑟][泌][汨][跸][躓][卒][捽][崒][崒][轶][唧][帅][尼]
[拮][焌]

【十一陌】陌百貊客喀骼白伯拍柏珀舶帛迫赤赫亦奕弈迹役疫碧石
祏跖骷磔硕额译泽驿择绎怿峄释辟僻擗擘檗璧襞癖脊崭踖鹡瘠责
箦啧帻碛赜厄扼轭隔嗝槅膈翮舄潟掖液腋场蜴掴帼蝈摭蹠夕汐宅
歹窄蚱酢掷踯郤惜籍策逆脉席戟麦册尺隙屐剧益斥坼拆谪虢爽襫
蜇貘婳绤蓦[昔][借][腊][藉][柞][栅][核][格][魄][积][画]
[易][适][摘][蹢][射][炙][翟][舃][鬲][鲫][吓][哑][嗌][划]
[刺][莫][霸][霹][获][只][笮][索][革]

【十二锡】锡惕踢剔历沥呖枥疬苈霹劈壁甓绩嫡滴镝析淅晰蜥皙狄
荻逖的苖砾阋阒觅觌汨涤溺幂寂击笛敌激檄籴鹢鹝戚迪郦倜[焱]
[摘][蹢][适][霹][霓][翟][鬲][舃][吊][吃][栎][轹][跞][裼]
[莫][俶]

【十三职】职力仂肋勒黑默墨息熄则侧测恻弋式拭栻轼或域棫蜮
惑阈敕棘匿慝亿忆臆仄昃克翊翌翼殕啬穑墙稿饬饰蚀洫湜国色极得
德贼刻直殖特稷即陟抑愎福逼踣[值][埴][植][幅][副][匐]
[识][织][唧][鲫][食][北][塞][劾][冒][螣][嶷][蕨][薏][恧]
[亟][万][革]

【十四缉】缉揖辑葺戢濈立笠泣粒邑挹浥悒给册廿十什汁及炭芨伋级汲吸执蛰絷翕熠褶霫湿涩集急入习袭隰[唈][笈][圾][歙][煜][拾][楫]

第十六部

入声：五物六月七曷八黠

九屑十六叶通用

【五物】物勿芴茀弗佛刜拂怫绋绂钹袯黻屈倔崛乞仡屹迄讫讪熨欻黢[尉][蔚][苗][菀][沸][髴][艴][掘][厥][郁][不][吃]

【六月】月谒蝎羯歇没殁伐筏垡阀阙蕨撅橛颎突窣猝饽勃渤笏忽淴惚纥矻兀杌扤屼窟堀曰骨发讷粤罚钺橇[厥][蹶][鳜][孛][悖][汩][滑][计][越][卒][捽][崒][鹘][哕][咄][掘][揭][羯][碣][竭][凸][刖][核][阅][艴][袜][顿]

【七曷】曷葛渴褐鞨鹖遏末沫抹秣眜括活阔囮挞拶捋捺撮钹跋魃拨泼被褐笪妲怛割豁钵脱夺萨辣秆剌瘌[拔][掇][剟][喝][獦][獭][阏][越][鹘][适][袜][咄][达][粝][磕][蘖]

【八黠】黠秸劼扎札轧戛嘎刮刹刷捌揠八叭扒唴察菝猾猰辖瞎煞[杀][铩][滑][鹘][鹘][拔][刖][苗][獭][颉][帕]

【九屑】屑节疖别列冽洌裂烈杰爇热亵结洁桔穴窃彻决诀抉玦缺觖撇瞥蹩鳖楔锲挈絜垤绖臬悦阅阕捏涅陧铁跌迭咥篾蔑蠛撷缬撤澈辙辍啜惙绁媟揲渫薛孽蘖折浙哲蜇舌呐咄噎臬桀设讁雪绝血灭拽拙劣餮子铪截[偈][揭][碣][竭][侄][咥][蛭][掇][缀][剟][讦][说][谳][苗][茶][苤][蘖][颉][拮][批][捩][橇][泄][咽][切][掣][契][凸][闭][轶][哲][霓]

【十六叶】叶帖贴谍堞喋蝶蹀鲽屦倢捷婕睫荚侠挟浃铗铗颊页惬箧晔烨聂摄啮蹑慑辄躞蹑蹀燮妾接捻嗋叠氎涉协飒魇辄猎奢[魇]

[霎][苶][笈][筴][篷][喋][歙][楫][拾]

第十七部

入声：十五合十七洽通用

【十五合】合蛤鸽颌塔搭褡嗒答盒盍溘嗑榼瞌阖塌蹋榻遢邋遢拉垃
纳衲沓踏跶鞑飒杂匝漯卅耷[唈][喝][盖][磕][腊][蜡][圾]
[拓]

【十七洽】洽恰袷袷夹狭峡硖郏法怯劫蛱胁甲押狎呷胛柙鸭匣闸业
邺插锸歃乏眨压掐劄[喝][喋][筴][篷][霎]

附：

关于《词林今韵（十七部）》的说明

本《词林今韵（十七部）》依据《词林正韵》重新拣选，并据其他典籍酌加增补，同时将韵部的划分由原来的十九部改为十七部，即将原第十三部合入第六部，原第十四部合入第七部。平上去声共十二部。入声五部不变，但序号改为第十三部至第十七部。改为十七部之理由主要基于两点：一是所合并韵部内之各韵，在《词林正韵》十九部出现之前的宋人词中就已通用；二是所合并韵部内之各韵的韵母基本相同或相近，合并后更切合现今实际。现将笔者所著《诗词格律新讲》第 232 页"词韵的通押"部分附列于此，作为说明，以供参考。（其中个别文字略有改动）

词 韵 的 通 押

《词韵》把邻韵、侧声韵合为一部。除入声韵部外，其他各部都含平上去声及其邻韵。每一部中不同韵目的韵字都可通押。如果需要押侧声韵时，本部平仄即可通押。后五部是入声韵。入声韵也是在一个韵部中的不同韵目的韵字通押。这样，哪些可以通押，哪些不可以通押的问题就非常明确了。

我们举例来说明。比如：

分部	平声	上声	去声
第 八 部	萧肴豪	篠巧皓	啸效号
第 九 部	歌	哿	箇

第九部中平声以歌韵独用，上声以哿韵独用，去声以箇韵独用。歌韵、哿韵、箇韵没有邻韵，所以不存在邻韵通押问题。而这三个韵互为侧声韵，在词谱中如果要求押侧声韵的话，则可按要求通押。第八部中的平声萧韵、肴韵、豪韵互为邻韵，上声筱韵、巧韵、皓韵互为邻韵，去声啸韵、效韵、号韵互为邻韵。平上去各自的互押可以叫作通押。它们中的平、上、去声韵互为侧声韵，如果需要也可以通押。

严格意义上讲，在词韵中抛开侧声韵通押外，每部之内同声不同韵目之互押，不能算作通押。因为它们都在一个韵部之内。虽然韵目与韵目是邻韵关系，这只是相当于诗韵中的邻韵通押，但在词韵中因为是以韵部为单位的，所以不能叫作通押。

词的真正意义上的通押，应该是两个不同韵部之间的通押。词韵的每一部都是相对独立的，一般都不主张通押。但是，戈载《词林正韵》"以唐宋诸名家为据"，"列平上去为十四部，入声为五部，共十九部，皆取古人之名词参酌而审定之"（引自《词林正韵发凡》）。这样就难免有所疏漏。有些唐宋名家之词的通押就没有完全为十九韵部所接纳。比如，一首词内按照十九部对照，同时用了第六部韵和第十三部韵，同时用了第七部韵和第十四部韵者都有。因为当时还没有十九部之说，所以不能把它们称为两个部之间的通押。为了指导现在的填词用韵，这里拿十九部来对照前人的词作，权且把它叫作通押，来举例分析。下面只以平声韵为例。

1. 第六部和第十三部的通押。

在宋代词人中，秦观、朱敦儒、张元干、叶梦得、张才翁、赵构、薛梦桂、程武等都有现在所说的《词林正韵》第六部韵和第十三部韵通押的词作。

过秦淮旷望，

迥潇洒、绝纤尘。◎

爱清景风蛩。

吟鞭醉帽，

时度疏林。◎

秋来政情味淡，

更一重烟水一重云。◎

千古行人旧恨，

尽应分付今人。◎

渔村。◎

望断衡门。◎

芦荻浦、雁先闻。◎

对触目凄凉，

红凋岸蓼，

翠减汀苹。◎

凭高正千嶂黯，

便无情到此也销魂。◎

江月知人念远，

上楼来照黄昏。◎

　　　　——秦观《木兰花慢》

　　秦观的这首词中"尘、云、人、村、门、闻、苹、魂、昏"都是《词林正韵》中的第六部韵，而第五句的"林"则是第十三部韵。

红稀绿暗掩重门。◎

芳径罢追寻。◎

已是老于前岁，
那堪穷似他人。◎

一杯自劝，
江湖倦客，
风雨残春。◎
不是酴醾相伴，
如何过得黄昏。◎

——朱敦儒《朝中措》

《朝中措》是上片三平韵，下片两平韵。朱敦儒的这首词中"门、人、春、昏"都是现在的第六部韵，而前片第二句"寻"是现在的第十三部韵。

上面这两个例子，都属于现在所说的《词林正韵》第六部韵和第十三部韵的通押。

2. 第七部和第十四部的通押。

宋代词人中，黄庭坚、辛弃疾、周邦彦、朱敦儒、周密等也都有现在所说《词林正韵》中的第七部韵和第十四部韵通押的词作。

一叶扁舟卷画帘。◎
老妻学饮伴清谈。◎
人传诗句满江南。◎

林下猿垂窥涤砚，
岩前鹿卧看收帆。◎
杜鹃声乱水如环。◎

——黄庭坚《浣溪沙》

《浣溪沙》是上片三平韵，下片两平韵。黄庭坚的这首词中"帘、谈、南、帆"都是现在的第十四部韵，最后一句的"环"则是现在的第七部韵。

> 绕床饥鼠，△
> 蝙蝠翻灯舞。△
> 屋上松风吹急雨，△
> 破纸窗间自语。△
>
> 平生塞北江南，◎
> 归来华发苍颜。◎
> 布被秋宵梦觉，
> 眼前万里江山。◎
>
> ——辛弃疾《清平乐·独宿北山王氏庵》

《清平乐》为平仄转换式，它是上片四仄韵，下片三平韵。辛弃疾这首词的下片三平韵中，"颜、山"为现在的第七部韵，"南"则是现在的第十四部韵。

这两个例子，都属于现在所说的《词林正韵》第七部韵和第十四部韵的通押。

从以上的例子来看，在没有十九部划分之前的宋代，上平声的十一真、十二文、十三元（部分）三韵与下平声的十二侵韵是通用的，也就是可以通押。上平声的十三元（部分）、十四寒、十五删三韵与下平声的十三覃、十四盐、十五咸三韵也是通用的，即可以通押。《词林正韵》按十九部划分之后，上平声的十一真、十二文、十三元（部分）三韵划为第六部；下平声的十二侵韵独用划为第十三部；上平声的十三元（部分）、十四寒、十五删三韵划为第七部；下平声的十三覃、十四盐、十五咸三韵划分为第十四部。虽然这些韵目没有划分在一个韵部，但是既有前人的用法作为参考，又有这些韵字的韵母相近或相同的特点，第六部韵和第十三部韵完全可以通押；第七部韵和第十四部韵也完全可以通押。据此，把第六部韵和第十三部韵划为同一部，把第七部韵和第十四部韵划为同一部，更加符合词韵的韵部划分原则。这样的划分，也更加切合实际，更加方便实用。这也是笔者在《诗韵词韵速查手册》中把第十三部合入第六部、第十四部合入第七部的具体原因。

　　在宋人词中还有把八庚、九青、十蒸韵与十一真、十二文、十三元及十二侵韵通押的，即《词林正韵》十九部中的第十一部、第六部和第十三部。但是，按照现在的读音，庚、青、蒸韵的韵母与真、文、元及侵韵的韵母并不能说是相近，所以不足为例，也就不做分析了。

中华新韵(十四韵)简表

一、麻 a，ia，ua

【阴平】啊腌扒叭巴芭岜疤笆粑豝嚓叉杈差咖瓜胍哈花哗加茄(又皆韵阳平)迦痂枷耞珈袈嘉佳家傢葭豭咖夸姱啦妈摩嬷趴葩杉沙挲莎(又波韵阴平)痧鲨纱砂他她它哇洼蛙娲虾丫呀鸦哑桠查楂喳呱欻旮呵笳拉蓝吗蚂仨裟砂趿渣揸馇挝(又波韵阴平)

【派入阴平的入声字】阿(又波韵阴平)八捌擦插锸耷哒嗒鎝褡发(又去声入)夹嘎刮括栝鸹拉邋抹掐袷葜撒杀刹铩煞(又去声入)刷趿塌溻褟踏挖呷瞎鸭压押扎匝咂拶吒哳浃聒撒答

【阳平】啊茶查搽嵖猹槎楂碴(米查)苴垞蛤华哗骅铧麻嘛蟆拿扒杷爬钯耙筢琶娃霞遐瑕暇(又去声)牙伢芽岈玡蚜崖涯睚衙

【派入阳平的入声字】拔茇菝跋魃察檫达靼沓怛妲笪鞑答跶乏伐茷垡砝阀罚嘎滑划猾夹浃郏荚铗蛱恝戛颊旯拉匣狎挟柙侠峡狭硖辖黠杂砸扎札轧炸闸铡喋(又读 dié)劄

【上声】把靶䃻叉衩(又去声)踏镲打剐寡哈贾假瘕卡佧咔咯侉垮喇俩马吗玛码蚂哪卡洒傻耍瓦佤苴哑拃雅砟咋诈鲊爪

【派入上声的入声字】法磕甲钾岬胛撒鞑塔獭鳎眨

【去声】坝把弝爸耙罢霸灞汊衩(又上声)岔侘鲅诧差姹大尬卦诖挂絓褂罣化划华画话桦价驾骼架假嫁稼挎胯落跨蚂祃骂那娜怕下夏

嘎厦(又音shà)鑐暇亚讶迓娅咤乍蚱痄氙捱炸榨瓦砑

【派入去声的入声字】刹发(又阴平入)珐划刺腊蜡瘌辣镴呐纳肭衲钠捺帕恰洽袷卅飒萨咴歃煞(又阴平入)箑霎拓沓跶挞阃嗒遢榻鳎漯踏鞳蹋袜膃吓轧压揠栅

二、波　o，e，uo

【阴平】波播菠玻嶓搓磋蹉瑳多哆呙锅过埚涡坡颇陂莎唆娑梭挲挱嗦嗍蓑拖它挞苤倭唷涡窝蜗踒阿婀疴哥歌戈呵科蝌柯疴苛珂窠轲颗匼菏棵髁的了么呢车奢赊畲遮讹猞

【派入阴平的入声字】拨鱿趵钵般嶓饽剥逴踔戳撮咄剟掇褛郭崞聒蝈豁劂擢抒泊泼钹说缩托佗脱喔拙捉苤桌倬涿焯作晫鸽割搁喝磕瞌榼

【阳平】脖嵯痤瘥铧嵯罗萝啰逻膊猡锣椤箩骡螺谟无(又姑韵阳平)馍馍摹模么摩　磨嬷蘑磨魔那挪娜傩婆鄱繁(又寒韵阳平)皤驮佗陀坨驼柁砣鸵酡跎蛇祭鼍鹅蛾娥莪俄峨哦讹和禾何河荷阖膜婆皤沱濄哪捼

【派入阳平的入声字】孛荸伯驳帛炮泊柏勃钹铂亳舶博鹁浡渤搏箔魄(又去声)膊踣薄(又去声)馞樽襮礴夺度(又姑韵去)铎踱怫佛掇咄褫剟国掴帼瀄腘虢觖活橐灼勺茁踔卓斫浊酌涿逐着凿啄琢(又音zúo)柞缴蠋擢濯镯躅勺昨作笮阁葛(又上声入)蛤颌合涸盒膜拙棁捽貉曷盍壳德得额阁葛蛤盒合涸阖貉曷盍鹋则哲蜇革格鬲隔嗝槅膈涸塥镉骼纥劾阁核翮壳咳颏舌则责择咋泽啧帻舴箦赜折(又音shé)哲辄蛰谪摺磔辙翟宅

【上声】跛簸(又去声)脞朵垛躲锤果菓蜾裹火伙夥裸瘰叵颇箥所唢锁琐妥椭我倭左佐坷可砢痾蒴尺(又齐韵上声入)扯恶惹舍者赭匼岢嗻

【派入上声的入声字】槨抹索撮葛(又阳平入)渴庹

【去声】薄(又阳平入)簸(又上声)播措错剉厝挫锉堕剁舵惰跺垛过货祸和磨蓦懦糯破偌些唾卧涴硪坐座阼怍柞胙做酢祚饿哦那个贺荷课驮社舍射赦麝这柘蔗鹧箇贺锞猓库

【派入去声的入声字】檗擘错娖啜惙婼婥毫绰辍龊歠或获惑霍濩豁嚄臒镬藿蠖矱謋扩括栝适蛞筈阔廓鞟落泺荦酪烙抹袜蓦嘿嘞喔凿怍酢柞洛骆络珞硌跞雒漯万(又寒韵去声)末没殁沫陌冒脉莫眛秣貊漠寞靺貘墨镆瘼默纆茉诺搦朴迫珀粕魄弱若箬蒻爇偌勺妁烁铄朔硕蒴搠数槊芍蟀拓柝萚箨跖魄(又阳平入)沃偓握幄渥斡龌作恶垩鄂谔萼遏崿愕腭咄咄怪事锷噩鳄各喝壑鹤溘嗑属乐(又豪韵去声)蛇熇赫策册测侧厕恻彻坼掣撤澈拆厄頞扼呃轭恶蛇赫吓掘客刻克可绎勒肋泐讷热色瑟塞涩穑设涉摄慑特慝忒忑螣仄昃浙跖侧埒褐郝榼垃啫这萴

三、皆　ie，üe

【阴平】爹阶皆喈嗟街湝乜咩些靴耶倻椰楷偕掖

【派入阴平的入声字】瘪憋鳖跌节疖结接秸揭噘撅捏撇瞥切缺阙贴怗贴帖楔歇蝎削薛噎曰约

【阳平】瘸斜邪偕谐鞋携爷耶茄伽鲑趄椰

【派入阳平的入声字】别蹩迭垤昳绖瓞谍堞耋揲喋牒叠碟蝶艓蹀孑节讦劫劼杰诘拮洁结桔桀捷偈玦觉绝倔桷掘崛脚觖厥劂谲獗蕨橛噱爵蹶矍嚼爝攫镢协胁挟絜颉撷勰襭穴学噱(又音 jié)

【上声】瘪姐解(又去声)咧且写也冶野茬

【派入上声的入声字】噘咧撇血雪铁帖

【去声】界介届戒诫芥疥借卸藉解(xiè)械谢解(又上声)榭薤獬邂澥瀣曳夜蚧趄蟹懈炧

【派入去声的入声字】倔列劣冽埒捩烈鬣裂猎鸷翘躐略掠灭蔑蠛陧聂臬涅啮嗫嵲镊颞蹑蘗孽蘖虐疟切妾怯窃挈惬慊揭锲箧却怯雀确阕鹊阙榷饕帖泄泻绁屑亵渫燮媟契蹩血谑咽晔烨掖曳邺液谒腋醢赝业页叶月乐刖軏捥玥岳栎钥说(又音 yùe)钺阅悦跃越粤龠瀹爚樾

四、开　ai，uai

【阴平】开哎哀埃挨娭唉欸掰偲钗差揣呆该陔垓荄赅乖揩腮毸鳃筛酾(又齐韵去声)衰(又微韵阴平)摔(又上声)苔(又阳平)台(又阳平)胎歪灾哉栽偲斋

【派入阴平的入声字】拍摘拆塞

【阳平】挨骏皑癌才财材裁侪柴豺还(又寒韵阳平)孩骸徊怀淮槐踝来莱崃徕涞埋霾俳排徘牌簰台(又阴平)邰苔(又阴平)抬骀炱鲐

【派入阳平的入声字】白宅翟(又齐韵入)

【上声】嗳矮蔼霭捭摆采彩睬踩揣逮歹傣改海醢剀凯垲闿恺铠慨楷锴崽买乃艿奶氖迺甩摔(又阴平)崴载宰崽拐窄

【派入上声的入声字】百柏伯佰

【去声】艾(又齐韵去)爱僾隘碍嗳嗌瑗嫒嗳败拜稗呗采菜蔡縩虿瘥踹膪嘬大代岱迨绐玳带殆贷待怠埭袋逮逮戴黛丐芥钙盖溉概欬怪亥骇害坏忾会侩郐哙狯浍脍筷鲙徕贲睐赖濑癞籁劢迈卖奈柰萘耐鼐褋派湃塞赛晒帅率(又齐韵去入)太汰态泰钛外再在载债砦祭寨瘵拽

【派入去声的入声字】麦脉塞

五、微　ei，ui（uei）

【阴平】微欷陂杯卑背悲碑鹎衰(又开韵阴平)崔催摧縗吹榱炊堆敦

诶飞妃非菲啡鲱绯酾螭扉霏鲱归圭龟(又尤、文韵平声)妫规邦扳
闱硅黑嘿傀瑰瑰鲑灰诙朏挥咴恢祎珲隈晖辉翬麾徽亏封岿勒悝盔
窥胚呸绥虺醅尿(又豪韵去声)虽荽睢濉忒推危委萎威逶偎隈葳根
煨溦巍蟏薇佳追骓锥椎

【阳平】欻垂陲捶椎槌棰倕锤诶箠肥淝腓回茴徊洄蛔奎逵馗隗葵揆
骙暌魁残戣蛟累雷猱缧擂檑礌镭嬴罍蠡玫枚眉莓脢梅嵋猸湄邳媒
楣煤酶镅霉糜陪培赔没褒蕤绥隋随遂谁颓韦为圩贼违围帏沩桅唯
帷惟薇维岿巍潍闱

【上声】北欻璀诶匪悱茟菲诽榧斐篚翡萤给轨匦氿宄庋傀垝诡鬼姽
癸晷悔朏毁傀跬累耒诔垒磊蕾儡蠡瘰美镁每浼馁蕊水髓腿伟纬苇
唯玮炜洧匙尾婑委诿萎痿痏猥嘴

【派入上声的入声字】北

【去声】欻贝狈钡邶吹备背褙被辈孛悖倍焙蓓血块媾鞁辔碚褙鐾臂
萃膵啐淬綷悴瘁粹翠毳对怼憝敦诶碓兑队苗肺沸狒痱废吠柜刽
桧刿贵桂跪鳜会惠哕秽海晦慧螕彗篲哕靧卉汇蕙阓讳恚贿喙烩绘
荟浍桧喟匮蒉愦馈溃愦愧聩泪类累颣肋酹擂妹味寐魅瑁痗袂媚内
沛霈旆帔佩配辔芮枘锐瑞睿蚋淬睡税说帨岁祟谇繐遂碎晬隧邃穗
邃退傀蜕未味胃谓猥熨畏喂渭尉蔚慰卫位遗(又齐韵阳平)魏为坠
缀惴缒赘醊最罪醉蕞晬楈

六、豪　ao，iao

【阴平】坳凹熬包苞胞孢剥鲍煲褒标彪骠镖瘭飙操糙蔍镳漅膘杓猋
骉摽操抄怊钞超剿(又上声)刀叨忉刁汈蛁雕貂叼碉凋鲷高皋羔槔
睾膏篙糕蒿薅嚆交艽郊茭浇娇姣矢胶椒蛟焦蕉教胶僬鲛憔礁噍鹪
盗髎尻捞撩(又阳平)猫喵奅抛脬泡剽漂彪飘缥螵僄僄悄(又上声)硗
硗锹劁敲雀橇缲搔骚缫臊捎烧梢稍筲艄蛸叨涛绦掏滔韬弢饕慆佻

祧肖枭枵哓骁嘐逍虓鸮消宵绡萧硝销削蟏蛸翛箫潇霄魈歊嚣哮幺约夭吆妖要喓腰邀遭糟钊招照嘲啁着朝

【派入阴平的入声字】约剥削

【阳平】豪敖璈遨嗷廒獒熬隞嶅謷翱鳌鏖螯骜薄雹曹槽螬漕嘈晁巢朝嘲潮捦掏号嗥毫壕濠貉嚎蠔嚼劳崂痨牢捞唠醪聊辽疗撩(又阴平)僚漻寥嘹獠寮缭嫽燎憭髎毛矛茅牦旄酕锚髦蝥蟊苗描瞄饶挠饶蛲猱呶刨咆狍庖炮袍匏跑嫖朴瓢薸乔侨荞峤桥硚翘谯荍鞒憔樵瞧荛桡蛲饶娆桡蛲饶娆苕韶勺咷梼逃洮桃陶萄梼啕淘绹醄鼗条岧苕调笤龆蜩迢髫岧鲦崤淆洨爻尧侥肴淆轺峣陶姚窑谣摇徭遥猺瑶飖鳐鹞轺凿着

【上声】袄媪拗饱宝保鸨葆堡褓表俵婊裱草懆吵炒导岛捣倒祷梼蹈杲搞缟槁鄗镐稿藁好郝侥佼挢狡饺绞铰湫皎搅角脚剿(又阴平)儌徼缴考拷栲烤老佬姥栳潦了蓼燎憭卯峁泖昴铆核潸艇邈眇秒淼渺缈藐舀恼脑瑙鸟茑嬲袅跑殍漂摽缥瞟巧悄(又阴平)雀愀扰绕娆扫嫂少讨挑窕鼗小晓筱杳舀咬夭窈早枣蚤澡璪藻爪找沼

【派入上声的入声字】邈

【去声】奣坳燠拗奡傲奥骜慠澳懊骜鏊报刨抱趵豹鲍暴瀑曝爆鳔操犒耖到悼畴倒盗帱道稻吊铞钓窎调掉铫窎藋告诰好号昊耗浩滈淏皓镐皞颢灏叫峤觉校轿罗教窖酵噍挢爝噭嚼徼藠铐犒靠涝唠络酪落烙耢嫪尥料燎撂廖臭钌镣茂冒贸耄袲帽帽娼瑁貌瞀懋妙庙缪闹淖尿(又微韵阴平)溺泡爆炮疱票僄漂剽骠俏诮峭窍翘撬鞘绕扫臊埽瘙少邵劭绍哨潲稍套跳朓粜孝哮肖笑效校啸要鹞钥瀹靿曜耀乐(又波韵去入)皂灶造慥糙噪簉燥唣躁召兆诏笊赵棹旐照罩召肇罿

七、尤　ou，iu（iou）

【阴平】抽掐紬瘳丢都兜蔸勾句佝沟构(又上声)钩缑篝鞲齁句纠鸠

究赳阄湫揪啾蝤轇艽抠眍溜熘搂喽哞妞区讴沤瓯欧殴呕鸥丘邱龟(又微、文韵平声)秋蚯湫楸鹙鳅鞦收搜嗖锼馊廋溲飕艘偷修脩休咻文件柜羞鸺貅馐髹优攸忧悠呦幽麀舟州诌侜周洲粥啁赒辀诪邹郰緅驺诹陬鲰

【派入阴平的入声字】粥

【阳平】俦帱畴筹踌惆绸稠裯仇愁雠侯喉猴篌瘊糇流留榴骝刘浏瘤琉硫旒鹠遛镏飗瘤鎏娄楼偻蒌喽耧蝼髅牟眸谋蛑缪蝥牛抔掊裒囚仇犰求虬泅俅璆酋逑球遒赇裘璆蝤柔揉糅煣蹂鞣头投骰尤犹疣鱿莸铀由邮油柚游猷繇蝣

【派入阳平的入声字】妯轴(又姑韵阳平入)

【上声】丑瞅斗抖蚪陡枓否缶苟岣狗枸(又阴平)吼笱狃九久玖韭灸酒口柳绺搂嵝篓某纽钮扭忸杻狃偶呕藕掊糗手首守叟瞍薮擞嗾朽宿(又去声)友有酉卣莠牖黝羑帚肘走

【去声】臭凑辏腠豆逗痘读窦斗脰垢构购勾彀诟够媾逅后候厚堠臼桕舅就僦鹫疚旧咎救厩柩叩扣筘寇蔻溜馏遛陋镂瘘漏露谬缪拗耨沤怄受授寿狩售绶瘦擞嗽透秀绣锈岫袖臭嗅溴宿(又上声)又右幼有佑侑柚囿宥诱釉蚴鼬咒纣宙绉胄昼皱甃骤籀酎奏揍

【派入去声的入声字】肉兽六(又姑韵去入)

八、寒 an，ian，uan，üan

【阴平】安氨唵桉庵谙鹌鞍盦扳班颁斑攽般搬瘢瘢参骖餐觇搀幨襜川穿汆撺镩丹担单眈酖耽郸聃禅儋殚瘅箪端帆番蕃幡藩翻干(又去声)甘杆玕肝柑竿疳尴关观(又去声)纶官冠矜(又文韵阴平)倌棺瘝鳏顸酣憨鼾欢讙獾驩刊看勘龛堪戡宽髋颟囡番潘攀三叁山芟杉删衫姗珊栅舢扇跚煽潸膻闩拴栓酸坍贪摊滩瘫湍弯剜湾蜿豌糌簪占沾毡旃粘詹谵邅瞻专砖颛钻(又去声)躜边砭萹笾编煸蝙鳊箯

鞭参(又文韵阴平)骖餐掂偎癫滇颠巅戈尖奸歼坚间肩艰监兼萱笺
渐溅犍湔缄兼煎缣鹣搛燋鞬鲢机鞯捐涓娟朘圈鹃镌蠲拈蔫片扁偏
篇犏翩千仟阡芊扦迁佥钎牵铅悭谦签愆鸽骞搴磏訾褰圈悛棬夰天
添觇仙先纤氙忺籼掀铦酰跹锨鲜暹骞轩宣谖萱揎喧瑄煖褖暄儇儇
咽恹殷胭烟焉崦阉阋奄淹腌湮鄢嫣燕鸢督鸳冤渊鹓箢
【阳平】寒残蚕惭单铤馋诨婵禅孱缠蝉廛偄潺澶镡蟾镵巉躔传船遄
橼攒凡矾烦墦蕃攀樊璠燔繁(又波韵阳平)蘩邗汗邯含函琀焓晗涵
韩还(又开韵阳平)环桓圜阛寰缳鬟郇萱洹狟澴轘兰岚拦栏婪阑蓝
谰澜襕篮斓镧峦娈孪挛鸾脔滦銮蛮谩蔓馒瞒鞔鳗鬘男南难喃楠爿
胖(又唐韵去声)般盘磻磐蹒蟠蚌然燃髯坛昙倓郯谈弹(又去声)覃
谭痰潭檀团抟咱丸纨完玩顽刓氿抚烷戔连怜帘莲涟联裢鲢廉濂镰
鬑磏眠绵棉年粘黏鲇便(又去声)骈胼蹁钤前虔钱钳乾捐潜黔犍权
全佺诠荃泉轻拳铨痊惓筌蜷醛鲣髦颧田佃畋恬钿甜湉填阗闲贤弦
咸挦涎娴衔舷痫鹇嫌玄悬旋漩璇延蜓严言芫妍岩炎沿铅研盐阎筵
颜檐元园员(又文韵阳平)沅垣湲袁原圆鼋援媛(又去声)缘猿塬嫄
源獂辕橼
【上声】俺铵唵埯揞坂板版钣蝂皈惨黪产划浐啴谄铲阐舛喘胆亶疸
掸短反返杆秆赶敢感橄擀撖鳡莞馆琯管罕喊嗐缓坎侃砍歁莰槛
颣款窾览缆榄罱漤壏懒卵满螨赧腩蜽暖冉苒染阮软朊伞散糁馓
闪陕掺忐坦钽袒毯瞳宛莞挽娩菀晚脘惋婉绾琬皖碗捥昝嗻攒趱斩
飐盏展崭辗转纂贬窆扁匾藊碥褊典点碘踮拣茧柬俭检捡笕研减
剪睑铜简趼谫戬碱翦蹇謇卷锩琏敛脸免丏免沔黾勉娩冕俪渑湎
缅靦腼捻辇碾撵浅遣谴缱犬畎绻忝殄涊餂觍腆舔洗显险蚬崄毨
猃筅跣铣鲜藓爇选晅烜癣奄兖俨衍弇掩剡廯郾蝘缐眼琰演偃齞
远
【去声】犴岸按胺案赣暗黯办半扮伴拌绊涆瓣灿掺粲孱忏颤串钏窜
篡爨石(又齐韵阳平入)旦担但诞萏啖淡惮弹(又阳平)氮蛋髶醰禫

瘴澹段断塅缎椴煅碫锻簖犯饭范贩梵泛畈干(又阴平)旰绀淦骭赣惯观(又阴平)贯冠掼涫祼盥灌瓘鹳罐汉扞汗旱垾捍菡颔翰撼憾悍焊瀚幻换奂宦涣唤浣患焕痪豢擐轘漶睆看炭嵌勘阚瞰烂滥曼谩蔓幔墁漫慢嫚缦熳镘乱难判拚泮盼叛畔袢鋬散讪汕苫钐疝单赸剡掸扇掞善禅骟鄯墡缮擅膳嬗赡蟮鳝涮蒜算叹炭探碳彖万忨腕蔓馔暂錾赞占栈战站绽湛颤(又音 chàn)蘸传钻(又阴平)转(又上声)啭赚(又音 zuàu)撰篆馔攥卞弁昪抃汴忭苄变便(又阳平)遍辨辩辫缏电佃甸阽店玷垫钿淀惦奠殿靛簟癜见件间饯建荐健牮贱剑涧监舰渐楗瞯谏践锏毽腱溅鉴键槛僭箭卷隽倦狷绢桊鄄圈眷练炼恋殓链楝潋面眄廿念埝片骗欠纤綪椠芡茜倩堑嵌慊歉劝券掭县岘现宪苋限线陷馅羡線献腺霰券泫眩炫绚眩旋渲楦碹厌砚咽彦艳晏唁宴验谚堰雁焰焱滟酽餍鷃谳燕赝嬿苑怨院垸媛(又阴平)椽瑗愿

九、文　en，in(ien)，un(uen)，ün(üen)

【阴平】奔(又去声)贲锛玢宾彬傧斌滨缤槟濒豳参(又寒韵阴平)抻郴伧琛嗔瞋春椿蝽村皴踆惇吨墩礅敦蹲恩分芬吩纷玢氛棻雰根跟昏荤阍惛婚巾斤今紟金津衿矜(又寒韵阴平)筋禁襟军均龟(又微、尤韵平)君钧皲麇坤昆崑裈堃焜琨髡鹍锟鲲抡拎闷喷拼姘钦侵亲衾骎嵚囷逡森申伸身呻砷侁诜参绅珅莘娠深糁燊孙荪狲飧吞暾温瘟心芯辛忻昕欣炘锌新歆薪馨鑫勋埙熏薰獯曛醺窨(又去声)因阴茵洇裀荫音姻氤殷堙喑闉愔禋晕缊氲煴赟贞针侦浈珍帧胗真桢砧祯蓁斟甄獉溱榛箴臻迍肫窀谆尊遵樽鳟

【阳平】岑涔臣橙尘辰沉忱陈宸晨谌纯莼唇淳鹑漘醇存蹲坟汾棼焚濆痕贲贲浑珲馄混哏魂邻林临淋琳粼磷潾嶙遴霖辚瞵鳞麟仑伦论抡沦纶轮门扪们民忞旻岷缗您盆湓贫频嫔颦芹芩矜秦琴覃禽勤懃擒噙螓裙群麇人壬仁任神什屯囤饨豚臀文纹炆闻蚊雯旬郇寻巡询

洵荀荨峋当恂鲟循吟垠龈狺訚崟银淫寅蟫鄞龠嚚霪云匀芸员(又寒韵阴平)沄纭昀畇筠耘筼

【上声】本苯畚碜踸蠢刌忖盹趸粉衮绲滚磙鲧很狠仅尽卺紧堇锦谨馑瑾槿肯垦恳啃捆阃悃壶凛廪懔檩皿闵抿黾泯闽悯敏湣愍品榀锓寝忍荏稔损笋隼榫沈审婶哂矧吮刎抆吻紊稳尹引饮蚓殷隐瘾允狁欻陨殒怎诊枕轸畛疹袗缜准墩撙

【去声】奔(又阴平)坋笨倴摈殡膑有空摁衬疢龀称趁榇讥寸囤沌钝炖盾顿遁分份奋愤忿偾粪瀵亘艮棍恨诨圂混溷慁仅溷妗尽进近劲荩晋赆烬浸琎唫祲靳禁缙觐殣噤俊菌郡峻馂浚骏焌竣裉困吝赁淋蔺躏闷焖懑恁嫩论喷牝(又齐韵上声)聘吣沁亲刃认仞任纫韧饪妊纴衽润闰肾甚渗椹葚蜃慎顺舜瞬问汶璺揾囟信衅训迅汛讯驯徇逊殉浚巽蕈噀印饮荫胤窨孕运郓晕酝愠缊韫韵蕴熨谮圳阵鸩振朕赈揕震镇

十、唐　ang，iang，uang

【阴平】肮邦帮梆浜仓鸧苍沧鸧舱昌倡菖猖阊娼伥创疮窗当珰铛(又音 chēng)裆筜方坊芳枋邡钫冈岗(又上声)找刚杠矼肛纲钢缸釭罡堽光咣桄胱夯荒肓塃慌江将姜豇浆僵螀缰疆康慷糠匡劻诓恇筐忙乒雱滂膀枪戗戕将跄腔蜣锵镪嚷丧桑伤汤殇商觞墒熵双泷霜孀孀骦鹴汤钖耥嘡镗蹚汪乡芗相香厢湘缃箱襄骧镶央泱殃鸯身鞅赃脏臧张章獐彰嫜璋樟蟑妆庄桩装

【阳平】卬昂藏长场(又上声)苌肠尝常偿徜裳嫦床幢防坊忍肪鲂房行(又庚韵阳平)吭迒杭绗航颃皇黄凰隍喤遑徨湟惶艎锽潢璜蝗篁磺蟥簧鳇扛狂诳鵟郎狼阆琅榔桹琅廊螂榔硠锒稂鄉螂良俍莨凉粱椋量粮粱踉邙芒忙杧盲氓茫硭铓牻囊馕娘彷庞逄旁蒡膀磅螃强(又上声)墙蔷嫱樯蘘瀼禳瓤唐堂棠塘搪糖溏瑭樘膛糖螗螳郎亡王

（又去声）详降庠祥翔扬阳羊场飏炀杨旸徉疡祥洋

【上声】绑榜膀厂场昶惝敞氅闯挡党谠仿访彷纺昉舫岗（又阴平）港广矿悦恍晃谎幌讲奖浆蒋耩镪良朗两俩魉莽蟒漭曩攘抢强（又阳平）镪襁壤攘嚷嗓搡磉颡垧晌赏爽塽帑倘淌惝傥躺网枉罔往惘魍享响饷飨想鲞仰养氧痒蛆长涨（又去声）掌奖（又去声）

【去声】盎蚌棒傍谤蒡撖镑磅稻怅畅唱创怆当宕荡垱挡砀档莽放杠筷戆逛沆巷晃滉桄匠降虹将学徒工张谅强酱犟糨亢伉抗闶炕圹纩旷况邝矿贶框眶浪茛阆凉悢谅辆靓量晾嘹踉攘酿胖（又寒韵阳平）呛饸籽跄让瀼丧上（又上声）尚绱烫趟忘王妄望量向项巷相象像橡快样恙烊漾（又音shàng）脏奘（又上声）葬藏丈仗杖账帐涨胀障幛嶂瘴壮状僮撞幢

十一．庚　eng，ing(ieng)，ong(ueng)，iong(üeng)

【阴平】庚并伻崩祊绷嘣冰兵槟（又音bīn）屏柽玪称蛏铛赪撑噌瞠灯登噔蹬镫丁仃叮玎盯钉疔酊靪丰风封枫疯峰烽葑锋蜂更庚耕赓鹒羹亨哼精茎惊京经睛泾荆菁旌晶粳兢鲸坑吭硁铿蒙抨怦砰烹嘭乒俜娉青轻氢倾卿圊清蜻鲭扔僧升生声牲胜（又去声）笙甥牲厅汀听翁嗡兴星狌惺腥应英莺婴撄嘤罂缨璎樱鹦媖瑛膺鹰曾增憎缯罾正（又去声）争征怔挣峥狰铮症烝睁铮稳东冲充忡翀舂忡艟匆苁枞葱璁璁聪熜冬咚鸫工弓公功攻供肱宫恭蚣躬龚觥哼轰哄訇烘薨埄駉肩空倥崆屄箜松松淞菘嵩漆恫通（又去声）嗵瘑凶兄芎匈汹恟胸佣痈拥邕鄘雍墉镛壅臃鳙中伀忠终钟盅衷螽宗综棕踪鬃

【阳平】层曾嶒成丞呈枨诚承城成乘盛程惩裎塍梧澄（又去声）橙冯逢缝（又去声）恒姮桁珩横衡蘅楞棱伶灵苓蛉囹泠玲令（又上去声）瓴铃鸰凌陵聆菱棂遑舲翎羚绫棱零龄鲮鄜岷虹萌蒙盟薨菁幪濛曚曚朦艨檬名茗明鸣冥铭洺蓂溟暝瞑螟能棕柠咛狞柠凝苊朋膨堋澎

彭棚蓬硼鹏篷髻平冯评坪苹凭枰洴帡屏瓶萍勃情晴槃擎黥绳渑疼
腾誊螣藤廷亭放过停蜓婷霆弄行(又唐韵阴平)形邢陉型荥盈萤莹
营萦楹滢蝇潆赢赢瀛虫重崇从丛尝惊琼弘红吰闳宏泓荭虹闳洪翃
鸿黉龙茏咙泷珑昽胧昽聋笼隆癃窿农侬哝儾浓脓秾邛穷茕穹蓉筇
琼蛩跫戎茸荣绒容崂蓉溶瑢榕融同彤侗峒峒桐砼垌佟烔鲷岭樟僮
铜童潼瞳膧曈艟雄熊喁颙

【上声】蓁臻绷丙秉柄饼炳屏禀鞞逞骋等戥顶酊鼎讽唪埂耿哽绠梗
鲠井阱到颈景儆憬璟警冷令(又阳、去)岭领猛蜢艋蒙獴锰懵蠓酩
捧顷请紫馨少眚町侹挺艇菩滃醒撧影郢颍颖拯整宠董懂巩汞拱珙
栱哄唝炅迥泂炯煚颎褧孔恐倥陇垄拢笼冗怂耸悚竦统捅桶筒永咏
泳勇涌俑恿蛹踊肿种冢踵总偬(又去声)去声泵迸绷(又上声)蚌蹦
并病摒蹭秤牚邓凳嶝澄磴瞪镫蹬订钉定碇锭凤奉俸缝更横哞劲径
净胫痉竟竟婧敬靖静净境猔镜另令(又阳、上)愣孟梦命宁佞拧泞
椪碰庆清箐磬罄圣胜晟乘盛剩瓮蕹兴杏幸性姓荇悻建兰应映硬塍
综铴赠甄正(又阴平)证郑伩净政挣症铮冲铳动冻侗栋洞恫胴胨垌
硐共贡供讧哄颂空控鞚弄讼宋送诵颂通(又阴平)用佣中仲众种重
纵粽

十二、齐 i，er，ü

【阴平】氐低羝堤提几(又上声)讥叽饥玑机乩肌矶鸡奇屐(又入声)
剞笄姬基期赍犄嵇跻箕稽齑畿羁咪眯妮丕邳批纰坏披砒沏妻栖
萋期敧梯蹊欺兮西溪希茜郗稀熙牺唏悕晞傒豨僖嘻奚嬉熹樨羲蹊
栖犀曦醯蟻鳃伊铱医衣依袆猗漪噫繄居车且苴拘驹俱狙罝疽据
琚趄睢裾区岖佉驱祛蛆躯焌趋黢呈圩盱须虚嘘墟胥湑谞訏迂纡淤

【派入阴平的入声字】逼嘀滴圾芨唧积发动(又阴平)击缉激迹喞禝
劈噼霹七柒戚缉喊漆剔踢夕吸汐昔析矽岁息悉蟋晰淅惜翕螅锡晰

熄噏膝螅歊螅腊窸蟋一壹揖曲屈掬鞠锔离蛐欻戌

【阳平】厘狸离骊梨犁鹂喱莅漓缡璃嫠嫠藜黎鲡罹篱黧蠡弥迷眯猕谜糜麋靡(又上声)蘼醾尼泥坭呢妮輗怩倪霓猊鲵麑皮陂疲枇芘狓毗蚍陴埤啤琵脾裨蜱罴貔鼙齐祈圻芪岐荠祁其奇跂祈祇俟耆颀脐旂其畦跂崎淇颈骑琪琦棋蛴祺錤綦旗蕲鳍麒鬐黄绨提啼鹈騠缇秭题醍蹄仪杙夷痍匜迤饴怡宜黄贻沂诒眙稆姨胰廖蛇移遗(又微韵去声)颐桅疑嶷彝儿而驴闾桐劬渠蕖瞿蘧氍癯衢蕖鸲徐于予妤玙余欤盂臾鱼竽舁俞谀娱萸雩渔隅揄喁畬逾腴渝愉瑜榆虞愚觎與窬鬻

【派入阳平的入声字】荸鼻锹迪的荻敌涤微嫡翟(又开韵阳平入)镝及伋吉岌汲级极即舍诘亟革芨急疾棘殛戢集蒺楫辑嵴踖瘠藉籍脊习席觋袭媳嶍隰橄熄锡局桔菊焗鸡踘橘曲(又上声入)

【上声】匕牝(又文韵去声)比沘妣秕彼醴俾鄙氐邸诋坻抵砥骶几己虮掎挤麂礼李里俚逦悝澧鲤理娌蠡米芈弭敉靡(又阳平)拟你旎杞仳否吡痞屺岂企启杞起绮棨启稽体洗铣玺徙喜葸徏屣禧蟢已以苡尾矣苣迤蚁倚椅旖踦尔耳迩饵珥柜咀沮莒枸矩举榉龃踽蒟吕侣铝旅屡偻膂褛履女取娶齵许诩栩湑糈醑与予屿伛宇羽雨俣禹语圄龉圉庾瘐窳瑀偊

【派入上声的入声字】笔给戟脊匹癖擗劈乞乙曲(又阴平入)

【去声】币闭庇陂閟泌铋怭陛毙猤库敝婢睥薜蓖秘箅蔽脾裨痹弊髀避劈臂比费地弟的娣苐第帝谤蒂棣睇缔递计记伎纪芰技系忌际妓季剂垍荠泲济既觊继徛祭偈悸寄惎蓟跽骑髻霁鲚渍暨冀蓟骥厉吏丽励利例疠砺猁櫪隶戾唳荔俪俐疠莉苈粝詈痢泥昵腻睨屁睥媲气弃妻契砌器憩汽涕屉涕绨替悌褐嚏戏(又齐韵阴平)饩系细盼禊亿义艺呓刈忆艾(又开韵去声)议衣(又阴平)羿易率兵羿谊翌肄裔翊熠臆毅薏勩翳翼癔懿瘗缢殪二贰巨句聚惧讵苣拒具炬沮钜俱倨据距惧飓锯踞屦遽瞿醵虑滤女趣觑觑序叙酗绪淑絮煦婿与玉驭芋呈

妪寸语预喻御寓裕愈豫谕澦遇誉饫

【派入去声的入声字】必孹毕苾荜哗筚滗湢幅弼愎腷煏辟碧秘壁躄臂襞璧薜的迹寂绩稷鲫髻力历立呖沥枥栗砾砾疬笠雳漯踯傈篥汩觅宓密蜜幂谧匿溺辟僻澼霹譬迄讫泣葺碛偪逖惕趯却阒焀隙瀹潟一壹弋亿屹亦杙抑邑佚役译逆易崦俏泆怿驿绎柣轶疫弈奕挹悒逸益嗌熠溢镒埸蜴剧律绿率氯(又开韵去声)恧衄阈旭畜蓄恤续蓿勖油玉郁育昱狱钰浴域欲阈尉煜蜮毓鹆鹬燠鬻熨滿峪

十三、支（-i）　零韵母

【阴平】呲蚩鸥絺眵答瓻摛嗤痴媸螭魑呲差疵跐髊尸师诗鸤絁狮葹施著酾(又开韵阴平)司丝私咝鸶仳斯蛳幼飓厮偲撕嘶之知支氏芝吱枝肢栀胝祇脂蜘仔吱孜咨姿兹赀资訾(又上声)泑嗞缁辎赠给粢孳滋趑觜锱龇有些菑緇

【派入阴平的入声字】吃失虱湿只汗织

【阳平】池弛驰迟坻持匙藜墀路篪词茈茨祠瓷辞慈磁雌慈母糍时

【派入阳平的入声字】拾十石(又寒韵去声)实识食蚀仁浉执直侄值职填植殖絷跖摭踯

【上声】齿侈哆耻豉礼制此沘史使矢豕始驶屎死止直芷沚祉只枳咫问供旨指枉费抵纸帜咔徽子仔籽姊秭呰紫訾(又阴平)籽梓滓

【派入上声的入声字】尺(又波韵上声)

【去声】炽翅眙啻从未次伺刺赐士氏示世仁市式似事势侍试视贳柿拭是恃莳逝誓筮舐弑谥啫噬已四寺似姒氾兕伺锔耜祀四俟食笥硛嗣至层识帜制轾治峙致智痣滞巇置雉稚踬自豸挚贽志质字瓷眦渍

【派入去声的入声字】彳叱斥赤饬敕拭饰适室释螫式轼郅帙质栉陟桎赘挚轾秩掷鸷炙蛭日

十四、姑 u

【阴平】逋蛹初粗都阇嘟夫肤玞桴鄜孵敷估姑咕沽孤轱軱鸪罛菇菰蛄辜酤呱觚箛乎呼戏(又齐韵去声)糊刳矻枯骷撸噜铺痡殳书抒纾枢姝殊梳舒摴樗摅毹输疏蔬苏稣栈乌圬邬污呜于钨巫恶(又去声)朱洙侏诛茱珠株诸铢猪蛛槠潴橥租菹

【派入阴平的入声字】出督忽惚唿淴哭窟仆扑噗叔倏辞菽淑窣突秃葖屋

【阳平】刍除厨锄滁蜍橱篨躇蹰雏徂殂凫扶孚罘苻莩俘浮蚨桴符涪蜉�郛狐弧和壶葫猢瑚糊蝴鹕醐湖瓠鹕卢芦庐垆炉泸栌轳胪鸬颅舻鲈模奴孥驽匍莆燕脯葡酺蒲如茹儒薷嚅濡孺襦蠕图荼徒途涂菟屠酴无(又波韵阳平)毋芜吾吴捂唔梧蜈鼯

【派入阳平的入声字】醭毒独顿读渎椟牍黩犊髑顿弗佛艴茀幅袱刜拂彿氟绋茀怫芾伏洑茯绂袚服菔匐福蝠辐幞襆囫斛觳鹘醭璞濮孰赎塾熟秫俗竹术(zhu)竺逐烛舳瘃躅足卒崒族镞

【上声】补捕哺堡(又豪韵上声)处杵础楮储楚褚肚堵赌睹父甫抚拊斧府俯釜辅脯頫腑腐簠古诂股牯贾罟蛄蛊鼓瞽虎浒唬苦鲁橹镥瞄掳卤母牡亩拇姆姥努弩胬埔圃浦溥普谱氇汝乳暑黍署鼠数薯曙土吐午五伍仵庑怃忤妩武侮捂牾鹉舞主拄渚煮褚麈诅阻组俎祖

【派入上声的入声字】卜笃谷骨鹄毂(又阴平入)彀鹘汩榾朴蹼属(又音 zhǔ)辱蜀嘱瞩属

【去声】布怖步埔部埠蔀箁簿处醋杜肚妒妬度渡镀蠹父讣付负妇附咐阜驸赴服副蝜赋傅富鲋缚赙固故顾堌崮雇锢痼户护沪戽扈互冱岵怙瓠库裤绔路赂璐露鹭辂暮幕募墓慕怒铺戍树竖恕塑庶数墅漱澍腧素嗉愫诉溯愬兔吐堍唾菟务杌悟误晤雾恶坞鹜骛戊寤婺焐伫苎助住纻僇贮杼注驻柱炷著蛀铸翥箸

【派入去声的入声字】不亍畜矗触斶黜俶绌諔怵搐滀黜促簇蔟蹙蹴卒猝复腹蝮覆缚馥鳆笏梏喾酷六(又尤韵去入)陆录菉鹿渌绿琭禄碌睩蓼僇辘漉麓戮簏箓醁木目沐苜牧睦幕穆霂瀑曝入蓐缛褥溽沭怵术束述夙肃速宿骕粟谡蔌鹔觫缩簌物勿兀杌筑祝

诗　　格

☆格律诗句型、格式一览

格律诗句型、格式一览

这里把格律诗的平仄基本句型和格式集中在一起，以便于查找和对比。

掌握五言绝句、七言绝句、五言律诗、七言律诗和五言排律、七言排律的平仄格式以及这些格式的各自特点、不同格式的关系和区别非常重要。只有更好地了解和掌握这些知识，才能够掌握其中的规律，才能不必死记硬背或去查阅书本，就可以根据需要随时排列出不同的平仄格式来。

符号"◎"代表它前边的字押韵；字下有点者为"对"或"粘"的位置；括号中的"平"字或"仄"字，都代表可平可仄；带有下划线处为使用对仗的位置。

一、基本句型

1. 五言

五言格律诗的四种平仄基本句型：

　　　　a. 仄仄平平仄（仄起仄收式）

　　　　b. 平平仄仄平（平起平收式）

　　　　c. 平平平仄仄（平起仄收式）

d. 仄仄仄平平（仄起平收式）

五言格律诗包括可平可仄的四种平仄基本句型：

a.（仄）仄（平）平仄

b. 平　平（仄）仄平

c.（平）平（平）仄仄

d.（仄）仄　仄　平平

2. 七言

七言格律诗的四种平仄基本句型：

A. 平平仄仄平平仄（平起仄收式）

B. 仄仄平平仄仄平（仄起平收式）

C. 仄仄平平平仄仄（仄起仄收式）

D. 平平仄仄仄平平（平起平收式）

七言格律诗包括可平可仄的四种平仄基本句型：

A.（平）平（仄）仄（平）平仄

B.（仄）仄　平　平（仄）仄平

C.（仄）仄（平）平（平）仄仄

D.（平）平（仄）仄　仄　平平

二、五言绝句的四种格式

格式一　仄起仄收式

基本格式：

a. 仄仄平平仄

　　b. 平平仄仄平◎

　　c. 平平平仄仄

　　d. 仄仄仄平平◎

含可平可仄：

　　　a.（仄）仄（平）平仄

　　　b. 平　平（仄）仄平◎

　　　c.（平）平（平）仄仄

　　　d.（仄）仄　仄　平平◎

格式二　平起平收式

基本格式：

　　　b. 平平仄仄平◎

　　　d. 仄仄仄平平◎

　　　a. 仄仄平平仄

　　　b. 平平仄仄平◎

含可平可仄：

　　　b. 平　平（仄）仄平◎

　　　d.（仄）仄　仄　平平◎

　　　a.（仄）仄（平）平仄

　　　b. 平　平（仄）仄平◎

格式三　平起仄收式

基本格式：

　　　c. 平平平仄仄

　　　d. 仄仄仄平平◎

a. 仄仄平平仄

b. 平平仄仄平◎

含可平可仄：

c.（平）平（平）仄仄

d.（仄）仄 仄 平平◎

a.（仄）仄（平）平仄

b. 平 平（仄）仄平◎

格式四　仄起平收式

基本格式：

d. 仄仄仄平平◎

b. 平平仄仄平◎

c. 平平平仄仄

d. 仄仄仄平平◎

含可平可仄：

d.（仄）仄 仄 平平◎

b. 平 平（仄）仄平◎

c.（平）平（平）仄仄

d.（仄）仄 仄 平平◎

三、七言绝句的四种格式

格式一　平起仄收

基本格式：

A. 平平仄仄平平仄

B. 仄仄平平仄仄平◎

C. 仄仄平平平仄仄

D. 平平仄仄仄平平◎

含可平可仄：

A.（平）平（仄）仄（平）平仄

B.（仄）仄　平　平（仄）仄平◎

C.（仄）仄（平）平（平）仄仄

D.（平）平（仄）仄　仄　平平◎

格式二　仄起平收

基本格式：

B. 仄仄平平仄仄平◎

D. 平平仄仄仄平平◎

A. 平平仄仄平平仄

B. 仄仄平平仄仄平◎

含可平可仄：

B.（仄）仄　平　平（仄）仄平◎

D.（平）平（仄）仄　仄　平平◎

A.（平）平（仄）仄（平）平仄

B.（仄）仄　平　平（仄）仄平◎

格式三　仄起仄收

基本格式：

C. 仄仄平平平仄仄

D. 平平仄仄仄平平◎

A. 平平仄仄平平仄

B. 仄仄平平仄仄平◎

含可平可仄：

C.（仄）仄（平）平（平）仄仄

D.（平）平（仄）仄 仄 平平◎

A.（平）平（仄）仄（平）平仄

B.（仄）仄 平 平（仄）仄平◎

格式四　平起平收

基本格式：

D. 平平仄仄仄平平◎

B. 仄仄平平仄仄平◎

C. 仄仄平平平仄仄

D. 平平仄仄仄平平◎

含可平可仄：

D.（平）平（仄）仄 仄 平平◎

B.（仄）仄 平 平（仄）仄平◎

C.（仄）仄（平）平（平）仄仄

D.（平）平（仄）仄 仄 平平◎

四、五言律诗的四种格式

格式一　仄起仄收式

基本格式：

a. 仄仄平平仄

b. 平平仄仄平◎

c. 平平平仄仄

d. 仄仄仄平平◎

a. 仄仄平平仄

b. 平平仄仄平◎

c. 平平平仄仄

d. 仄仄仄平平◎

含可平可仄：

a.（仄）仄（平）平仄

b. 平　平（仄）仄平◎

c.（平）平（平）仄仄

d.（仄）仄仄　平平◎

a.（仄）仄（平）平仄

b. 平　平（仄）仄平◎

c.（平）平（平）仄仄

d.（仄）仄仄　平平◎

格式二　平起平收式

基本格式：

b. 平平仄仄平◎

d. 仄仄仄平平◎

a. 仄仄平平仄

b. 平平仄仄平◎

c. 平平平仄仄

　　　　d. 仄仄仄平平◎

　　　　a. 仄仄平平仄

　　　　b. 平平仄仄平◎

　含可平可仄：

　　　　b. 平　平（仄）仄平◎

　　　　d.（仄）仄　仄　平平◎

　　　　a.（仄）仄（平）平仄

　　　　b. 平　平（仄）仄平◎

　　　　c.（平）平（平）仄仄

　　　　d.（仄）仄　仄　平平◎

　　　　a.（仄）仄（平）平仄

　　　　b. 平　平（仄）仄平◎

格式三　平起仄收式

　基本格式：

　　　　c. 平平平仄仄

　　　　d. 仄仄仄平平◎

　　　　a. 仄仄平平仄

　　　　b. 平平仄仄平◎

　　　　c. 平平平仄仄

　　　　d. 仄仄仄平平◎

　　　　a. 仄仄平平仄

　　　　b. 平平仄仄平◎

　含可平可仄：

　　　　c.（平）平（平）仄仄

　　　　d.（仄）仄　仄　平平◎

　　　　a.（仄）仄（平）平仄

　　　　b.　平　平（仄）仄平◎

　　　　c.（平）平（平）仄仄

　　　　d.（仄）仄　仄　平平◎

　　　　a.（仄）仄（平）平仄

　　　　b.　平　平（仄）仄平◎

格式四　仄起平收式

基本格式：

　　　　d.仄仄仄平平◎

　　　　b.平平仄仄平◎

　　　　c.平平平仄仄

　　　　d.仄仄仄平平◎

　　　　a.仄仄平平仄

　　　　b.平平仄仄平◎

　　　　c.平平平仄仄

　　　　d.仄仄仄平平◎

含可平可仄：

　　　　d.（仄）仄　仄　平平◎

　　　　b.　平　平（仄）仄平◎

　　　　c.（平）平（平）仄仄

　　　　d.（仄）仄　仄　平平◎

　　　　a.（仄）仄（平）平仄

　　　　b.　平　平（仄）仄平◎

c.（平）平（平）仄仄
d.（仄）仄　仄　平平◎

五、七言律诗的四种格式

格式一　平起仄收式

基本格式：

A. 平平仄仄平平仄
B. 仄仄平平仄仄平◎
C. 仄仄平平平仄仄
D. 平平仄仄仄平平◎
A. 平平仄仄平平仄
B. 仄仄平平仄仄平◎
C. 仄仄平平平仄仄
D. 平平仄仄仄平平◎

含可平可仄：

A.（平）平（仄）仄（平）平仄
B.（仄）仄　平　平（仄）仄平◎
C.（仄）仄（平）平（平）仄仄
D.（平）平（仄）仄　仄　平平◎
A.（平）平（仄）仄（平）平仄
B.（仄）仄　平　平（仄）仄平◎
C.（仄）仄（平）平（平）仄仄
D.（平）平（仄）仄　仄　平平◎

格式二　仄起平收式

　　基本格式：

　　　　　B. 仄仄平平仄仄平◎

　　　　　D. 平平仄仄仄平平◎

　　　　　A. 平平仄仄平平仄

　　　　　B. 仄仄平平仄仄平◎

　　　　　C. 仄仄平平平仄仄

　　　　　D. 平平仄仄仄平平◎

　　　　　A. 平平仄仄平平仄

　　　　　B. 仄仄平平仄仄平◎

　　含可平可仄：

　　　　　B.（仄）仄　平　平（仄）仄平◎

　　　　　D.（平）平（仄）仄　仄　平平◎

　　　　　A.（平）平（仄）仄（平）平仄

　　　　　B.（仄）仄　平　平（仄）仄平◎

　　　　　C.（仄）仄（平）平（平）仄仄

　　　　　D.（平）平（仄）仄　仄　平平◎

　　　　　A.（平）平（仄）仄（平）平仄

　　　　　B.（仄）仄　平　平（仄）仄平◎

格式三　仄起仄收式

　　基本格式：

　　　　　C. 仄仄平平平仄仄

　　　　　D. 平平仄仄仄平平◎

　　　　　A. 平平仄仄平平仄

B. 仄仄平平仄仄平◎

C. 仄仄平平平仄仄

D. 平平仄仄仄平平◎

A. 平平仄仄平平仄

B. 仄仄平平仄仄平◎

含可平可仄：

C.（仄）仄（平）平（平）仄仄

D.（平）平（仄）仄　仄　平平◎

A.（平）平（仄）仄（平）平仄

B.（仄）仄　平　平（仄）仄平◎

C.（仄）仄（平）平（平）仄仄

D.（平）平（仄）仄　仄　平平◎

A.（平）平（仄）仄（平）平仄

B.（仄）仄　平　平（仄）仄平◎

格式四　平起平收式

基本格式：

D. 平平仄仄仄平平◎

B. 仄仄平平仄仄平◎

C. 仄仄平平平仄仄

D. 平平仄仄仄平平◎

A. 平平仄仄平平仄

B. 仄仄平平仄仄平◎

C. 仄仄平平平仄仄

D. 平平仄仄仄平平◎

含可平可仄：

D.（平）平（仄）仄　仄　平平◎

B.（仄）仄　平　平（仄）仄平◎

C.（仄）仄（平）平（平）仄仄

D.（平）平（仄）仄　仄　平平◎

A.（平）平（仄）仄（平）平仄

B.（仄）仄　平　平（仄）仄平◎

C.（仄）仄（平）平（平）仄仄

D.（平）平（仄）仄　仄　平平◎

六、五言排律的四种格式

第一种格式
　　仄起仄收式　以"a. 仄仄平平仄"句型为首句
第二种格式
　　平起平收式　以"b. 平平仄仄平"句型为首句
第三种平仄格式
　　平起仄收式　以"c. 平平平仄仄"句型为首句
第四种平仄格式
　　仄起平收式　以"d. 仄仄仄平平"句型为首句

七、七言排律的四种格式

第一种平仄格式
　　平起仄收式　以"A. 平平仄仄平平仄"句型为首句

第二种平仄格式

　　仄起平收式　以"B. 仄仄平平仄仄平"句型为首句

第三种平仄格式

　　仄起仄收式　以"C. 仄仄平平平仄仄"句型为首句

第四种平仄格式

　　平起平收式　以"D. 平平仄仄仄平平"句型为首句

　　排律的粘对、押韵、对仗的位置，可参照五言律诗和七言律诗。

词　谱

☆ 常用词谱精选

常用词谱精选

　　本《常用词谱精选》是从唐宋词人优秀词作中精选出常用词牌180个。其谱以《全宋词》所载词作为准。《全宋词》所载词作明显有误者，则依他籍。每一词牌有一谱者，又有多谱者。多谱者一般以出现较早、影响较大者作为正体，列于前。其他则作为又一体，列于后。另有个别字句、平仄、押韵略有不同者，不作为又一体，而是在该体之后加以说明，并列出例词，以供参考。

　　谱中符号"—"代表平声，"｜"代表仄声，"＋"代表可平可仄；括号中"韵"字代表押韵，"叠"字代表叠韵。排列以词牌第一字笔画为序。

一　　画

一丛花

　　双调，七十八字。前后段各七句，四平韵。

　　＋—＋｜｜——（韵）—｜｜——（韵）——｜｜——｜，｜＋＋、＋｜——（韵）＋＋｜＋，＋—＋｜，—｜｜——（韵）

　　＋－＋｜｜－－（韵）＋｜｜－－（韵）＋－＋｜－－
｜，｜＋＋、＋｜－－（韵）＋＋＋＋，＋－＋｜，＋｜｜
－－（韵）

　　伤春时候一凭阑。何况别离难。东风只解催人去，也不
道、莺老花残。青笺未约，红绡忍泪，无计锁征鞍。

　　宝钗瑶钿一时闲。此恨苦天悭。如今直恁抛人去，也不
念、人瘦衣宽。归来忍见，重楼淡月，依旧五更寒。

——程　垓

一斛珠

　　又名《醉落魄》《章台月》《怨春风》《醉落拓》等。

　　双调，五十七字。前后段各五句，四仄韵。

　　＋－＋｜（韵）＋－＋｜－－｜（韵）＋＋＋＋＋－－｜
（韵）＋｜－－，＋｜＋－｜（韵）

　　＋＋＋＋＋－＋｜（韵）＋－＋｜－－｜（韵）＋－＋｜
－－｜（韵）＋｜－－，＋｜＋－｜（韵）

　　晚妆初过。沉檀轻注些儿个。向人微露丁香颗。一曲清
歌，暂引樱桃破。

　　罗袖裛残殷色可。杯深旋被香醪涴。绣床斜凭娇无那。
烂嚼红茸，笑向檀郎唾。

——李　煜

　　又有前段第二句作上三下四句法者，如周邦彦、高观国词。
此处列一例。

钩帘翠湿。寒江上、雨晴风急。乱峰低处明残日。雁字成行，写破暮天碧。

故人天外长为客。倚阑一望情何极。新来得个归消息。去棹回舟，数过几千只。

——高观国

一剪梅

又名《腊梅香》《玉簟秋》。

双调，六十字。前后段各六句，三平韵。

＋＋－＋＋｜－（韵）＋＋＋＋，＋｜－－（韵）＋－＋｜＋－－，＋｜－－，＋｜－－（韵）

＋＋＋＋＋－（韵）＋＋－＋，＋｜－－（韵）＋－＋｜｜－－，＋｜－－，＋｜－－（韵）

无限江山无限愁。两岸斜阳，人上扁舟。阑干吹浪不多时，酒在离尊，情满沧洲。

早是霜华两鬓秋。目送飞鸿，那更难留。问君尺素几时来，莫道长江，不解西流。

——周紫芝

又有后段第五句亦押韵者，如李清照"红藕香残玉簟秋"。

红藕香残玉簟秋。轻解罗裳，独上兰舟。云中谁寄锦书来，雁字回时，月满西楼。

花自飘零水自流。一种相思，两处闲愁。此情无计可消除，才下眉头，却上心头。

——李清照

又有前后段第四句亦押韵者，如吴文英"远目伤心楼上山"词；前后段第四句、第五句亦押韵者，如卢炳"灯火楼台万斛莲"词。此处列一例。

远目伤心楼上山。愁里长眉，别后峨鬟。暮云低压小阑干。教问孤鸿，因甚先还。

瘦倚溪桥梅夜寒。雪欲消时，泪不禁弹。剪成钗胜待归看。春在西窗，灯火更阑。

——吴文英

又有句句押韵者，如蒋捷"一片春愁待酒浇"词。

一片春愁待酒浇。江上舟摇。楼上帘招。秋娘渡与泰娘桥。风又飘飘。雨又萧萧。

何日归家洗客袍。银字笙调。心字香烧。流光容易把人抛。红了樱桃。绿了芭蕉。

——蒋　捷

又有前段第五、六句作七言一句者，如赵长卿"霁霭迷空晓未收"词；又有前段第五、六句作七言一句，后段第二、三句亦作七言一句者，如周邦彦"一剪梅花万样娇"词；又有前后段第二、三句俱作七言一句者，如曹勋"不占前村占宝阶"词。此处列一例。

一剪梅花万样娇。斜插梅枝，略点眉梢。轻盈微笑舞低回，何事尊前拍误招。

夜渐寒深酒渐消。袖里时闻玉钏敲。城头谁恁促残更，银漏何如，且慢明朝。

——周邦彦

二　画

十六字令

又名《归字谣》《苍梧谣》。

单调，十六字。四句，三平韵。

　　－（韵）＋｜－－＋｜－（韵）－－｜，＋｜｜－－（韵）

　　天。休使圆蟾照客眠。人何在，桂影自婵娟。

——蔡　伸

人月圆

又名《青衫湿》。

双调，四十八字。前段五句，两平韵；后段六句，两平韵。

　　＋－＋｜－－｜，＋｜｜－－（韵）＋－＋｜，－－＋｜，＋｜－－（韵）

　　＋－＋｜，＋－＋｜，＋｜－－（韵）－－＋｜，＋－＋｜，＋｜－－（韵）

　　连环宝瑟深深愿，结尽一生愁。人间天上，佳期胜赏，今夜中秋。

　　雅歌妍态，嫦娥见了，应羡风流。芳尊美酒，年年岁岁，月满高楼。

——赵　鼎

又有后段与前段相同者，如张纲"封人祝望尧云了"词。

封人祝望尧云了，归路蔼欢声。何妨明日，开筵笑语，聊庆初生。

官闲岁晚身犹健，兰玉更盈庭。持杯为寿，从教夜醉，谁怕参横。

———张　纲

又一体 (平韵)

双调，四十八字。前后段各五句，两平韵。

——｜｜——｜，｜｜｜——（韵）——｜｜，——｜
｜，｜｜｜——（韵）

｜—｜｜，———｜，｜｜——（韵）｜——｜｜｜
｜，｜—｜——（韵）

风和日薄余烟嫩，测测透鲛绡。相逢且喜，人圆玳席，月满丹霄。

烂游胜赏，高低灯火，鼎沸笙箫。一年三百六十日，愿长似今宵。

———杨无咎

又一体 (仄韵)

双调，四十八字。前段五句，三仄韵，后段五句，两仄韵。

｜——｜——｜（韵）—｜——｜（韵）｜——｜，—
—｜｜，—｜—｜（韵）

｜——｜，——｜｜，—｜—｜（韵）｜——｜｜｜
｜，｜———｜（韵）

月华灯影光相射。还是元宵也。绮罗如画，笙歌递响，无限风雅。

闹蛾斜插，轻衫乍试，闲趁尖耍。百年三万六千夜，愿长如今夜。

——杨无咎

入塞

双调，五十二字。前段六句，四平韵，一叠韵；后段五句，四平韵，一叠韵。

　　｜－－（韵）｜－－、｜｜－（韵）｜－－｜｜，｜｜
｜－－（韵）－｜－（韵）｜｜－（叠）

　　｜－－－｜｜－（韵）｜｜－、－｜｜－（韵）－－－
｜｜－－（韵）－｜－（韵）｜｜－（叠）

好思量。正秋风、半夜长。奈银釭一点，耿耿背西窗。衾又凉。枕又凉。

露华凄凄月半床。照得人、真个断肠。窗前谁浸木犀黄。花也香。梦也香。

——程　垓

八声甘州

又名《甘州》《潇潇雨》等。

双调，九十七字。前后段各九句，四平韵。

　　｜＋－＋｜｜－－，＋＋｜－－（韵）｜＋－＋｜，＋

一十丨，十丨一一（韵）十丨十一十丨，十丨丨一一（韵）
十丨十一丨，十丨一一（韵）

十丨十一十丨，丨十一十丨，十丨一一（韵）丨十一十
丨，十丨丨一一（韵）丨十十、十一十丨，丨十一、十丨丨
一一（韵）一一丨、十一十丨，十丨一一（韵）

对潇潇暮雨洒江天，一番洗清秋。渐霜风凄紧，关河冷
落，残照当楼。是处红衰绿减，苒苒物华休。唯有长江水，
无语东流。

不忍登高临远，望故乡渺邈，归思难收。叹年来踪迹，
何事苦淹留。想佳人、妆楼颙望，误几回、天际识归舟。争
知我、倚栏杆处，正恁凝愁。

——柳　永

又有前段起句用韵者，如张炎"记玉关踏雪事清游"词。又
有个别句子字数略有增减者，此处不列。

卜算子

又名《缺月挂疏桐》《百尺楼》《楚天遥》《眉峰碧》等。
双调，四十四字。前后段各四句，两仄韵。

十十十十一，十丨一一丨（韵）十丨一一十十，十丨
一一丨（韵）

十十十十一，十丨一一丨（韵）十丨一一十十，十丨
一一丨（韵）

蜀客到江南，长忆吴山好。吴蜀风流自古同，归去应须
早。

还与去年人，共藉西湖草。莫惜尊前仔细看，应是容颜老。

——苏　轼

又有前段结句作六言、或六言折腰句法者，如黄童、黄公度词。又有后段结句作六言者，如李之仪"我住长江头"词。此处列一例。

我住长江头，君住长江尾。日日思君不见君，共饮长江水。

此水几时休，此恨何时已。只愿君心似我心，定不负相思意。

——李之仪

又有前后段起句俱入韵者，如石孝友词。又有后段起句入韵者，或同时结句又作六言折腰句法者，如徐俯诸词。又有前后段结句俱作六言折腰句法者，如黄庭坚词。又有前后段结句俱作六言折腰句法，且后段起句入韵、或前后段起句俱入韵者，如张先、欧阳修、杜安世诸词。此处列一例。

梦断寒夜长，坐待清霜晓。临镜无人为整妆，但自学、孤鸾照。

楼台红树杪。风月依前好。江水东流郎在西，问尺素、何由到。

——张　先

卜算子慢

双调，八十九字。前段八句，四仄韵；后段八句，五仄韵。

ーー｜｜，ー｜｜ー，｜｜｜ーー｜（韵）＋｜ーー，
＋｜｜ーー｜（韵）｜ーー、｜｜ーー｜（韵）｜＋＋、ー
ー｜｜，ーー｜＋ー｜（韵）

｜｜ーー｜（韵）｜｜｜ーー，｜ーー｜（韵）｜｜ー
ー，｜＋｜ー＋｜（韵）＋ーー、＋｜ーー｜（韵）｜｜
＋、ーー｜｜，｜ーー＋｜（韵）

桃花院落，烟重露寒，寂寞禁烟晴昼。风拂珠帘，还记
去年时候。惜春心、不喜闲窗绣。倚屏山、和衣睡觉，醺醺
暗消残酒。

独倚危阑久。把玉笋偷弹，黛蛾轻斗。一点相思，万般
自家甘受。抽金钗、欲买丹青手。写别来、容颜寄与，使知
人清瘦。

——钟　辐

又有张先"溪山别意"词，各版本在个别字词及断句上略有
不同。今依《全宋词》列入。

溪山别意，烟树去程，日落采苹春晚。欲上征鞍，更掩
翠帘相眄。惜弯弯浅黛长长眼。奈画阁欢游，也学狂花乱絮
轻散。

水影横池馆。对静夜无人，月高云远。一饷凝思，两袖
泪痕还满。恨私书、又逐东风断。纵西北层楼万尺，望重城
那见。

——张　先

三　画

三字令

双调，四十八字。前后段各八句，四平韵。

　　－｜｜，｜－－（韵）｜－－（韵）－｜｜，｜－－
（韵）｜－－，－｜｜，｜－－（韵）

　　－｜｜，｜－－（韵）｜－－（韵）－｜｜，｜－－
（韵）｜－－，－｜｜，｜－－（韵）

　　春欲尽，日迟迟。牡丹时。罗幌卷，翠帘垂。彩笺书，
红粉泪，两心知。

　　人不在，燕空归。负佳期。香烬落，枕函欹。月分明，
花淡薄，惹相思。

　　　　　　　　　　　　　　　　　　　——欧阳炯

又一体

双调，五十四字。前后段各九句，四平韵。

　　－｜｜，｜－－（韵）－｜｜，｜－－（韵）－｜｜，
｜－－（韵）－－｜，－｜｜，｜－－（韵）

　　－－｜，｜－－（韵）－｜｜，｜－－（韵）－｜｜，
｜－－（韵）－｜｜，－｜｜，｜－－（韵）

　　春尽日，雨余时。红薂薂，绿漪漪。花满地，水平池。
烟光里，云影上，画船移。

纹鸳并，白鸥飞。歌韵响，酒行迟。将我意，入新诗。春欲去，留且住，莫教归。

——向子諲

万里春

双调，四十六字。前后段各四句，三仄韵。

－－｜｜（韵）｜｜－－－｜（韵）｜－－、｜｜－－，｜－－｜｜（韵）

｜｜－－｜（韵）｜－｜、｜－－｜（韵）｜－－、｜｜－－，｜－－－｜（韵）

千红万翠。簇定清明天气。为怜他、种种清香，好难为不醉。

我爱深如你。我心在、个人心里。便相看、老却春风，莫无些欢意。

——周邦彦

山花子

又名《摊破浣溪沙》《添字浣溪沙》《感恩多令》等。《花间集》中毛文锡词又名《浣沙溪》。

双调，四十八字。前段四句，三平韵；后段四句，两平韵。

＋｜－－｜｜－（韵）＋－＋｜｜－－（韵）＋｜＋－＋＋｜，｜－－（韵）

＋｜＋－－｜｜，＋－＋｜｜－－（韵）＋｜＋－－｜｜，｜－－（韵）

菡萏香销翠叶残，西风愁起绿波间。还与韶光共憔悴，不堪看。

细雨梦回鸡塞远，小楼吹彻玉笙寒。多少泪珠何限恨，倚阑干。

——李　璟

小重山

又名《小重山令》《小冲山》《柳色新》。

双调，五十八字。前后段各四句，四平韵。

　　＋｜－－＋｜－（韵）＋－－｜｜、｜－－（韵）＋－
＋｜｜－－（韵）－＋｜、＋｜｜－－（韵）

　　＋｜｜－－（韵）＋－－｜｜、｜－－（韵）＋－＋｜
｜－－（韵）－＋｜、＋｜｜－－（韵）

春到长门春草青。玉阶华露滴、月胧明。东风吹断紫箫声。宫漏促、帘外晓啼莺。

愁极梦难成。红妆流宿泪、不胜情。手挼裙带绕阶行。思君切、罗幌暗尘生。

——薛绍蕴

又有前段起句不入韵者如李清照"春到长门春草青"词。又有后段第三句不押韵者，如岳飞"昨夜寒蛩不住鸣"词。此处列一例。

昨夜寒蛩不住鸣。惊回千里梦、已三更。起来独自绕阶行。人悄悄、帘外月胧明。

白首为功名。旧山松竹老、阻归程。欲将心事付瑶琴，知音少、弦断有谁听。

——岳 飞

又一体（仄韵体）

双调，五十八字。前后段各四句，四仄韵。

｜｜－－－｜｜（韵）｜－－｜｜、｜－｜（韵）－－
－｜｜－｜（韵）｜－－、－｜｜－｜（韵）

－｜｜－｜（韵）－－－｜｜、｜－｜（韵）－－－｜
｜－｜（韵）｜－－、－｜｜－｜（韵）

一点斜阳红欲滴。白鸥飞不尽、楚天碧。渔歌声断晚风急。搅芦花、飞雪满林湿。

孤馆百忧集。家山千里远、梦难觅。江湖风月好收拾。故溪云、深处著蓑笠。

——黄子行

四 画

天香

双调，九十六字。前段十句，五仄韵；后段八句，六仄韵。

＋｜－－，＋｜－＋｜，＋＋＋＋－｜（韵）＋｜－－，
＋｜－＋｜，｜｜｜＋－－｜（韵）＋－＋｜（韵）＋＋｜、＋
－＋｜（韵）＋｜＋－＋｜，－＋＋＋－｜（韵）

＋＋＋－＋｜（韵）｜－－、＋＋－｜（韵）＋｜＋－

＋｜，｜－－｜（韵）＋｜－－｜｜（韵）｜＋｜、－－＋
＋｜（韵）＋＋－－，－－｜｜（韵）

烟络横林，山沉远照，逦迤黄昏钟鼓。烛映帘栊，蛩催
机杼，共苦清秋风露。不眠思妇。齐应和、几声砧杵。惊动
天涯倦宦，骎骎岁华行暮。

当年酒狂自负。谓东君、以春相付。流浪征骖北道，客
樯南浦。幽恨无人晤语。赖明月、曾知旧游处。好伴云来，
还将梦去。

——贺　铸

此调前段第七句多有不用韵者。又有后段第三句四字、第四
句六字者，如毛滂、周密等词。又有前段第六句作六字折腰者，
如吴文英"蟫叶黏霜"词。

蟫叶黏霜，蝇苞缀冻，生香远带风峭。岭上寒多，溪头
月冷、北枝瘦、南枝小。玉奴有姊，先占立、墙阴春早。初
试宫黄澹薄，偷分寿阳纤巧。

银烛泪深未晓。酒钟悭、贮愁多少。记得短亭归马，暮
衔蜂闹。豆蔻钗梁恨袅。但怅望、天涯岁华老。远信难封，
吴云雁杳。

——吴文英

天仙子

单调，三十四字。六句，五仄韵。

＋｜＋－－｜｜（韵）＋－－｜－－｜（韵）－－＋｜
｜－－，－｜｜（韵）｜－｜（韵）｜｜＋－－｜｜（韵）

踯躅花开红照水。鹧鸪飞绕青山觜。行人经岁始归来，千万里。错相倚。懊恼天仙应有以。

——皇甫松

又有第四句不押韵者，如和凝"洞口春红飞蔌蔌"词。

洞口春红飞蔌蔌。仙子含愁眉黛绿。阮郎何事不归来，懒烧金，慵篆玉。流水桃花空断续。

——和　凝

又一体（平韵体）

单调，三十四字。六句，五平韵。

　　＋｜－－＋｜－（韵）＋＋＋＋＋－（韵）＋－＋｜｜－－（韵）＋｜｜，｜－－（韵）＋｜＋－＋｜－（韵）

梦觉银屏依旧空。杜鹃声咽隔帘栊。玉郎薄幸去无踪。一日日，恨重重。泪界莲腮两线红。

——韦　庄

又一体（换韵体）

单调，三十四字。六句，两仄韵、三平韵。

　　－｜－－－｜｜（仄韵）－｜－－－｜｜（韵）－－｜｜｜－－（换平韵）－｜｜，｜－－（韵）－｜－－－｜－（韵）

深夜归来长酩酊。扶入流苏犹未醒。醺醺酒气麝兰和。惊睡觉，笑呵呵。长道人生能几何。

——韦　庄

又一体

双调，六十八字。前后段同，各六句，五仄韵。

　　＋｜＋－－｜｜（韵）＋｜＋－－｜｜（韵）＋－＋｜
｜－－，－｜｜（韵）－＋｜（韵）＋｜＋－－｜｜（韵）

　　＋｜＋－－｜｜（韵）＋｜＋－－｜｜（韵）＋－＋｜
｜－－，－＋｜（韵）－＋｜（韵）＋｜＋－－｜｜（韵）

　　　水调数声持酒听。午醉醒来愁未醒。送春春去几时
回，临晚镜。伤流景。往事后期空记省。

　　　沙上并禽池上暝。云破月来花弄影。重重帘幕密遮
灯，风不定。人初静。明日落红应满径。

——张 先

太常引

又名《太清引》《腊前梅》。

双调，四十九字。前段四句，四平韵；后段五句，三平韵。

　　＋－＋｜｜－－（韵）＋｜｜－－（韵）＋｜｜－－
（韵）｜＋｜、－－｜－（韵）

　　＋－＋｜，＋－＋｜，＋｜｜－－（韵）＋｜｜－－
（韵）＋＋｜、－－｜－（韵）

　　　一轮秋影转金波。飞镜又重磨。把酒问姮娥。被白发、
欺人奈何。

　　　乘风好去，长空万里，直下看山河。斫去桂婆娑。人道
是、清光更多。

——辛弃疾

又有前段第二句多一字，作六字折腰句式者，如韩玉"荒山连水水连天"词。

荒山连水水连天。忆曾上、桂江船。风雨过吴川。又却在、潇湘岸边。

不堪追念，浪萍踪迹，虚度夜如年。风外晓钟传。尚独对、残灯未眠。

——韩　玉

长相思

又名《长相思令》《相思令》《吴山青》《双红豆》《山渐青》《忆多娇》等。

双调，三十六字。前后段各四句，三平韵，一叠韵。

＋＋－（韵）＋＋－（叠）＋｜－－＋｜－（韵）＋－＋｜－（韵）

＋＋－（韵）＋＋－（叠）＋｜－－＋｜－（韵）＋－＋｜－（韵）

汴水流。泗水流。流到瓜洲古渡头。吴山点点愁。
思悠悠。恨悠悠。恨到归时方始休。月明人倚楼。

——白居易

又有叠韵处整句相叠者，如晏几道词。

长相思。长相思。若问相思甚了期。除非相见时。
长相思。长相思。欲把相思说与谁。浅情人不知。

——晏几道

又有前段叠韵，后段不叠韵者，如欧阳修、万俟咏、蔡伸、陆游等人词。

云千重。水千重。身在千重云水中。月明收钓筒。
头未童。耳未聋。得酒犹能双脸红。一尊谁与同。

——陆　游

又有前段不叠韵，后段叠韵者，如朱敦儒、蔡伸、王之道、陆游、周密等人词。

海云黄。橘洲霜。如箭滩流石似羊。溪船十丈长。
人难量。水难量。过险方知著甚忙。归休老醉乡。

——朱敦儒

又有前后段俱不叠韵者，如李煜、张先、欧阳修、周邦彦、万俟咏、向子諲、蔡伸、王之道、曾觌、袁去华、陆游、张孝祥等人词。

小楼重。下帘栊。万点芳心绿间红。秋千图画中。
草茸茸。柳松松。细卷玻璃水面风。春寒依旧浓。

——张孝祥

又有后段起句不入韵者，如白居易、李煜、欧阳修、王之道、赵长卿等人词。

吴江枫。吴江风。索索秋声飞乱红。晚来归兴浓。
淮山西，淮山东。明月今宵何处同。相寻魂梦中。

——王之道

又有用韵略有不同者，如前段首句不入韵，或前段第三句不押韵，或后段第三句不押韵，或前段第二句不押韵等。此处不列。

又一体（换韵体）

双调，三十六字。前段四句，三平韵，一叠韵；后段四句，另换三平韵。

　　＋－－（平韵）｜－－（叠）＋｜－－＋｜－（韵）－－＋｜－（韵）

　　｜－－（另换平韵）｜－－（韵）｜｜－－＋｜－（韵）－－－｜－（韵）

　　　心悠悠。恨悠悠。谁剪青山两点愁。笙寒燕子楼。
　　　晓星稀。暮云飞。织就回文不下机。花飞人未归。

　　　　　　　　　　　　　　　　　　　　——续雪谷

又有后段起句不入韵者，如刘光祖"玉尊凉"词。此处不列。

又一体

又名《长相思慢》。

双调，一百零三字。前段十一句，六平韵；后段十句，四平韵。

　　｜｜－－，－－｜｜，｜｜－｜－－（韵）－－｜｜｜｜，－－－｜，｜｜－－（韵）｜｜－－（韵）｜－－｜｜，｜｜－－（韵）｜｜－－（韵）｜－－、｜｜－－（韵）

　　｜－｜－－，｜｜－－｜｜，｜｜－－（韵）－－｜

｜，｜｜－－，｜｜－－（韵）－－｜｜，｜－－、－｜－｜
－（韵）｜｜－、－｜－｜，－－｜｜－－（韵）

　　画鼓喧街，兰灯满市，皎月初照严城。清都绛阙夜景，风传银箭，露瀼金茎。巷陌纵横。过平康款辔，缓听歌声。凤烛荧荧。那人家、未掩香屏。

　　向罗绮丛中，认得依稀旧日，雅态轻盈。娇波艳冶，巧笑依然，有意相迎。墙头马上，漫迟留、难写深诚。又岂知、名宦拘检，年来减尽风情。

——柳　永

　　又有个别处断句略异者，如秦观、周邦彦、杨无咎、袁去华、刘埙词。此处不列。可平可仄亦不作参考。

月华清

　　双调，九十九字。前段十句，五仄韵；后段十句，六仄韵。

　　＋｜－－，－－－｜，｜－－｜－｜（韵）－｜－－，｜｜｜－－｜（韵）｜｜｜、＋｜－－，＋｜｜、＋－＋｜（韵）－｜（韵）｜－－＋｜，－－＋｜（韵）

　　＋｜＋－＋｜（韵）｜｜｜＋－－，｜｜－｜（韵）＋｜－－，＋｜＋－－｜（韵）｜－｜、＋｜－－，＋｜｜、｜－－｜（韵）＋｜（韵）｜－－－｜，｜－＋｜（韵）

　　花影摇春，虫声吟暮，九霄云幕初卷。谁驾冰蟾，拥出桂轮天半。素魄映、青琐窗前，皓彩散、画阑干畔。凝眄。见金波潋滟，分辉鹊殿。

　　况是风柔夜暖。正燕子新来，海棠微绽。不似秋光，只照离人肠断。恨无奈、利锁名缰，谁为唤、舞裙歌扇。吟玩。怕铜壶催晓，玉绳低转。

——洪　璨

又有后段第九句少一字者，如朱淑真"雪压庭春"词。

雪压庭春，香浮花月，揽衣还怯单薄。欹枕裴回，又听一声干鹊。粉泪共、宿雨阑干，清梦与、寒云寂寞。除却。是江梅曾许，诗人吟作。

长恨晓风漂泊。且莫遣香肌，瘦减如削。深杏夭桃，端的为谁零落。况天气、妆点清明，对美景、不妨行乐。拌著。向花时取，一杯独酌。

——朱淑真

月上海棠

又名《玉官遥》。

双调，七十字。前后段各六句，四仄韵。

　　－－｜｜｜－－｜（韵）｜－－、－｜｜－｜（韵）｜｜－－，｜－－、｜－＋｜（韵）－－｜，｜｜－－｜｜（韵）

　　－－＋｜－－｜（韵）｜－－、＋｜｜－｜（韵）｜｜－－，｜－－、｜－－｜（韵）－－｜，｜｜－－－｜｜（韵）

斜阳废苑朱门闭。吊兴亡、遗恨泪痕里。淡淡宫梅，也依然、点酥剪水。凝愁处，似忆宣华旧事。

行人别有凄凉意。折幽香、谁与寄千里。伫立江皋，杳难逢、陇头归骑。音尘远，楚天危楼独倚。

——陆　游

又一体

又名《月上海棠慢》。

双调，九十一字。前段十句，四仄韵；后段十一句，五仄韵。

　　－－＋｜，｜＋－｜，＋－－＋－｜（韵）｜＋＋－｜，
｜－－｜（韵）｜－｜｜－－，－－－、｜－－｜（韵）－
－｜，－＋－＋，｜－－｜（韵）

　　－｜（韵）－－｜｜，＋＋－＋，＋＋－｜（韵）｜－
－＋｜，｜－－｜（韵）｜－｜＋－－，－－＋，｜－－｜
（韵）－＋｜，－－－－｜｜（韵）

东风飏暖，渐是春半，海棠丽烟径。似蜀锦晴展，翠红
交映。嫩梢万点胭脂，移西溪、浣花真景。濛濛雨，黄鹂飞
上，数声宜听。

　　风定。朱阑夜悄，蟾华如水，初照清影。喜浓芳满地，
暗香难并。悄如彩云光中，留翔鸾，静临芳镜。携酒去，何
妨花边露冷。

——曹　勋

乌夜啼

又名《锦堂春》《圣无忧》。另《相见欢》又名《乌夜啼》与
此调不同。

双调，四十七字。前后段各四句，两平韵。

　　＋｜－－｜，＋－｜｜－－（韵）＋－＋｜－－｜，＋

丨丨――（韵）

　＋丨＋－＋丨，＋－＋丨――（韵）＋－＋丨――丨，

＋丨丨――（韵）

　　昨夜风兼雨，帘帏飒飒秋声。烛残漏断频敧枕，起坐不能平。

　　世事漫随流水，算来一梦浮生。醉乡路稳宜频到，此外不堪行。

——李　煜

　　又有前段起句多一字作六言者，如苏轼、陆游、赵令畤、程垓、魏了翁等人词。此处列一例。

　　楼上萦帘弱絮，墙头碍月低花。年年春事关心事，肠断欲栖鸦。

　　舞镜鸾衾翠减，啼珠凤蜡红斜。重门不锁相思梦，随意绕天涯。

——赵令畤

　　又有前段起句作六言，前后段结句俱作六言折腰句法者，如程垓词。

　　墙外雨肥梅子，阶前水绕荷花。阴阴庭户熏风满，水纹簟、怯菱芽。

　　春尽难凭燕语，日长惟有蜂衙。沈香火冷珠帘暮，个人在、碧窗纱。

——程　垓

风光好

双调，三十六字。前段四句，四平韵；后段四句，两仄韵，两平韵。

　　｜－－（韵）｜－－（韵）＋｜－－｜｜－（韵）｜－－（韵）

　　－－＋｜－－｜（换仄韵）－－｜（韵）＋｜－－｜｜－（归平韵）｜－－（韵）

　　柳阴阴。水沉沉。风约双凫立不禁。碧波心。
　　孤村桥断人迷路。舟横渡。旋买村醪浅浅斟。更微吟。

　　　　　　　　　　　　　　　　　　——欧　良

风入松

又名《远山横》。

双调，七十四字。前后段各六句，四平韵。

　　＋－＋｜｜－－（韵）＋｜－－（韵）＋－＋｜－－｜，＋＋＋、＋｜－－（韵）＋｜＋－＋｜，＋－＋｜－－（韵）

　　＋－＋｜｜－－（韵）＋｜－－（韵）＋－＋｜－－｜，＋－＋、＋｜－－（韵）＋｜＋－＋｜，＋－＋｜－－（韵）

　　心心念念忆相逢。别恨谁浓。就中懊恼难拼处，是擘钗、分钿匆匆。却似桃源路失，落花空记前踪。
　　彩笺书尽浣溪红。深意难通。强欢艴酒图消遣，到醒来、愁闷还重。若是初心未改，多应此意须同。

——晏几道

又有前后段第二句皆五字者，如吴文英"听风听雨过清明"词；前后段第四句少一字各作六字句者，如赵彦端"传闻天上有星榆"词。此处列一例。

听风听雨过清明。愁草瘗花铭。楼前绿暗分携路，一丝柳、一寸柔情。料峭春寒中酒，交加晓梦啼莺。

西园日日扫林亭。依旧赏新晴。黄蜂频扑秋千索，有当时、纤手香凝。惆怅双鸳不到，幽阶一夜苔生。

——吴文英

凤楼春

双调，七十七字。前段八句，六平韵；后段九句，五平韵。

｜｜｜－－（韵）－｜－－（韵）｜－－（韵）｜－－｜｜－－（韵）－｜｜，｜－－（韵）－｜｜－－｜｜，｜｜｜－－（韵）

｜－－（韵）－｜－－（韵）｜－－｜，｜－－｜，｜－－｜－－（韵）－｜｜－，－｜－｜｜－－（韵）｜－－｜，－｜－－（韵）

凤髻绿云丛。深掩房栊。锦书通。梦中相见觉来慵。匀面泪，脸珠融。因想玉郎何处去，对淑景谁同。

小楼中。春思无穷。倚阑颙望，暗牵愁绪，柳花飞起东风。斜日照帘，罗幌香冷粉屏空。海棠零落，莺语残红。

——欧阳炯

凤池吟

双调，九十九字。前段十一句，四平韵；后段十句，四平韵。

　　｜｜－－，｜－－｜，｜｜｜｜－－（韵）｜－－｜
｜，－－｜｜，｜｜－－（韵）｜｜－－，｜－｜｜｜－－
（韵）－－｜｜，－－－｜，｜｜－－（韵）

　　－－｜｜－｜，｜｜｜－｜｜，｜｜－－（韵）｜｜－－
｜，｜－－｜，｜｜－－（韵）｜｜－－，｜－－｜｜－－
（韵）－－｜，｜－－、｜｜－－（韵）

　　万丈巍台，碧罘罳外，衮衮野马游尘。旧文书几阁，昏
朝醉暮，霈雨翻云。忽变清明，紫垣敕使下星辰。经年事
静，公门如水，帝甸阳春。

　　长安父老相语，几百年见此，独驾冰轮。又凤鸣黄幕，
玉霄平溯，鹊锦新恩。画省中书，半红梅子荐盐新。归来
晚，待赓吟、殿阁南薰。

　　　　　　　　　　　　　　　　　　　　——吴文英

凤凰阁

又名《数花风》。

双调，六十八字。前后段各六句，四仄韵。

　　＋－－｜，＋｜－－｜｜（韵）＋－＋｜＋－｜（韵）
＋｜－－＋｜，＋＋－｜（韵）｜＋｜、－－｜｜（韵）

　　＋－－｜，＋｜－－｜｜（韵）＋－－｜＋－｜（韵）
－｜｜＋－｜，＋＋－｜（韵）｜＋｜、－－｜｜（韵）

匆匆相见，懊恼恩情太薄。霎时云雨人抛却。教我行思坐想，肌肤如削。恨只恨、相违旧约。

相思成病，那更潇潇雨落。断肠人在阑干角。山远水远人远，音信难托。这滋味、黄昏又恶。

——柳　永

凤凰台上忆吹箫

又名《忆吹箫》。

双调，九十七字。前段十句，四平韵；后段九句，四平韵。

+｜——，+－+｜，+－+｜——（韵）+｜｜、+
－+｜，+｜—－（韵）+｜—－+｜，－｜｜、+｜——
（韵）+－｜，++｜+，+｜——（韵）

－++++｜，－｜｜，——｜｜——（韵）++｜、
——｜｜，+｜——（韵）++++｜｜，－+｜、+｜—
－（韵）——｜，++｜｜——（韵）

千里相思，况无百里，何妨暮往朝还。又正是、梅初淡伫，禽未绵蛮。陌上相逢缓辔，风细细、云日斑斑。新晴好，得意未妨，行尽青山。

应携后房小妓，来为我，盈盈对舞花间。便拼了、松醪翠满，蜜炬红残。谁信轻鞍射虎，清世里、曾有人闲。都休说，帘外夜久春寒。

——晁补之

又有后段第二句五言，第三句四言，或第四句又少一字作六言者，如曹勋、彭履道、张炎词。又有前段第四句少一字作六

言；后段二句五言，第三句四言者，如吴元可词。此处列一例。

劝客新楼，鸣筝上酒，夜凉人爱秋深。何似过、赏心佳处，依约湖阴。东望寒光缥缈，烟水阔、短笛销沈。阑干近，胜时种柳，清到如今。

凌波又成误约，自佩环飞去，暗想遗音。重省江城倦客，醉拥秋衾。谁家一掬红泪，孤雁远、湿逗罗襟。石城晓，数声又递寒砧。

——彭履道

又一体

双调，九十五字。前段十句，四平韵；后段十一句，五平韵。

$+\,|\,-\,-$，$+\,-\,+\,|$，$+\,-\,+\,|\,-\,-$（韵）$|\,+\,|\,-\,-\,|$，$|\,|\,-\,-$（韵）$+\,|\,-\,-\,|\,|$，$-\,|\,|\,\cdot\,|\,|\,-\,-$（韵）$-\,+\,|\,|$，$-\,+\,|\,+$，$+\,|\,-\,-$（韵）

$-\,-$（韵）$|\,-\,|\,|$，$+\,+\,|\,-\,-$，$+\,|\,-\,-$（韵）$|\,+\,-\,+\,|$，$-\,|\,-\,-$（韵）$-\,|\,+\,-\,-\,|$，$-\,|\,|\,\cdot\,+\,|\,-\,-$（韵）$-\,+\,|$，$-\,-\,|\,-$，$+\,|\,-\,-$（韵）

香冷金猊，被翻红浪，起来慵自梳头。任宝奁尘满，日上帘钩。生怕离怀别苦，多少事，欲说还休。新来瘦，非干病酒，不是悲秋。

休休。这回去也，千万遍阳关，也则难留。念武陵人远，烟锁秦楼。唯有楼前流水，应念我，终日凝眸。凝眸处、从今更添，一段新愁。

——李清照

又有前段第四句作七言上三下四句法；后段第五句作七言上三下四句法，结尾两句作三言一句、六言一句者，如曹勋词。此处不列。

水调歌头

又名《元会曲》《凯歌》。

双调，九十五字。前段九句，四平韵；后段十句，四平韵。

　　＋＋＋＋｜，＋｜｜－－（韵）＋－－｜，＋＋－｜｜－－（韵）＋｜＋－＋｜，＋｜＋－＋｜，＋｜｜－－（韵）＋＋＋－｜，＋｜｜－－（韵）

　　＋＋＋，＋＋｜，｜＋－（韵）＋－＋｜，＋｜＋｜｜－－（韵）＋｜＋－＋｜，＋｜＋－＋｜，＋｜｜－－（韵）＋｜＋－｜，＋｜｜－－（韵）

　　落日绣帘卷，亭下水连空。知君为我，新作窗户湿青红。长记平山堂上，欹枕江南烟雨，渺渺没孤鸿。认得醉翁语，山色有无中。

　　一千顷，都镜净，倒碧峰。忽然浪起，掀舞一叶白头翁。堪笑兰台公子，未解庄生天籁，刚道有雌雄。一点浩然气，千里快哉风。

——苏　轼

又有前段第三句、第四句，后段第四句、第五句作六字、五字句式者，如周紫芝"岁晚念行役"词。

　　岁晚念行役，江阔渺风烟。六朝文物何在，回首更凄然。倚尽危楼杰观，暗想琼枝璧月，罗袜步承莲。桃叶山前鹭，无语下寒滩。

潮寂寞，浸孤垒，涨平川。莫愁艇子何处，烟树杳无边。王谢堂前双燕，空绕乌衣门巷，斜日草连天。只有台城月，千古照婵娟。

——周紫芝

又一体

双调，九十五字。前段九句，四平韵、两仄韵；后段十句，四平韵、两仄韵。

＋＋＋＋｜，＋｜｜｜－－（韵）＋－－｜＋＋，－｜｜－－（韵）＋｜＋－｜｜（换仄韵）＋｜＋－＋｜（韵）＋｜｜｜－（归平韵）＋＋＋－｜，＋｜｜｜－－（韵）

＋＋＋，＋＋｜，｜｜－（韵）＋－＋｜，＋｜＋｜｜－－（韵）＋｜＋－｜｜（另换仄韵）＋｜＋－＋｜（韵）＋｜｜｜－－（归平韵）＋｜＋－｜，＋｜｜｜－－（韵）

明月几时有，把酒问清天。不知天上宫阙，今夕是何年。我欲乘风归去。惟恐琼楼玉宇。高处不胜寒。起舞弄清影，何似在人间。

转朱阁，低绮户，照无眠。不应有恨，何事长向别时圆。人有悲欢离合。月有阴晴圆缺。此事古难全。但愿人长久，千里共婵娟。

——苏　轼

又有除后段首句外，其余句句用韵者，且在同一韵部平仄韵通押，如贺铸"南国本潇洒"词。

南国本潇洒。六代浸豪奢。台城游冶。擘笺能赋属宫娃。云观登临清夏。璧月留连长夜。吟醉送年华。回首飞鸳瓦。却羡井中蛙。

访乌衣，成白社。不容车。旧时王谢。堂前双燕过谁家。楼外河横斗挂。淮上潮平霜下。墙影落寒沙。商女篷窗罅。犹唱后庭花。

——贺　铸

此调句式略异者颇多，此处不一一列出。

少年游

又名《玉腊梅枝》《小阑干》。

双调，五十字。前段五句，三平韵；后段五句，两平韵。

　＋－＋｜｜－－（韵）＋｜｜－－（韵）＋＋＋＋，＋－＋｜，＋｜｜－－（韵）

　＋－＋｜－－｜，＋｜｜－－（韵）＋＋＋＋，＋－＋｜，＋｜｜－－（韵）

芙蓉花发去年枝。双燕欲归飞。兰堂风软，金炉香暖，新曲动帘帷。

家人拜上千春寿，深意满琼卮。绿鬓朱颜，道家装束，长似少年时。

——晏　殊

此调句式、用韵不同者颇多，不多列举。仅列一例前后段第二句添一字，作六字折腰句法者，如柳永"一生赢得是凄凉"词。

　　一生赢得是凄凉。追前事、暗心伤。好天良夜，深屏香被，争忍便相忘。

　　王孙动是经年去，贪迷恋、有何长。万种千般，把伊情分，颠倒尽猜量。

——柳　永

又一体

　　双调，五十一字。前段六句，两平韵；后段四句，两平韵。此谱另有晁补之词可参考。

　　　｜－－｜，－－－｜，－｜｜－－（韵）－－－｜，－－｜｜，－｜｜－－（韵）

　　　｜｜｜｜－－－｜，－｜｜　　　（韵）｜｜｜－－－－｜，－－｜、｜－－（韵）

　　去年相送，余杭门外，飞雪似杨花。今年春尽，杨花似雪，犹不见还家。

　　对酒卷帘邀明月，风露透窗纱。恰似姮娥怜双燕，分明照、画梁斜。

——苏　轼

又一体 （仄韵）

　　双调，四十七字。前段五句，两仄韵；后段四句，三仄韵。

　　　｜－－｜，－－｜｜，－－－｜（韵）－－｜－｜，｜－－－｜（韵）

　　　｜｜｜、－－－｜｜（韵）｜－－、｜｜－｜（韵）－－｜－｜，｜｜－－｜（韵）

雨晴云敛，烟花澹荡，遥山凝碧。驱车问征路，赏春风南陌。

正雨后、梨花幽艳白。悔匆匆、过了寒食。归家渐春暮，探酴醾消息。

——孙道绚

又一体（仄韵体）

双调，四十九字。前段五句，两仄韵；后段五句，两仄韵。

－－－｜，｜｜－－，－－｜｜（韵）｜｜｜、｜－｜，｜｜｜、－－｜｜（韵）

｜－－｜，｜－－｜，－－－｜（韵）｜｜｜、｜－－｜，｜｜－｜｜（韵）

当年携手，是处成双，无人不羡。自间阻、五年也，一梦拥、娇娇粉面。

柳眉轻扫，杏腮微拂，依前双靥。盛睡里、起来寻觅，却眼前不见。

——晁补之

少年游慢

双调，八十四字。前后段各九句，六仄韵。

－－－｜｜（韵）｜｜－－｜｜（韵）－｜－－，－－－｜，－－｜（韵）－｜－－｜（韵）｜｜－－｜（韵）－｜－－，｜－｜｜－｜（韵）

｜｜－－｜（韵）－｜－－－｜（韵）｜｜－－，－－

—｜，——｜（韵）—｜——｜（韵）｜｜——｜（韵）｜
｜——，——｜——｜（韵）

　　春城三二月。禁柳飘绵未歇。仙籞生香，轻云凝紫，临
层阙。歌掌明珠滑。酒脸红霞发。华省名高，少年得意时节。
　　画刻三题彻。梯汉同登蟾窟。玉殿初宣，银袍齐脱。生
仙骨。花探都门晓，马跃芳衢阔。宴罢东风，鞭梢一行飞雪。

　　　　　　　　　　　　　　　　　　　　　　——张　先

忆王孙

　　又名《豆叶黄》《画蛾眉》《阑干万里心》等。
　　单调，三十一字。五句，五平韵。

　　＋—＋｜｜——（韵）＋｜——＋｜—（韵）＋｜——
＋｜—（韵）｜——（韵）＋｜——＋｜—（韵）

　　芰荷香外一声蝉。风撼琅玕惊昼眠。刻烛题诗花满笺。
小神仙。对倚阑干月正圆。

　　　　　　　　　　　　　　　　　　　　　　——吕渭老

又一体（仄韵体）

　　双调，五十四字。前后段各四句，三仄韵。

　　—｜———｜｜（韵）—｜｜、＋——｜（韵）｜——
｜｜——，｜｜｜、——｜（韵）
　　—＋＋＋—＋｜（韵）—｜｜、＋—＋｜（韵）＋—＋
｜｜——，｜｜｜、——｜（韵）

　　梅子生时春渐老。红满地、落花谁扫。旧年池馆不归

来，又绿尽、今年草。

思量千里乡关道。山共水、几时得到。杜鹃只解怨残春，也不管、人烦恼。

——周紫芝

又有前段起句少一字、结句多一字者，如刘学箕"淑景韶光晴昼"词。此处不列。

又一体（换韵体）

双调，五十三字。前后段各六句，三仄韵、两平韵。

｜｜—｜（仄韵）———｜（韵）＋｜——，｜—｜｜（韵）—｜｜｜——（换平韵）｜——（韵）

——｜＋——｜（另换仄韵）——｜（韵）｜｜——｜（韵）——＋｜，—｜＋｜——（另换平韵）｜——（韵）

霁雨天迥。平林烟暝。灯闪沙汀，水生钓艇。楼外柳暗谁家。乱昏鸦。

相思怪得今番甚。寒食近。小研鱼笺信。屏山交掩，微醉独倚栏干。恨春寒。

——张元干

忆秦娥

又名《秦楼月》《双荷叶》等。

双调，四十六字。前后段各五句，三仄韵，一叠韵。此体多用入声韵。

＋＋｜（韵）＋—＋｜——｜（韵）——｜（叠）＋｜—

＋丨，＋——丨（韵）

＋＋＋＋—＋丨（韵）＋—＋丨＋＋丨（韵）＋＋丨（叠）＋—＋丨，＋—＋丨（韵）

箫声咽。秦娥梦断秦楼月。秦楼月。年年柳色，灞陵伤别。

乐游原上清秋节。咸阳古道音尘绝。音尘绝。西风残照，汉家陵阙。

——李 白

另有后段起句不入韵者，如石孝友“秦楼月”词。又有前后段第三句皆不作叠句者，如晁补之“牵人意”词。此处不列。

又一体（平韵体）

双调，四十六字。前后段各五句，三平韵，一叠韵。

＋——（韵）＋—＋丨———（韵）———（叠）＋—＋丨，＋丨——（韵）

＋—＋丨———（韵）——＋丨———（韵）———（叠）＋—＋丨，＋丨——（韵）

晓朦胧。前溪百鸟啼匆匆。啼匆匆。凌波人去，拜月楼空。

去年今日东门东。鲜妆辉映桃花红。桃花红。吹开吹落，一任东风。

——贺 铸

又一体

双调，三十七字。前后段各四句，两仄韵、两平韵。

｜｜（仄韵）｜｜一一｜（韵）一一（换平韵）＋｜一一｜｜一（韵）

＋一＋｜一一｜（另换仄韵）＋｜一一｜（韵）一一（另换平韵）｜｜一一｜｜一（韵）

夜夜。夜了花朝也。连忙。指点银瓶索酒尝。

明朝花落知多少。莫把残红扫。愁人。一片花飞减却春。

——毛　滂

又有前段起句多一字，且前后段俱押同一仄声韵者，如冯延巳"风渐渐"词。

风渐渐，夜雨连云黑。滴滴，窗下芭蕉灯下客。

除非魂梦到乡国，免被关山隔。忆忆，一句枕前争忘得。

——冯延巳

又有前段起句、第三句各多一字，后段起句多一字且作上三下五句法，前后段俱押同一仄声韵者，如张先"参差竹"词。

参差竹。吹断相思曲。情不足。西北有楼穷远目。

忆苕溪、寒影透清玉。秋雁南飞速。菰草绿。应下溪头沙上宿。

——张　先

忆少年

又名《陇首山》《十二时》等。

双调，四十六字。前段五句，两仄韵；后段四句，三仄韵。前段前三句首字，多用相同字起。

　　＋－＋｜，＋－＋｜，＋－－｜（韵）－－｜＋｜，｜
＋｜－－｜（韵）
　　｜｜－－｜｜（韵）＋＋＋、＋＋－｜（韵）＋－｜
＋｜，｜－－＋｜（韵）

　　无穷官柳，无情画舸，无根行客。南山尚相送，只高城
人隔。
　　卷画园林溪绀碧。算重来、尽成陈迹。刘郎鬓如此，况
桃花颜色。

——晁补之

　　又有后段首句添一字作三五句式者，如万俟咏、曹组词。此
外列一例。

　　年时酒伴，年时去处，年时春色。清明又近也，却天涯
为客。
　　念过眼、光阴难再得。想前欢、尽成陈迹。登临恨无
语，把阑干暗拍。

——曹　　组

忆江南

　　又名《谢秋娘》《江南好》《望江南》《望江梅》《梦江南》
《梦江口》《归塞北》《春去也》等。
　　单调，二十七字。五句，三平韵。中间两句七言宜用对仗。

　　－＋｜，＋｜｜－－（韵）＋｜＋－－｜｜，＋－＋｜
｜－－（韵）＋｜｜－－（韵）

江南好，风景旧曾谙。日出江花红胜火，春来江水绿如蓝。能不忆江南。

——白居易

又一体

双调，五十四字。前后段各五句，三平韵。此即单调词加一叠，其平仄、用韵与单调同。

此谱参考张先、欧阳修、苏轼、周邦彦、朱敦儒、张孝祥、赵师侠、吴文英、刘辰翁词。

　—＋｜，＋｜｜——（韵）＋｜＋——｜｜，＋—＋｜
｜——（韵）＋｜｜——（韵）

　—＋｜，＋｜｜——（韵）＋｜＋——｜｜，＋—＋｜
｜——（韵）＋｜｜——（韵）

江南蝶，斜日一双双。身似何郎全傅粉，心如韩寿爱偷香。天赋与轻狂。

微雨后，薄翅腻烟光。才伴游蜂来小院，又随飞絮过东墙。长是为花忙。

——欧阳修

又一体 （换韵体）

双调，五十九字。前后段各五句，两仄韵、两平韵。

　＋｜———｜｜（仄韵）｜｜＋—，｜——｜（韵）＋
—＋｜｜——（换平韵）｜——｜＋——（韵）

　——＋｜——｜（另换仄韵）｜｜——，＋｜——｜
（韵）＋—＋｜＋——（另换平韵）——＋｜｜——（韵）

今日相逢花未发。正是去年，别离时节。东风次第有花开。恁时须约却重来。

重来不怕花堪折。只怕明年，花发人离别。别离若向百花时。东风弹泪有谁知。

——冯延巳

又一体

双调，四十字。前段四句，四平韵；后段四句，三平韵。

　　｜｜－－－｜－（韵）｜－－（韵）－－｜｜－－－（韵）｜－－（韵）

　　｜｜－－－｜｜，｜－－（韵）－－－｜｜－－（韵）｜－（韵）

九曲池头三月三。柳毿毿。香尘扑马喷金衔。涴春衫。

苦笋鲥鱼乡味美，梦江南。阊门烟水晚风恬。落归帆。

——贺　铸

五　画

玉簟凉

双调，九十七字。前后段各十句，五平韵。

　　－｜－－（韵）｜｜｜｜－，｜｜－－（韵）－－－｜｜，｜｜｜－－（韵）－－－｜｜｜，｜｜｜、｜｜－－（韵）－｜｜，｜｜｜－－｜，－｜－－（韵）

——（韵）——｜｜，—｜｜—，—｜｜｜——（韵）
———｜｜，｜｜｜——（韵）——｜——｜｜，｜｜｜、｜
｜——（韵）—｜｜，｜｜—、—｜——（韵）

秋是愁乡。自锦瑟断弦，有泪如江。平生花里活，奈旧
梦难忘。蓝桥云树正绿，料抱月、几夜眠香。河汉阻，但凤
音传恨，阑影敲凉。

新妆。莲娇试晓，梅瘦破春，因甚却扇临窗。红巾衔翠
翼，早弱水茫茫。柔情各自未翦，问此去、莫负王昌。芳信
准，更敢寻、红杏西厢。

——史达祖

玉蝴蝶

双调，四十一字。前段四句，四平韵；后段四句，三平韵。

———｜——（韵）—｜｜——（韵）｜｜｜——
（韵）——｜｜—（韵）

———｜｜，—｜｜——（韵）—｜｜——（韵）｜—
—｜—（韵）

秋风凄切伤离。行客未归时。塞外草先衰。江南雁到
迟。

芙蓉凋嫩脸，杨柳堕新眉。摇落使人悲。断肠谁得知。

——温庭筠

又一体

双调，四十二字。前段五句，四平韵；后段五句，两仄韵、
三平韵。

　　－｜｜，｜－－（平韵）｜－－｜－（韵）｜｜｜－－（韵）－－｜｜－（韵）

　　－－｜（换仄韵）－－｜（韵）－｜｜－－（归平韵）－｜｜－－（韵）｜－－｜－（韵）

　　春欲尽，景仍长。满园花正黄。粉翅两悠飏。翩翩过短墙。

　　鲜飙暖。牵游伴。飞去立残芳。无语对萧娘。舞衫沉麝香。

　　　　　　　　　　　　——孙光宪

又一体

双调，九十九字。前段十句，五平韵；后段十一句，六平韵。

　　｜｜＋－－｜，＋－＋｜，＋｜－－（韵）｜｜－－，－｜＋｜－－（韵）｜－＋、＋－＋｜，＋｜｜、－｜－－（韵）｜－－（韵）｜－－｜，＋｜－－（韵）

　　－－（韵）＋－＋｜，＋－＋｜，＋｜－－（韵）｜｜－－，｜｜＋－｜｜－－（韵）｜＋＋、＋－＋｜，＋＋＋、＋｜－－（韵）｜－－（韵）｜－＋｜，＋｜－－（韵）

　　望处雨收云断，凭栏悄悄，目送秋光。晚景萧疏，堪动宋玉悲凉。水风轻、苹花渐老，月露冷、梧叶飘黄。遣情伤。故人何在，烟水茫茫。

　　难忘。文期酒会，几孤风月，屡变星霜。海阔山遥，未知何处是潇湘。念双燕、难凭远信，指暮天、空识归航。黯相望。断鸿声里，立尽斜阳。

　　　　　　　　　　　　——柳　　永

又有前段起句作四言，第二句作六言者，如辛弃疾词。前段第四句作六言，第五句作四言者，如赵长卿词。前段第一、二句作上三下四七言一句，第四句作六言，第五句作四言者，如晁补之词。前段第四句作六言，第五句作四言；后段第五句作六言，第六句作五言者，如柳永词。前段第四句作六言，第五句作四言；后段第六句少一字作六言者，如李之仪词。后段起句与第二句作六言一句者，如张炎词。此处列一例。

留得一团和气，此花开尽，春已规圆。虚白窗深，恍讶碧落星悬。扬芳丛、低翻雪羽，凝素艳、争簇冰蝉。向西园。几回错认，明月秋千。

欲觅生香何处，盈盈一水，空对娟娟。待折归来，倩谁偷解玉连环。试结取、鸳鸯锦带，好移傍、鹦鹉珠帘。晚阶前。落梅无数，因甚啼鹃。

——张　炎

玉堂春

双调，六十一字。前段七句，两仄韵、两平韵；后段五句，两平韵。

　　｜－－｜（韵）＋｜＋－－｜（韵）｜｜－－，｜＋－－（换平韵）｜｜－－，｜｜－－｜，｜｜－－｜｜－（韵）

　　｜｜＋－－｜，－－＋｜－（韵）｜｜－－，｜｜－－｜，＋｜－－｜｜－（韵）

帝城春暖。御柳暗遮空苑。海燕双双，拂扬帘栊。女伴相携、共绕林间路，折得樱桃插鬓红。

　　昨夜临明微雨，新英遍旧丛。宝马香车、欲傍西池看，触处杨花满袖风。

——晏　殊

玉阑干

　　双调，五十六字。前后段各四句，三仄韵。

　　　　－－｜｜｜－－｜（韵）｜｜｜－－｜｜（韵）－－｜｜
｜－－，－－｜、｜－－｜（韵）

　　　　｜－－｜－－｜（韵）｜｜－、－｜－｜（韵）｜－｜
｜｜－－，｜－－、｜｜－｜（韵）

　　珠帘怕卷春残景。小雨牡丹零欲尽。庭轩悄悄燕高空，风飘絮、绿苔侵径。

　　欲将幽恨传愁信。想后期、无个凭定。几回独睡不思量，还悠悠、梦里寻趁。

——杜安世

玉烛新

　　双调，一百零一字。前段九句，五仄韵；后段九句，六仄韵。

　　　　－－＋｜｜（韵）｜｜｜｜－－，｜－－｜（韵）＋－＋
｜－－｜，｜｜｜－－－｜（韵）＋－＋｜，＋｜｜、－－＋
｜（韵）＋｜｜、＋｜－－，－－｜－－｜（韵）

　　　　－－｜｜－－，｜＋｜－－，｜－－｜（韵）＋－＋｜
（韵）－＋｜、｜｜＋－－｜（韵）－－｜｜（韵）｜｜｜、

－－－｜（韵）－｜｜、－｜－－，－－｜｜（韵）

　　溪源新腊后。见数朵江梅，剪裁初就。晕酥砌玉芳英嫩，故把春心轻漏。前村昨夜，想弄月、黄昏时候。孤岸峭、疏影横斜，浓香暗沾襟袖。

　　尊前赋与多材，问岭外风光，故人知否。寿阳谩斗。终不似、照水一枝清瘦。风娇雨秀。好乱插、繁花盈首。须信道、羌管无情，看看又奏。

——周邦彦

　　又有前段第四句四言，押韵或不押韵，第五句九言作上三下六句法，第六句押韵者。如杨无咎、史达祖词。此处列一例。

　　荒山藏古寺。见傍水梅开，一枝三四。兰枯蕙死。登临处、慰我魂消惟此。可堪红紫。曾不解、和羹结子。高压尽、百卉千葩，因君合修花史。

　　韶华且莫吹残，待浅搵松煤，写教形似。此时胸次。凝冰雪、洗尽从前尘滓。吟安个字。判不寐、勾牵幽思。谁伴我、香宿蜂媒，光浮月姊。

——杨无咎

玉漏迟

　　双调，九十四字。前段十句，五仄韵；后段九句，五仄韵。

　　＋｜－｜｜，＋｜－＋｜，＋｜－－｜（韵）＋｜｜－，＋｜＋－－｜（韵）＋｜－－＋｜，＋＋＋、＋－－｜（韵）－｜｜｜（韵）＋＋＋＋，＋－－｜（韵）

　　＋＋＋｜｜－，＋＋｜－－，｜－－｜（韵）＋｜＋

一，＋｜＋－－｜（韵）＋｜＋－＋｜，＋＋｜、＋－－｜
（韵）－｜｜（韵）＋＋｜－－｜（韵）

杏香飘禁苑，须知自昔，皇都春早。燕子来时，绣陌渐
熏芳草。蕙圃夭桃过雨，弄碎影、红筛清沼。深院悄。绿杨
巷陌，莺声争巧。

早是赋得多情，更遇酒临花，镇辜欢笑。数曲阑干，故
国漫劳登眺。汉外微云尽处，乱峰锁、一竿斜照。归路杳。
东风泪零多少。

　　　　　　　　　　　　　　　　　　——宋　　祁

又有前段第四句作六言、第五句作四言，后段结句作八字折
腰者，如程垓"一春浑不见"词；后段第五句少一字作五言者，
如史深"绿树深庭院"词；前段起句用韵者，如刘了襄、赵闻
礼、张炎、蒋捷、林表民词；前段起句用韵，后段起句分作二
言、四言两句，且二言起句用韵者，如蒋捷词。此处列一例。

翠草侵园径。阴阴夏木，鸣鸠相应。纵目江天，窈窈雨
昏烟暝。屋角黄梅乍熟，听落颗、时敲金井。深院静。闲阶
自长，花砖苔晕。

楼居簟枕清凉，尽永日阑于，与谁同凭。旧社鸥盟，零
落断无音信。辽鹤追思旧事，向华表、空吟遣恨。萦念损。
休怪暮年多病。

　　　　　　　　　　　　　　　　　　——刘子襄

又有前段起句少一字，作四言；第二、三句加一字，作上三
下六句法一句者，如何梦桂词。

青衫华发，对风霜、倚遍危楼孤啸。恶浪平波，看尽世间多少。忘却金闺故步，都付与、野花啼鸟。只自笑。悠悠心事，无人知道。

扰扰世路红尘，看销尽英雄，青山亦老。宇宙无穷，事业到头谁了。高楼一声画角，把千古、梦中吹觉。天欲晓。起看蕊梅春小。

——何梦桂

甘草子

双调，四十七字。前段五句，四仄韵；后段四句，四仄韵。

－｜（韵）｜＋－＋，＋｜－－｜（韵）｜｜｜＋－＋（韵）＋｜－－｜（韵）

－｜｜－＋－｜（韵）｜＋｜、＋－＋｜（韵）＋｜－－＋＋｜（韵）｜｜｜－－｜（韵）

春早。柳丝无力，低拂青门道。暖日笼啼鸟。初圻桃花小。
遥望碧天净如扫。曳一缕、轻烟缥缈。堪惜流年谢芳草。任玉壶倾倒。

——寇　准

又有前段第四句不押韵者，如柳永、杨无咎词。此处列一例。

秋尽。叶翦红绡，砌菊遗金粉。雁字一行来，还有边庭信。
飘散露华清风紧。动翠幕、晓寒犹嫩，中酒残妆慵整顿。聚两眉离恨。

——柳　永

甘州令

双调，七十八字。前段十句，四仄韵；后段九句，四仄韵。

　　｜－－，｜｜｜，－－｜｜（韵）－｜｜、｜－－｜
（韵）｜－－，｜－｜，｜－－｜（韵）｜－－，｜－｜，
｜｜｜、｜－－｜（韵）

　　｜－｜｜，｜－－｜（韵）｜－｜、｜－－｜（韵）｜
－－，｜｜｜，｜－－｜（韵）｜－－，｜－｜，｜－｜、
｜－－｜（韵）

　　冻云深，淑气浅，寒欺绿野。轻雪伴、早梅飘谢。艳阳
天，正明媚，却成潇洒。玉人歌，画楼酒，对此景、髣增高
价。

　　卖花巷陌，放灯台榭。好时节、怎生轻舍。赖和风，荡
霁霭，廓清良夜。玉尘铺，桂华满，素光里、更堪游冶。

　　　　　　　　　　　　　　　　　　　　——柳　永

甘州遍

双调，六十三字。前段六句，三平韵；后段八句，五平韵。

　　－－｜，－｜｜－－（韵）｜－－（韵）－－｜｜，－
－｜｜，－－｜｜｜－－（韵）

　　－｜｜，｜－－（韵）－－｜｜－｜，＋｜｜－－
（韵）｜－｜、｜｜｜－－（韵）｜－－（韵）＋－｜｜，
｜｜｜｜－－（韵）

秋风紧，平碛雁行低。阵云齐。萧萧飒飒，边声四起，愁闻戍角与征鼙。

青冢北，黑山西。沙飞聚散无定，往往路人迷。铁衣冷、战马血沾蹄。破蕃奚。凤皇诏下，步步蹑丹梯。

——毛文锡

古调笑

单调，三十二字。八句，四仄韵，两平韵，两叠韵。第六、七句为第五句末二字颠倒而成。

－｜（韵）－｜（叠）＋＋＋－＋｜（韵）＋－＋｜＋－（换平韵）＋＋＋＋｜－（韵）－｜（另换仄韵）－｜（叠）＋＋＋－＋｜（韵）

蝴蝶。蝴蝶。飞上金枝玉叶。君前对舞春风。百叶桃花树红。红树。红树。燕语莺啼日暮。

——王　建

归去来

因柳永词中有"且归去""好归去"句，故名。

双调，四十九字。前后段各四句，四仄韵。

－｜－－－｜（韵）－｜－－｜（韵）－｜－－－－｜（韵）－－｜、｜－｜（韵）

－｜－－｜（韵）－－｜、｜－－｜（韵）－－｜｜－－｜（韵）－－｜、｜－｜（韵）

初过元宵三五。慵困春情绪。灯月阑珊嬉游处。游人尽、厌欢聚。

凭仗如花女。持杯谢、酒朋诗侣。余醒更不禁香醑。歌筵罢、且归去。

——柳 永

又一体

双调，五十二字。前后段各四句，四仄韵。

　　｜｜－－｜（韵）－－｜、｜－－｜（韵）－－｜｜－－｜（韵）｜－－、－｜｜｜（韵）

　　｜－－｜－－｜（韵）｜－｜、｜－－｜（韵）－－｜｜－－｜（韵）－－｜、｜－｜（韵）

一夜狂风雨。花英坠、碎红无数。垂杨漫结黄金缕。尽春残、萦不住。

蝶稀蜂散知何处。殢尊酒、转添愁绪。多情不惯相思苦。休惆怅、好归去。

——柳 永

永遇乐

双调，一百零四字。前后段各十一句，四仄韵。

　　＋｜－－，＋－＋｜，＋＋＋－｜（韵）＋｜－－，＋－＋｜，＋｜－－｜（韵）＋－＋｜，＋－＋｜，＋｜｜－－＋｜（韵）＋－＋、－－＋｜，＋＋｜＋－｜（韵）

　　＋－＋｜，＋－＋｜，＋｜＋－＋｜（韵）＋｜－－，＋＋＋｜，＋｜－－｜（韵）＋－＋｜，＋－＋｜，＋｜＋

—十丨（韵）十—十、十—十丨，十十丨丨（韵）

　　明月如霜，好风如水，清景无限。曲港跳鱼，圆荷泻露，寂寞无人见。紞如三鼓，铿然一叶，黯黯梦云惊断。夜茫茫、重寻无处，觉来小园行遍。

　　天涯倦客，山中归路，望断故园心眼。燕子楼空，佳人何在，空锁楼中燕。古今如梦，何曾梦觉，但有旧欢新怨。异时对、黄楼夜景，为余浩叹。

——苏　轼

　　又有后段第二句押韵者，如张元干词。又有后段第二句六言、第三句四言者，如柳永词。又有前段结尾两句，作五言、四言、四言三句。后段第七句作六言，第九句作四言者，如柳永词。此处列一例。

　　飞观横空，众山绕甸，江面相照。曲槛披风，虚檐挂月，据尽登临要。有时巾履，访公良夜，坐我半天林杪。揽浮丘、飘飘衣袂，相与似游蓬岛。

　　主人胜度，文章英妙。合住北扉西沼。何事十年，风洒露沐，不厌江山好。曲屏端有，吹箫人在，同倚暮云清晓。乘除了、人间宠辱，付之一笑。

——张元干

又一体（平韵体）

　　双调，一百零四字。前后段各十二句，四平韵。

　　丨丨——，丨——丨，————（韵）丨丨——，——丨丨，—丨—丨—（韵）———丨，———丨，丨—丨丨——（韵）——丨，——丨丨，丨—丨丨——（韵）

　　——｜｜，——｜｜，｜——｜——（韵）｜｜——，
——｜｜，—｜—｜—（韵）———｜，｜——｜，｜—｜
｜——（韵）——｜，——｜｜，｜—｜—（韵）

　　玉腕笼寒，翠阑凭晓，莺调新簧。暗水穿苔，游丝度柳，人静芳昼长。云南归雁，楼西飞燕，去来惯认炎凉。王孙远，青青草色，几回望断柔肠。

　　蔷薇旧约，尊前一笑，等闲孤负年光。斗草庭空，抛梭架冷，帘外风絮香。伤春情绪，惜花时候，日斜尚未成妆。闻嬉笑，谁家女伴，又还采桑。

　　　　　　　　　　　　——陈允平

兰陵王

　　又名《大犯》。

　　三段，一百三十字。前段十一句，七仄韵；中段八句，五仄韵；后段十句，六仄韵。

　　＋—｜（韵）＋｜——｜｜（韵）——｜，＋｜＋—，
＋｜＋—｜—｜（韵）——＋＋｜（韵）—｜（韵）＋—｜
｜（韵）＋＋｜，＋＋＋—，＋｜＋—｜—｜（韵）

　　＋—｜—｜（韵）｜＋｜——，＋｜—｜（韵）＋—＋
｜＋—｜（韵）＋＋＋＋＋，＋—＋｜，—＋＋＋｜＋｜
（韵）｜＋＋＋｜（韵）

　　＋｜（韵）｜—｜（韵）＋＋＋＋＋，＋＋—｜（韵）
＋—＋｜＋—｜（韵）＋＋＋＋＋，＋＋＋｜（韵）＋—＋
｜，＋＋＋，＋＋｜（韵）

柳阴直。烟里丝丝弄碧。隋堤上，曾见几番，拂水飘绵送行色。登临望故国。谁识。京华倦客。长亭路，年去岁来，应折柔条过千尺。

闲寻旧踪迹。又酒趁哀弦，灯照离席。梨花榆火催寒食。愁一箭风快，半篙波暖，回头迢递便数驿。望人在天北。

凄恻。恨堆积。渐别浦萦回，津堠岑寂。斜阳冉冉春无极。念月榭携手，露桥闻笛。沈思前事，似梦里，泪暗滴。

——周邦彦《柳》

又有前段第七、八句作六言一句者，如张元干、袁去华、曹冠、史达祖、高观国、李昂英、陈允平等人词。此处列一例。

洒虚阁。幂幂天垂似幕。春寒峭，吹断万丝，湿影和烟暗帘箔。清愁晚来觉。佳景恹恹过却。芳郊外，莺恨燕愁，不管秋千冷红索。

行云楚台约。念今古凝情，朝暮如昨。啼红湿翠春情薄。谩一犁江上，半篙堤外，勾引轻阴趁暮角。正孤绪寂寞。

斑驳。止还作。听点点檐声，沈沈春酌。只愁入夜东风恶。怕催教花放，趁将花落。冥冥烟草，梦正远，恨怎托。

——高观国《春雨》

又有前段第四句六言、第五句五言，第七、八句作六言一句者，如杨泽民、陈允平等人词。此处列一例。

翠竿直。一叶扁舟漾碧。澄江上，几度啸日迎风，怡怡钓秋色。渔乡共水国。都属沧浪傲客。烟波外，风笠雨蓑，才掷丝纶便千尺。

　　飘然去无迹。恣脚扣双船，帆挂轻席。盈钩香饵鱼争食。更拨棹葭岸，放篙菱浦，才过新栅又旧驿。占江南江北。

　　堪恻。利名积。算纵有豪华，难比清寂。须知此乐天无极。有一斗芳酒，数声横笛。芦花深夜，半醉里、任露滴。

——杨泽民《渔父》

　　又有前段第七、八句作六言一句；中段起句作二言一句、三言一句，皆押韵者，如刘辰翁"送春去"词。

　　送春去。春去人间无路。秋千外，芳草连天，谁遣风沙暗南浦。依依甚意绪。漫忆海门飞絮。乱鸦过，斗转城荒，不见来时试灯处。

　　春去。最谁苦。但箭雁沉边，梁燕无主。杜鹃声里长门暮。想玉树凋土，泪盘如露。咸阳送客屡回顾。斜日未能度。

　　春去。尚来否。正江令恨别，庾信愁赋。苏堤尽日风和雨。叹神游故国，花记前度。人生流落，顾孺子，共夜雨。

——刘辰翁《丙子送春》

　　又有前段第七、八句作六言一句；中段第五句四言者，如彭履道"章台路"词。

　　章台路。西出重城几步。秦楼晓，花气未明，一霎空濛洗高树。行人半倚户。飞去黄鹂自语。秋千小，不系柳条，惟有轻阴约飞絮。

　　钿车暗相遇。早拂拭红巾，初放鹦鹉。闻歌犹是淋铃处。掩面鸣筝，倚垆呼酒，东风重记旧眉妩。报伊共歌舞。

西去。屡回顾。渐客舍荒凉，嘶马先驻。玉关万里知何许。但倦拥荒泽，瓜洲难渡。将军垂老，望故国，夜寒苦。

——彭履道《渭城朝雨》

又有中段起句作二言一句、三言一句，皆押韵；后段结句叠前句韵者，如刘辰翁"雁归北"词。前段第七、八句作六言一句；后段结句叠前句韵者，如辛弃疾"一丘壑"词。此处列一例。

一丘壑。老子风流占却。茅檐上，松月桂云，脉脉石泉逗山脚。寻思前事错。恼杀晨猿夜鹤。终须是、邓禹辈人，锦绣麻霞坐黄阁。

长歌自深酌。看天阔鸢飞，渊静鱼跃。西风黄菊芗喷薄。怅日暮云合，佳人何处，纫兰结佩带杜若。入江海曾约。

遇合。事难托。莫击磬门前，荷蒉人过，仰天大笑冠簪落。待说与穷达，不须疑著。古来贤者，进亦乐。退亦乐。

——辛弃疾

汉宫春

双调，九十六字。前后段各九句，四平韵。

　　＋｜－－，｜＋－＋｜，＋｜－－（韵）－－＋＋＋｜，＋｜－－（韵）－－＋｜，｜＋＋、＋｜－－（韵）＋｜｜、＋－＋＋，＋－＋｜－－（韵）

　　＋｜＋－＋｜，｜＋－＋｜，＋｜－－（韵）＋－＋＋

十｜，＋＋－－（韵）＋－＋｜，｜＋＋、＋｜－－（韵）
－｜｜、＋－＋｜，＋－＋｜－－（韵）

　　亭上秋风，记去年袅袅，曾到吾庐。山河举目虽异，风
景非殊。功成者去，觉团扇、便与人疏。吹不断、斜阳依
旧，茫茫禹迹都无。

　　千古茂陵词在，甚风流章句，解拟相如。只今木落江
冷，眇眇愁余。故人书报，莫因循、忘却莼鲈。谁念我、新
凉灯火，一编太史公书。

——辛弃疾

　　又有前后段起句皆用韵者；前后段第四句四言、第五句六言
者。如张先"红粉苔墙"词等。

　　红粉苔墙。透新春消息，梅粉先芳。奇葩异卉，汉家宫
额涂黄。何人斗巧，运紫檀、翦出蜂房。应为是、中央正
色，东君别与清香。

　　仙姿自称霓裳。更孤标俊格，非雪凌霜。黄昏院落，为
谁密解罗囊。银瓶注水，浸数枝、小阁幽窗。春睡起、纤条
在手，厌厌宿酒残妆。

——张　先

又一体 （仄韵体）

　　双调，九十六字。前段九句，四仄韵；后段九句，五仄韵。

　　　－｜－－，｜－－｜－，｜－－（韵）－－｜｜，｜
｜｜－－｜（韵）－－｜｜，｜－－、｜－－｜（韵）－｜
｜、－－｜｜，－－｜－－｜（韵）
　　　－－｜－－｜（韵）｜－－｜｜，－－｜｜（韵）－－

｜｜，｜｜｜－－｜（韵）－－｜｜，｜－－、－－－｜（韵）－｜｜、－－｜｜，｜｜｜－－｜（韵）

云海沉沉，峭寒收建章，雪残鸦鹊。华灯照夜，万井禁城行乐。春随辇影，映参差、柳丝梅萼。丹禁杳、鳌峰对耸，三山上通寥廓。

春衫绣罗香薄。步金莲影下，三千绰约。冰轮桂满，皓色冷浸楼阁。霓裳帝乐，奏升平、天风吹落。留凤辇、通宵宴赏，莫放漏声闲却。

——康与之

六　画

西地锦

双调，四十六字。前后段各五句，三仄韵。

＋｜＋－－｜（韵）｜＋－＋｜（韵）－－｜｜，＋－｜｜，＋－－｜（韵）

｜｜＋－－｜（韵）＋＋＋－－｜（韵）－－｜｜，－－｜｜，－－－｜（韵）

寂寞悲秋怀抱。掩重门悄悄。清风皓月，朱阑画阁，双鸳池沼。

不忍今宵重到。惹离愁多少。蓬山路杳，蓝桥信阻，黄花空老。

——蔡　伸

又有后段最后三句作七言、五言两句者，如周紫芝"雨细欲收还滴"词。

　　雨细欲收还滴。满一庭秋色。阑干独倚，无人共说，这些愁寂。

　　手把玉郎书迹。怎不教人忆。看看又是黄昏也，敛眉峰轻碧。

——周紫芝

又有前后段结句多一字作五言者，如石孝友"回望玉楼金阙"词。

　　回望玉楼金阙。正水遮山隔。风儿又起，雨儿又煞，好愁人天色。

　　两岸荻花枫叶。争舞红吹白。中秋过也，重阳近也，作天涯行客。

——石孝友

西江月

又名《白苹香》《步虚词》《江月令》。

双调，五十字。前后段各四句，两平韵，一侧韵。

　　＋｜＋－＋｜，＋－＋｜－－（韵）＋－＋｜｜－－（韵）＋｜＋－＋｜（押同部仄韵）

　　＋｜＋－＋｜，＋－＋｜－－（韵）＋－＋｜｜－－（韵）＋｜＋－＋｜（押同部仄韵）

　　凤额绣帘高卷，兽环朱户频摇。两竿红日上花梢。春睡厌厌难觉。

好梦狂随飞絮，闲愁浓胜香醪。不成雨暮与云朝。又是韶光过了。

——柳　永

又有前后段起句与结句俱押同部仄韵者，如苏轼"点点楼头细雨"、辛弃疾"贪数明朝重九"等词。(此体亦可表述为前后段起句仄韵，第二、三句俱同部平韵，结句归仄韵。)

点点楼头细雨。重重江外平湖。当年戏马会东徐。今日凄凉南浦。

莫恨黄花未吐。且教红粉相扶。酒阑不必看茱萸。俯仰人间今古。

——苏　轼

又有后段换另部韵者，如吴文英"枝袅一痕雪在"词。

枝袅一痕雪在，叶藏几豆春浓。玉奴最晚嫁东风。来结梨花幽梦。

香力添熏罗被，瘦肌犹怯冰绡。绿阴青子老溪桥。羞见东邻娇小。

——吴文英

又一体

双调，五十六字。前后段各四句，三平韵。

丨丨－－－丨，丨－－丨－－（韵）丨－－丨丨－－（韵）丨丨－－、－丨丨－－（韵）

丨丨－－丨丨，丨－丨丨－－（韵）丨－－丨丨－－（韵）丨丨丨丨－、－丨丨－－（韵）

夜半河痕依约，雨余天气冥濛。起行微月遍池东。水影浮花、花影动帘栊。

量减难追醉白，恨长莫尽题红。雁声能到画楼中。也要玉人、知道有秋风。

——赵与仁

西江月慢

双调，一百零三字。前段十句，四仄韵；后段八句，五仄韵。

　　——｜｜，—｜｜、｜——｜（韵）—｜｜——，——
—｜，｜——｜（韵）｜｜—、｜｜——，｜——｜，｜—
—｜（韵）｜｜—、｜｜——，—｜｜—｜（韵）

　　　　｜｜｜、———｜｜（韵）｜｜｜、——｜｜（韵）—
｜——｜｜，｜｜——｜（韵）｜｜｜、｜｜——，——
—｜，｜——｜（韵）｜｜｜、—｜｜——｜｜（韵）

春风淡淡，清昼永、落英千尺。桃杏散平郊，晴蜂来往，妙香飘掷。傍画桥、煮酒青帘，绿杨风外，数声长笛。记去年、紫陌朱门，花下旧相识。

向宝帕、裁书凭燕翼。望翠阁、烟林似织。闻道春衣犹未整，过禁烟寒食。但记取、角枕情题，东窗休误，这些端的。更莫待、青子绿阴春事寂。

——吕渭老

寻梅

双调，六十字。前段五句，四仄韵；后段四句，四仄韵。

〜〜｜｜〜｜｜（韵）｜〜〜、｜〜｜｜（韵）｜｜｜
｜｜〜｜（韵）｜〜〜〜｜，｜〜〜｜（韵）｜｜〜
　｜〜｜｜〜〜｜（韵）｜｜｜、｜〜〜｜（韵）〜〜｜
｜〜｜｜（韵）｜〜〜、〜｜｜｜｜（韵）

今年早觉花信蹉。想芳心、未应误我。一月小径几回
过。始朝来寻见，雪痕微破。

眼前大抵情无那。好景色、只消些个。春风烂熳都且
可。是而今、枝上一朵两朵。

——沈　蔚

行香子

双调，六十六字。前段八句，四平韵；后段八句，三平韵。

　＋｜〜〜，＋｜〜〜（韵）＋＋＋、＋｜〜〜（韵）＋
〜＋｜，＋｜〜〜（韵）｜＋〜＋，＋＋｜，｜〜〜（韵）
　＋〜＋｜，〜〜＋｜，｜＋〜、＋｜〜〜（韵）＋〜＋
｜，＋｜〜〜（韵）｜＋〜＋，＋＋｜，｜〜〜（韵）

前岁栽桃，今岁成蹊。更黄鹂、久住相知。微行清露，
细履斜晖。对林中侣，闲中我，醉中谁。

何妨到老，常闲常醉，任功名、生事俱非。衰颜难强，
拙语多迟。但酒同行，月同坐，影同归。

——晁补之

又有前段第一句押韵者，如李清照词；或后段第二句押韵
者，如晁补之词；或前段第一句、后段第二句俱押韵者，如苏轼

词。此处列一例。

　　一叶舟轻。双桨鸿惊。水天清、影湛波平。鱼翻藻鉴，鹭点烟汀。过沙溪急，霜溪冷，月溪明。

　　重重似画，曲曲如屏。算当年、虚老严陵。君臣一梦，今古虚名。但远山长，云山乱，晓山青。

——苏　轼

　　亦有后段第一、二句押韵者；前段第一句，后段第一、二句俱押韵者，如秦观、韩玉词等；亦有添字、减字者，如杜安世、赵长卿词等。此处不列。

华清引

　　双调，四十五字。前后段各四句，三平韵。

　　－－｜｜｜－－（韵）｜｜－－（韵）｜－－｜－｜，－－｜｜－（韵）

　　｜－｜｜｜－－（韵）｜－－｜－－（韵）｜－－｜｜，－－｜｜－（韵）

　　平时十月幸兰汤。玉甃琼梁。五家车马如水，珠玑满路旁。

　　翠华一去掩方床。独留烟树苍苍。至今清夜月，依前过缭墙。

——苏　轼

后庭花

　　又名《玉树后庭花》。

双调，四十四字。前后段各四句，四仄韵。

　　＋－＋｜－－｜（韵）｜－－｜（韵）＋＋－＋－＋｜
（韵）｜＋－｜（韵）

　　＋－＋｜－－｜（韵）｜－－｜（韵）＋＋＋＋－＋｜
（韵）｜＋－｜（韵）

　　轻盈舞伎含芳艳。竞妆新脸。步摇珠翠修蛾敛。腻鬟
云染。

　　歌声慢发开檀点。绣衫斜掩。时将纤手匀红脸。笑拈
金靥。

——毛熙震

　　又有后段起句作八言上五下三句法者，或后段起句作八言上
五下三句法，第二句多一字作五言者，俱见孙光宪词。又有前后
段第三句俱六言，不押韵；结句俱五言者，如张先词。此处列
一例。

　　华灯火树红相斗。往来如昼。桥河水白天青，讶别生
星斗。

　　落梅秾李还依旧。宝钗沽酒。晓蟾残漏心情，恨雕鞍
归后。

——张　先

如梦令

又名《忆仙姿》《如意令》《无梦令》。
单调，三十三字。七句，五仄韵，一叠韵。

＋｜＋－＋｜（韵）＋｜＋－＋｜（韵）＋｜｜－－，
＋｜＋－＋｜（韵）＋｜（韵）＋｜（叠）＋｜＋－＋｜
（韵）

曾宴桃源深洞。一曲舞鸾歌凤。长记别伊时，和泪出门
相送。如梦。如梦。残月落花烟重。

——李存勖

又一体（平韵体）

单调，三十三字。七句，五平韵，一叠韵。

－－－｜｜－（韵）－｜｜｜－－（韵）－｜｜－｜，
｜－｜｜－－（韵）－－（韵）－－（叠）｜｜｜｜－－
（韵）

秋千争闹粉墙。闲看燕紫莺黄。啼到绿阴处，唤回浪子
闲忙。春光。春光。正是拾翠寻芳。

——吴文英

好事近

又名《钓船笛》《倚秋千》《翠圆枝》。
双调，四十五字。前后段各四句，两仄韵。

＋｜｜－－，＋｜＋－－｜（韵）＋｜＋－＋｜，｜＋
－＋｜（韵）
＋－＋｜＋－＋，＋＋＋－｜（韵）＋｜＋－＋｜，｜
＋－＋｜（韵）

睡起玉屏风，吹去乱红犹落。天气骤生轻暖，衬沈香

帷箔。

　　珠帘约住海棠风，愁拖两眉角。昨夜一庭明月，冷秋千红索。

——宋　祁

　　又有前段第三句亦押韵者，如张先词。又有前后段第三句亦押韵者，如陆游"客路苦思归"词。此处列一例。

　　客路苦思归，愁似茧丝千绪。梦里镜湖烟雨。看山无重数。

　　尊前消尽少年狂，慵著送春语。花落燕飞庭户。叹年光如许。

——陆　游

　　又有前段结句作六言者，如李清照"风定落花深"词。

　　风定落花深，帘外拥红堆雪。长记海棠开后，正是伤春时节。

　　酒阑歌罢玉尊空，青缸暗明灭。魂梦不堪幽怨，更一声啼鴂。

——李清照

曲玉管

　　双调，一百零五字。前段十二句，两仄韵，四平韵；后段十句，三平韵。

　　　　｜｜－－，－－｜｜，－－｜｜－－｜（仄韵）｜｜－－－｜，－｜－－（押同部平韵）｜－－（韵）｜｜－－，

—－—｜，｜－｜｜—－｜（押同部仄韵）｜｜—－，｜｜
—｜—－（押同部平韵）｜—－（韵）

　　｜｜—－，｜－｜、—－—｜，｜－｜｜—－，—－｜
｜—－（韵）｜—－（韵）｜—－—｜，｜｜—｜—｜，
—－｜，｜｜—－，｜｜—－（韵）

　　陇首云飞，江边日晚，烟波满目凭阑久。立望关河萧
索，千里清秋。忍凝眸。杳杳神京，盈盈仙子，别来锦字终
难偶。断雁无凭，冉冉飞下汀洲。思悠悠。

　　暗想当初，有多少、幽欢佳会，岂知聚散难期，翻成雨
恨云愁。阻追游。每登山临水，惹起平生心事，一场消黯，
永日无言，却下层楼。

——柳　永

曲江秋

　　双调，一百零一字。前段十二句，六仄韵；后段十一句，六
仄韵。此调宜押入声韵。

　　　　—－｜｜（韵）｜＋｜＋－，＋－—｜（韵）＋｜｜
—，—－｜｜，＋＋—－｜（韵）—｜｜｜＋（韵）＋—
｜，—－｜（韵）＋｜＋＋，—－＋＋，｜—－｜（韵）

　　　　＋｜（韵）—－｜｜（韵）｜－｜、—－｜｜（韵）＋
—－｜｜，—－＋｜，—｜—＋｜（韵）｜｜—－，—－
＋｜＋－｜（韵）｜＋｜，—－＋－，｜｜｜｜—－｜（韵）

　　前山雨歇。爱竹树低阴，轩窗无热。珠箔半垂，清风细
绕，萧萧吹华发。珍簟粲枕设。珊瑚瘦，琉璃滑。永日敧

枕，知谁是伴，旧书重揭。

清绝。轻云淡月。梦同泛、沧波万叠。杯盘狼籍处，相扶就枕，欢笑歌翻雪。转棹小溪湾，人家灯火断明灭。正携手，无端惊回，槛外数声鶗鴂。

——杨无咎

又有结尾两句作前六言、后四言者，如杨无咎"鸣鸠怨歇"词。又有前段第十句多一字为五言，后段第七句多一字为六言，结尾两句作前六言、后四言者，如韩玉"明轩快目"词。此处列一例。

明轩快目。正雨过湘溪，秋来泽国。波面鉴开，山光淀拂，竹声摇寒玉。鸥鹭戏晚日，芰荷动，香红萩。千古兴亡意，凄凉扬舟，望迷南北。

仿佛。烟笼雾簇。认何处、当年绣毂。沈香花萼事，潇然伤感，宫殿三十六。忍听向晚菱歌，依稀犹似新番曲。试与问，如今新蒲细柳，为谁摇绿。

——韩　玉

阮郎归

又名《碧桃春》《醉桃源》《宴桃源》《濯缨曲》。

双调，四十七字，前段四句，四平韵；后段五句，四平韵。

　　＋－－｜｜－－（韵）＋－＋｜－（韵）＋－＋｜｜－
－（韵）＋－＋｜－（韵）

　　＋＋｜，｜－－（韵）＋－＋｜－（韵）＋－＋｜｜－
－（韵）＋－＋｜－（韵）

东风吹水日衔山。春来长是闲。落花狼藉酒阑珊。笙歌醉梦间。

春睡觉，晚妆残。无人整翠鬟。留连光景惜朱颜。黄昏独倚阑。

——李　煜

阳关引

又名《古阳关》。

双调，七十八字。前段八句，五仄韵；后段八句，四仄韵。

｜｜－－｜（韵）｜｜－－｜（韵）－－｜｜，－－
｜，－－｜（韵）｜－－＋｜，｜｜－－｜（韵）｜｜－、
－＋｜｜｜－｜（韵）

＋｜＋－｜，－｜｜（韵）｜－－｜，－－｜，｜－
（韵）｜｜－＋｜，｜｜－－｜（韵）｜｜－、－＋｜｜｜
－｜（韵）

暮草蛩吟喧。暗柳萤飞灭。空庭雨过，西风紧，飘黄叶。卷书帷寂静，对此伤离别。重感叹、中秋数日又圆月。

沙觜樯杆上，淮水阔。有飞凫客，词珠玉，气冰雪。且莫教皓月，照影惊华发。问几时、清尊夜景共佳节。

——晁补之

齐天乐

又名《台城路》《五福降中天》《如此江山》等。

双调，一百零二字。前段十句，五仄韵；后段十一句，五仄韵。

　　＋－＋｜－－｜，－＋｜－＋｜（韵）＋｜－－，＋－
＋｜，＋｜＋－＋｜（韵）＋－＋｜（韵）｜＋｜－－，＋
－－｜（韵）＋｜－－，＋－＋｜｜－｜（韵）

　　＋－＋｜＋｜，｜－－｜｜，＋＋－｜（韵）＋｜－
－，＋－＋｜，＋｜－－＋｜（韵）＋－＋｜（韵）｜＋｜
－－，｜－－｜（韵）＋｜－－，｜－－｜｜（韵）

　　绿芜凋尽台城路，殊乡又逢秋晚。暮雨生寒，鸣蛩劝
织，深阁时闻裁剪。云窗静掩。叹重拂罗裀，顿疏花簟。尚
有练囊，露萤清夜照书卷。

　　荆江留滞最久，故人相望处，离思何限。渭水西风，长
安乱叶，空忆诗情宛转。凭高眺远。正玉液新篘，蟹螯初
荐。醉倒山翁，但愁斜照敛。

——周邦彦

　　又有前段起句也用韵者，如杨无咎、周密、张炎等人词；后
段起句也用韵者，如吴文英、张炎等人词；前后段起句俱用韵
者，如姜夔、张炎、张辑等人词。此处列一例。

　　春风不暖垂杨树，吹却絮云多少。燕子人家，夕阳巷
陌，行入野畦深窈。斗花斗草。记小舫寻芳，断桥初晓。那
日心情，几人同向近来老。

　　消忧何处最好。夜深频秉烛，犹是迟了。南浦歌阑，东
林社冷，赢得如今怀抱。吟惊暗恼。待醉也慵听，劝归啼
鸟。怕搅离愁，乱红休去扫。

——张　炎

　　又有后段第二句四言，第三句六言者，或同时后段起句又用

韵者，如陆游诸词。又有后段第二句七言者，如吕渭老词；又有后段第三句六言者，如方千里词。此处列一例。

香红飘没明春水，寒食万家游舫。整整斜斜，疏疏密密，帘缬旗红相望。江波荡漾。称彩舰龙舟，绣衣霞桨。舞楫争先，歌笑箫鼓乱清唱。

重来刘郎又老，对故园桃红春晚，尽成惆怅。泪雨难晴，愁眉又结，翻覆十年手掌。如今怎向。念舞板歌尘，远如天上。斜日回舟，醉魂空舞飐。

——吕渭老

江城子

又名《江神子》《村意远》。

单调，三十五字。八句，五平韵。

＋＋－＋＋＋－（韵）｜－－（韵）＋＋－（韵）＋＋＋＋，＋｜｜－－（韵）＋｜＋－＋｜｜，＋＋｜，｜－－（韵）

髻鬟狼藉黛眉长。出兰房。别檀郎。角声呜咽，星斗渐微茫。露冷月残人未起，留不住，泪千行。

——韦　庄

又有起句不入韵者，或第四句押韵者，皆见和凝词。又有第二句多二字作五言者，如牛峤、张泌词。第七句多一字作四言者，如欧阳炯词。又有起句作三言两句，第二句多二字作五言者，如尹鹗词。此处列一例。

裙拖碧，步飘香。织腰束素长。鬓云光。拂面珑璁，腻玉碎凝妆。宝柱秦筝弹向晚，弦促雁，更思量。

——尹　鹗

又一体（双调体）

双调，七十字。前后段各七句，五平韵。

　　＋－＋｜｜－－（韵）｜－－（韵）｜－－（韵）＋｜＋－、＋｜｜－－（韵）＋｜＋－－｜｜，－＋｜，｜－－（韵）

　　＋－＋｜｜－－（韵）｜－－（韵）｜－－（韵）＋｜＋－、＋｜｜－－（韵）＋｜＋－－｜｜，－＋｜，｜－－（韵）

老夫聊发少年狂。左牵黄。右擎苍。锦帽貂裘、千骑卷平冈。为报倾城随太守，亲射虎，看孙郎。

酒酣胸胆尚开张。鬓微霜。又何妨。持节云中、何日遣冯唐。会挽雕弓如满月，西北望，射天狼。

——苏　轼

江城子慢

又名《江神子慢》。

双调，一百零九字。前段九句，七仄韵；后段十句，六仄韵。

　　＋－｜－｜（韵）－｜｜、＋＋｜－｜（韵）＋－｜（韵）－＋｜、｜｜｜＋－－｜（韵）｜－｜（韵）－｜－－－｜｜，＋－｜、－－－｜｜（韵）｜｜｜｜－－，＋－｜｜－｜（韵）

－－－－｜｜，｜－－－｜，－｜－｜（韵）｜－｜（韵）－－｜、＋｜－－－｜（韵）＋＋｜（韵）＋｜－－－｜｜，－－｜、－－－｜｜（韵）｜－｜｜－－，｜－－｜（韵）

　　玉台挂秋月。铅素浅、梅花傅香雪。冰姿洁。金莲衬、小小凌波罗袜。雨初歇。楼外孤鸿声渐远，远山外、行人音信绝。此恨对语犹难，那堪更寄书说。
　　教人红销翠减，觉衣宽全缕，都为轻别。太情切。销魂处、画角黄昏时节。声鸣咽。落尽庭花春去也，银蟾迥、无情圆又缺。恨伊不似余香，惹鸳鸯结。

　　　　　　　　　　　　　　　　——田　为

　　又有后段结尾两句作九言一句者，如吕渭老"新枝媚斜日"词。

　　新枝媚斜日。花径霁、晚碧泛红滴。近寒食。蜂蝶乱、点检一城春色。倦游客。门外昏鸦啼梦破，春心似、游丝飞远碧。燕子又语斜檐，行云自没消息。
　　当时乌丝夜语，约桃花时候，同醉瑶瑟。甚端的。看看是、榆角杨花飞掷。怎忘得。斜倚红楼回泪眼，天如水、沈沈连翠壁。想伊不整啼妆影帘侧。

　　　　　　　　　　　　　　　　——吕渭老

江月晃重山

　　双调，五十四字。前后段各五句，三平韵。

　　－｜－－｜｜，｜－－｜－－（韵）｜－－｜｜－－

（韵）——｜，—｜｜——（韵）

　　｜｜——｜｜，———｜——（韵）———｜｜——

（韵）——｜，｜｜｜——（韵）

　　芳草洲前道路，夕阳楼上阑干。碧云何处问归鞍。从军客，耽乐不思还。

　　洞里神仙种玉，江边骚客滋兰。鸳鸯沙暖鹔鸨寒。菱花晚，不奈鬓毛斑。

——陆　游

七　画

巫山一段云

　　双调，四十四字。前后段各四句，三平韵。

　　　　＋｜——｜，——＋｜—（韵）＋—＋｜｜——（韵）

＋｜｜——（韵）

　　　　＋｜——｜，——＋｜—（韵）＋—＋｜｜——（韵）

＋｜｜——（韵）

　　雨霁巫山上，云轻映碧天。远风吹散又相连。十二晚峰前。

　　暗湿啼猿树，高笼过客船。朝朝暮暮楚江边。几度降神仙。

——毛文锡

又一体

双调，四十六字。前段四句，三平韵；后段四句，两仄韵，两平韵。

　　＋｜－－｜，－－＋｜－（韵）＋－－｜｜－－（韵）＋＋＋＋－（韵）

　　＋｜＋－＋｜（换仄韵）＋｜＋－＋｜（韵）＋－＋｜｜－－（换平韵）＋－｜＋－（韵）

　　蝶舞梨园雪，莺啼柳带烟。小池残日艳阳天。苎萝山又山。

　　青鸟不来愁绝。忍看鸳鸯双结。春风一等少年心。闲情恨不禁。

——李　晔

又有后段最后两句不换平韵而归平韵者，如李晔"缥缈云间质"词。

　　缥缈云间质，盈盈波上身。袖罗斜举动埃尘。明艳不胜春。

　　翠鬟晚妆烟重。寂寂阳台一梦。冰眸莲脸见长新。巫峡更何人。

——李　晔

更漏子

双调，四十六字。前段六句，两仄韵、两平韵；后段六句，三仄韵、两平韵。

｜－－，－｜｜（韵）＋｜＋－＋｜（韵）＋｜｜，｜
－－（换平韵）＋－＋｜－（韵）

－＋｜（另换仄韵）＋＋｜（韵）＋｜＋－＋｜（韵）
＋＋｜，｜－－（另换平韵）＋－＋｜－（韵）

　　背江楼，临海月。城上角声呜咽。堤柳动，岛烟昏。两
行征雁分。

　　京口路。归帆渡。正是芳菲欲度。银烛尽，玉绳低。一
声村落鸡。

——温庭筠

　　又有后段起句不用韵者，如韦庄"钟鼓寒"词。又有后段最
后两句不换平韵而归平韵者，或后段起句又不入韵，或又作二言
者，如温庭筠、孙光宪、贺铸等人词。此处列一例。

　　钟鼓寒，楼阁暝。月照古桐金井。深院闭，小庭空。落
花香露红。

　　烟柳重，春雾薄。灯背水窗高阁。闲倚户，暗沾衣。待
郎郎不归。

——韦　庄

　　又有不换韵，且前段第一、二句作七言一句者，如欧阳炯
"三十六宫秋夜永"词。

　　三十六宫秋夜永，露华点滴高梧。丁丁玉漏咽铜壶。明
月上金铺。

　　红线毯，博山炉。香风暗触流苏。羊车一去长青芜。镜
尘鸾影孤。

——欧阳炯

又一体

双调，一百零四字。前后段各十一句，五平韵。

　　－｜－－（韵）｜｜｜－－，｜｜－－（韵）｜｜－
－，｜｜－｜，－｜｜｜－－（韵）｜｜｜｜－－，－｜｜
｜－（韵）｜－｜－－，｜｜｜｜，｜｜－－（韵）

　　－｜｜｜－－（韵）｜｜｜－－，｜｜－－（韵）｜｜
－－，｜－｜－｜，－－｜｜－－（韵）－｜｜－－｜，｜－
｜｜－（韵）｜－－－｜，｜－－－，｜｜－－（韵）

　　遥远途程。算万水千山，路入神京。暖日春郊，绿柳红
杏，香迳舞燕流莺。客馆悄悄闲庭，堪惹旧恨深。有多少驰
驱，蓦岭涉水，枉废身心。

　　思想厚利高名。漫惹得忧烦，枉度浮生。幸有青松，白
云深洞，清闲且乐升平。长是宦游羁思，别离泪满襟。望江
乡踪迹，旧游题书，尚自分明。

——杜安世

　　又有后段起句与第六句各少一字，俱作五言者，如贺铸词。
此处不列。

杏花天

又名《杏花风》。

双调，五十四字。前后段各四句，四仄韵。

　　＋－＋｜－－｜（韵）＋＋｜、＋－＋｜（韵）＋－＋
｜－－｜（韵）＋｜＋－＋｜（韵）

　　＋＋＋、＋＋＋｜（韵）＋＋＋、＋－＋｜（韵）＋－

十｜一一｜（韵）十｜十十十｜（韵）

　　残春庭院东风晓。细雨打、鸳鸯寒峭。花尖望见秋千了。无路踏青斗草。

　　人别后、碧云信杳。对好景、愁多欢少。等他燕子传音耗。红杏开也未到。

——朱敦儒

　　又有后段起句不作上三下四句法者，如辛弃疾、谢懋词。前段结句作七言，上三下四句法；后段起句不作上三下四句法者，如侯寘词。前后段结句俱作七言，上三下四句法者，如卢炳词。

　　海棠枝上东风软。荡霁色、烟光弄暖。双双燕子归来晚。零落红香过半。

　　琵琶泪揾青衫浅。念事与、危肠易断。余醒未解扶头懒。屏里潇湘梦远。

——谢　懋

　　又有前后段第三句俱不押韵，结句前加一句二言，押韵，结句俱作六言折腰句法；后段起句作三言、四言两句，且三言句入韵者，如姜夔词。此处列一例。

　　绿丝低拂鸳鸯浦。想桃叶、当时唤渡。又将愁眼与春风，待去。倚兰桡、更少驻。

　　金陵路。莺吟燕舞。算潮水、知人最苦。满汀芳草不成归，日暮。更移舟、向甚处。

——姜　夔

杏花天慢

双调，一百零三字。前后段各九句，五仄韵。

　　－｜－｜，－｜－｜，－｜｜－－｜（韵）｜｜－｜
｜，｜｜｜、－｜－－－｜（韵）－－｜｜（韵）｜｜｜、
－－－｜（韵）｜｜｜、－｜－－，｜｜｜－－｜（韵）

　　－－－｜｜－，｜－｜－－，｜－－｜（韵）｜－－｜
｜，｜｜－、－｜－－－｜（韵）－｜｜｜（韵）｜｜｜、
－｜－｜（韵）｜｜｜、－｜－－，｜－｜｜（韵）

　　桃蕊初谢，双燕来后，枝上嫩苞时节。绛萼滋浩露，照
晓景、裁翦冰绡标格。烟传靓质。似淡拂、妆成香颊。看暖
日、催吐繁英，占断上林风月。

　　坛边曾见数枝，算应是真仙，故留春色。顿觉偏造化，
且任他、桃李成蹊谁说。晴霁易雪。待对饮、清赏无歇。更
爱惜、留引鹓禽，未须再折。

——曹　勋《杏花》

杏园芳

双调，四十五字。前段四句，四平韵；后段四句，三平韵。

　　－－｜｜－－（韵）－－｜｜－－（韵）－－｜｜｜－
－（韵）｜－－（韵）

　　－－｜｜－－｜，－－｜｜－－（韵）－－－｜｜－－
（韵）｜－－（韵）

严妆嫩脸花明。教人见了关情。含羞举步越罗轻。称娉婷。

终朝咫尺窥香阁，迢遥似隔层城。何时休遣梦相萦。入云屏。

——尹　鹗

花非花

单调，二十六字。六句，三仄韵。

－－－，｜－｜（韵）｜｜｜－，－－｜（韵）－－－｜｜－－，｜｜－－－｜｜（韵）

花非花，雾非雾。夜半来，天明去。来如春梦不多时，去似朝云无觅处。

——白居易

芭蕉雨

双调，六十五字。前段五句，四仄韵；后段六句，四仄韵。

｜｜－－｜｜（韵）｜－－｜｜、－－｜（韵）｜｜｜－－｜（韵）｜｜｜｜－－，－－｜｜（韵）

｜－－｜｜｜（韵）－｜｜｜（韵）－｜｜｜－、－－｜（韵）｜｜｜、｜－－，－｜｜｜｜－－，－－｜｜（韵）

雨过凉生藕叶。晚庭消尽暑、浑无热。枕簟不胜香滑。怎奈宝帐情生，金尊意惬。

玉人何处梦蝶。思一见冰雪。须写个帖儿、丁宁说。试问道、肯来么，今夜小院无人，重楼有月。

——程　垓

苏幕遮

又名《鬓云松令》。

双调，六十二字。前后段各七句，四仄韵。

|——，—||（韵）＋|——，＋|——|（韵）＋

|＋——||（韵）＋|——，＋|——|（韵）

　　|——，—||（韵）＋|——，＋|——|（韵）＋

|＋——||（韵）＋|＋—，＋|——|（韵）

碧云天，黄叶地。秋色连波，波上寒烟翠。山映斜阳天接水。芳草无情，更在斜阳外。

黯乡魂，追旅思。夜夜除非，好梦留人睡。明月楼高休独倚。酒入愁肠，化作相思泪。

——范仲淹

声声慢

又名《胜胜慢》《人在楼上》《凤求凰》。

双调，九十九字。前后段各九句，四平韵。

———|，||——，——||——（韵）|——|，—||||——（韵）——||||，|——、—|——（韵）|||、|———|，—|——（韵）

—|——||，||无——，||——（韵）|||——

－｜，｜｜－－（韵）－－｜－｜｜，｜－－、－｜－－（韵）｜－｜、｜－－－｜，｜｜－－（韵）

朱门深掩，摆荡春风，无情镇欲轻飞。断肠如雪，撩乱去点人衣。朝来半和细雨，向谁家、东馆西池。算未肯、似桃含红蕊，留待郎归。

还记章台往事，别后纵青青，似旧时垂。灞岸行人多少，竟折柔支。而今恨啼露叶，镇香街、抛掷因谁。又争可、妒郎夸春草，步步相随。

——晁补之

又有后段第四句四言，第五句六言，第八句作三言，结句作七言上三下四句法。宋人依此体填者较多，如赵长卿、辛弃疾、吴文英、周密、王沂孙、蒋捷、张炎等。此处列一例。

燕泥沾粉，鱼浪吹香，芳堤十里新晴。静惹游丝，花边袅袅扶春。多情最怜飘泊，记章台、曾绾青青。堪爱处，是扑帘娇软，随马轻盈。

长是河桥三月，做一番晴雪，恼乱诗魂。带雨沾衣，罗襟点点离痕。休缀潘郎鬓影，怕绿窗、年少人惊。卷春去，翦东风、千缕碎云。

——周　密

又有前段第四句六言，第五句四言，第八句作四言两句；后段第二句三言，第三句六言，第八句四言，结句作六言者，如贺铸"园林幂翠"词。又有前段第七句不作上三下四句法，第八句作前三言后四言两句；后段第四句四言，第五句六言，第八句作前三言后四言两句，如曹勋"素商吹景"词。又有后段第二、三句作九言一句上三下六句法，第四句四言，第五句六言，第八句三言，结句作七言上三下四句法者，如石孝友、吴文英、周密等人词。又有后段第四句四言，第五句六言者，如周密"琼壶歌月"词。此处列一例。

　　素商吹景，西真赋巧，桂子秋借蟾光。层层翠葆，深隐幽艳清香。占得秀岩分种，天教薇露染娇黄。珍庭晓，透肌破鼻，细细芬芳。
　　应是月中倒影，喜余叶婆娑，灏色迎凉。移根上苑，雅称曲槛回廊。趁取蕊珠密缀，与收花雾著宫裳。帘栊静，好围四坐，对赏瑶觞。

——曹　勋

又有前段第四句六言，第五句四言，第八句作四言两句；后段第八句作三言，结句作七言上三下四句法者，如曹组"重檐飞峻"词。又有前段第八句作前三言后四言两句；后段第二句三言，第三句六言，第四句四言，第五句六言，第七句六言者，如吴则礼"林塘朱夏"词。又有后段第二句六言，第四句四言，第五句六言者，如王之道"凌云气节"词。又有后段第二句四言，第四句四言，第五句六言，第八句三言，结句作七言上三下四句法者，如王之道"菊团封绿"词。此处列一例。

　　重檐飞峻，丽采横空，繁华壮观都城。云母屏开八面，人在青冥。凭阑瑞烟深处，望皇居、遥识蓬瀛。回环阁道，五花相斗，压尽旗亭。
　　歌酒长春不夜，金翠照罗绮，笑语盈盈。陆海人山辐辏，万国欢声。登临四时总好，况花朝、月白风清。丰年乐，岁熙熙、且醉太平。

——曹　组

又一体（仄韵体）

双调，九十七字。前段九句，五仄韵；后段八句，五仄韵。

－－｜｜（韵）｜｜－－，－－｜｜｜｜（韵）｜｜－
－－｜，｜－－｜（韵）－－｜｜－，｜｜｜－、｜－－｜
（韵）｜｜｜，｜－－、｜｜｜－－｜（韵）

｜｜－－－｜（韵）－｜｜、－－｜－－｜（韵）｜｜
－－，｜｜｜－｜（韵）－－｜｜－，｜－－、｜｜｜
｜（韵）｜｜｜，｜｜｜、－｜｜｜（韵）

寻寻觅觅。冷冷清清，凄凄惨惨戚戚。乍暖还寒时候，最难将息。三杯两盏淡酒，怎敌他、晚来风急。雁过也，最伤心、却是旧时相识。

满地黄花堆积。憔悴损、如今有谁忺摘。守着窗儿，独自怎生得黑。梧桐更兼细雨，到黄昏、点点滴滴。这次第，怎一个、愁字了得。

——李清照

又有前段第二句六言，第三句四言，第四句四言，第五句六言，结句作前五言后四言两句；后段第二句作七言上三下四句法者。如何梦桂"人间六月"词。又有前段首句不入韵，第四句四言，第五句六言，结句作前五言后四言两句；后段起句不入韵，第二句作前五言后四言两句，结句作前五言后四言两句者。如赵长卿"金风玉露"词。又有前段首句不入韵，第四句四言，第五句六言，结句作前五言后四言两句；后段起句不入韵者，如高观国"壶天不夜"词。此处列一例。

壶天不夜，宝炬生香，光风荡摇金碧。月滟冰痕，花外峭寒无力。歌传翠帘尽卷，误惊回、瑶台仙迹。禁漏促，拼千金一刻，未酬佳夕。

卷地香尘不断，最得意、输他五陵狂客。楚柳吴梅，无限眼边春色。鲛绡暗中寄与，待重寻、行云消息。乍醉醒，怕南楼、吹断晓笛。

——高观国

扬州慢

双调，九十八字。前段十句，四平韵；后段九句，四平韵。

　　＋｜－－，＋－＋｜，＋－＋｜－－（韵）｜－－＋｜，＋＋｜－－（韵）｜＋｜、－－＋｜，＋－＋｜，＋｜－－（韵）｜－－、＋＋－＋，－｜－－（韵）

　　＋－＋｜，｜－－、＋｜－－（韵）｜＋｜－－，＋－＋｜，＋｜－－（韵）｜｜＋－－｜，－－｜、＋｜－－（韵）｜＋－－｜，＋－＋｜－－（韵）

淮左名都，竹西佳处，解鞍少驻初程。过春风十里，尽荠麦青青。自胡马、窥江去后，废池乔木，犹厌言兵。渐黄昏、清角吹寒，都在空城。

杜郎俊赏，算而今、重到须惊。纵豆蔻词工，青楼梦好，难赋深情。二十四桥仍在，波心荡、冷月无声。念桥边红药，年年知为谁生。

——姜　夔

又有前段最后两句作五言一句、六言一句者，如郑觉斋、罗志仁词。此处列一例。又有前段第四、五句句法略有不同者，但各版本所载句法相异，故不列。

弄玉轻盈，飞琼淡泞，袜尘步下迷楼。试新妆才了，炷沉水香球。记晓剪、春冰驰送，金瓶露湿，缇骑新流。甚天中月色，被风吹梦南州。

尊前相见，似羞人、踪迹萍浮。问弄雪飘枝，无双亭上，何日重游。我欲缠腰骑鹤，烟霄远、旧事悠悠。但凭阑无语，烟花三月春愁。

——郑觉斋

步月

双调，九十六字。前段九句，四平韵；后段十句，五平韵。

｜｜－－，｜－－｜，｜－－｜－－（韵）｜－－｜，－｜｜－－（韵）｜－｜、－－｜｜，｜｜｜、－｜－－（韵）－－｜、－－｜｜，－｜｜－－（韵）

－－（韵）－｜｜，｜－｜｜｜，－｜－－（韵）｜－－｜，－｜｜－－（韵）｜－｜、－－｜｜，｜｜｜、－｜－－（韵）－－｜，－－｜｜｜－－（韵）

剪柳章台，问梅东阁，醉中携手初归。逗香帘下，璀璨缕金衣。正依约、冰丝射眼，更茌苒、蟾玉西飞。轻尘外、双鸳细蹙，谁赋洛滨妃。

霏霏。红雾绕，步摇共髻影，吹入花围。管弦将散，人静烛笼稀。泥私语、香樱乍破，怕夜寒、罗袜先知。归来也，相偎未肯入重帏。

——史达祖

又一体（仄韵体）

双调，九十四字。前后段各九句，五仄韵。

　　｜｜－－，｜－－｜（韵）｜－｜｜－｜（韵）｜－｜
｜，｜｜－－｜（韵）｜－｜、｜｜｜－，－－、｜－－
｜（韵）－－｜、－｜｜－，｜－－｜（韵）

　　－－－｜｜（韵）－｜｜－－，－｜－｜（韵）｜－｜
｜，｜－－－｜（韵）｜－｜、－｜－－，｜－｜、｜－－
｜（韵）－－｜，－｜｜－｜｜（韵）

　　玉宇薰风，宝阶明月。翠丛万点晴雪。炼霜不就，散广
寒霏屑。采珠蓓、绿萼露滋，嗅银艳、小莲冰洁。花魂在、
纤指嫩痕，素英重结。

　　枝头香未绝。还是过中秋，丹桂时节。醉乡冷境，怕翻
成消歇。玩芳味、春焙旋熏，贮秾韵、水沉频爇。堪怜处，
输与夜凉睡蝶。

——施　岳

沁园春

又名《寿星明》《东仙》。

双调，一百一十四字。前段十三句，四平韵；后段十二句，
五平韵。

　　＋＋－－，＋＋＋＋，＋＋＋－（韵）｜＋－＋｜，＋
－＋｜，＋－＋｜，＋｜－－（韵）＋｜－－，＋－＋｜，

＋｜－－＋｜－（韵）＋－｜，＋＋－＋｜，＋｜－－
（韵）

＋－＋｜－－（韵）＋＋｜、＋－＋｜－（韵）｜＋－
＋｜，＋－＋｜，＋－＋｜，＋｜－－（韵）－｜－－，＋
－＋｜，＋｜－－＋｜－（韵）＋＋｜，｜＋－＋｜，＋｜
－－（韵）

孤馆灯青，野店鸡号，旅枕梦残。渐月华收练，晨霜耿
耿，云山摛锦，朝露漙漙。世路无穷，劳生有限，似此区区
长鲜欢。微吟罢，凭征鞍无语，往事千端。

当时共客长安。似二陆、初来俱少年。有笔头千字，胸
中万卷，致君尧舜，此事何难。用舍由时，行藏在我，袖手
何妨闲处看。身长健，但优游卒岁，且斗尊前。

——苏　轼

又一体

又名《洞庭春》

双调，一百一十五字。前后段各十二句，四平韵。

｜｜＋－，｜－－｜，｜｜｜－（韵）｜＋－－｜，－
－｜｜，＋－－｜，＋｜－－（韵）｜｜－－＋｜｜，｜＋
｜－－｜－（韵）－＋｜，｜－－＋｜，－｜－－（韵）

－－｜－｜｜，｜－－｜｜，－｜－－（韵）｜｜－＋
｜，＋－＋｜，＋－－｜，＋｜－－（韵）｜｜－－－｜
｜，｜＋＋－－｜－（韵）－＋｜，｜－－｜｜，＋｜－
－（韵）

宿霭迷空，腻云笼日，昼景渐长。正兰皋泥润，谁家燕

喜，蜜脾香少，触处蜂忙。尽日无人帘幕挂，更风递游丝时
过墙。微雨后，有桃愁杏怨，红泪淋浪。

风流寸心易感，但依依伫立，回尽柔肠。念小奁瑶鉴，
重匀绛蜡，玉笼金斗，时熨沈香。柳下相将游冶处，便回首
青楼成异乡。相忆事，纵蛮笺万叠，难写微茫。

——秦　观

又有后段第二、三句作七言一句上三下四句法者，如陆游、
京镗词。又有后段第二、三句作七言一句上三下四句法，第八句
又作七言者，如程垓词。此处列一例。

壮岁文章，暮年勋业，自昔误人。算英雄成败，轩裳得
失，难如人意，空丧天真。请看邯郸当日梦，待炊罢黄粱徐
欠伸。方知道，许多时富贵，何处关身。

人间定无可意，怎换得、玉鲙丝莼。且钓竿渔艇，笔床
茶灶，闲听荷雨，一洗衣尘。洛水秦关千古后，尚棘暗铜驼
空怆神。何须更，慕封侯定远，图像麒麟。

——陆　游

又一体

双调，一百一十四字。前段十三句，四平韵；后段十三句，
六平韵。

　　—｜——，｜——｜，｜｜｜—（韵）｜＋——｜，—
—｜｜，＋——｜，＋｜——（韵）｜｜——，———｜，
＋｜———｜—（韵）——｜，｜——＋｜，—｜——
（韵）

　　——（韵）＋｜——（韵）＋＋｜＋—＋｜—（韵）｜

十－十｜，十－｜｜，－－十｜，十｜－－（韵）十｜－
－，十－十｜，｜｜十－十｜十（韵）－－｜，｜十－十
｜，十｜－－（韵）

　　更漏迢迢，乍寒天气，画烛对床。正井梧飘砌，边鸿度
月，故人何处，水远山长。老去功名，年来情绪，宽尽寒衣
销旧香。除非是，仗蛮笺象管，时伴吟窗。

　　词章。莫话行藏。且喜见捷书来帝乡。看锐师云合，妖
氛电扫，随堤宫柳，依旧成行。梦绕他年，青门紫陌，对酒
花前歌正当。空成恨，奈潘郎两鬓，新点吴霜。

——曾 觌

　　又有前段第十句八言，或前后段第十句俱八言者，如张先、
葛长庚词。又有前段第十二句四言，或第十一、十二句四言者，
如吕渭老、毛滂词。又有前段第四、五句作八言一句上三下五句
法，第六句作五言者，如晁端礼词。此处列一例。

　　黄鹤楼前，吹笛之时，先生朗吟。想剑光飞过，朝游南
岳，墨篮放下，夜醉东邻。铛煮山川，粟藏世界，有明月清
风知此音。呵呵笑，笑酿成白酒，散尽黄金。

　　知音。自有相寻。休踏破葫芦折断琴。唱白苹红蓼，庐
山日暮，西风黄叶，渭水秋深。三入岳阳，再游溢浦，自一
去优游直至今。桃源路，尽不妨来往，时共登临。

——葛长庚

　　又有前段第六句作五言，第十句八言；后段第十二句作四言
者，如苏轼词。

情若连环，恨如流水，甚时是休。也不须惊怪，沈郎易瘦，也不须惊怪，潘鬓先愁。总是难禁，许多魔难，奈好事教人不自由。空追想，念前欢杳杳，后会悠悠。

凝眸。悔上层楼。谩惹起、新愁压旧愁。向彩笺写遍，相思字了，重重封卷，密寄书邮。料到伊行，时时开看，一看一回和泪收。须知道，这般病染，两处心头。

——苏　轼

诉衷情

又名《桃花水》。双调亦称《诉衷情令》，又名《渔父家风》《一丝风》。

单调，三十三字。十一句，五仄韵，六平韵。

　　—｜（韵）—｜（韵）—｜｜（韵）｜——（换平韵）
—｜｜（换仄韵）—｜（韵）｜——（归平韵）＋｜｜——
（韵）——（韵）———｜—（韵）｜——（韵）

　　莺语。花舞。春昼午。雨霏微。金带枕。宫锦。凤凰帷。柳弱燕交飞。依依。辽阳音信稀。梦中归。

——温庭筠

又一体

单调，三十三字。九句，两仄韵，六平韵。

　　＋｜———｜｜，｜——（韵）—｜｜（换仄韵）—｜
（韵）｜——（归平韵）—｜｜——（韵）——（韵）｜—
—｜—（韵）｜——（韵）

烛烬香残帘未卷，梦初惊。花欲谢。深夜。月胧明。何处按歌声。轻轻。舞衣尘暗生。负春情。

——韦　庄

又一体

单调，三十七字。九句，两仄韵，六平韵。

｜｜－－－｜｜，｜－－（韵）－｜｜（换仄韵）－｜（韵）｜－－（归平韵）－｜｜－－（韵）｜－－（韵）｜｜－｜｜－（韵）｜－－｜－（韵）

永夜抛人何处去，绝来音。香阁掩。眉敛。月将沉。争忍不相寻。怨孤衾。换我心为你心。始知相忆深。

——顾　夐

又一体 （平韵体）

双调，四十一字。前段五句，四平韵；后段四句，四平韵。

－＋＋＋｜＋－（韵）＋＋｜＋－（韵）－＋｜，｜－－（韵）＋｜｜－－（韵）

＋｜｜－－（韵）｜－－（韵）＋－＋｜｜－－（韵）｜－－（韵）

桃花流水漾纵横。春昼彩霞明。刘郎去，阮郎行。惆怅恨难平。

愁坐对云屏。算归程。何时携手洞边迎。诉衷情。

——毛文锡

又一体 （平韵体）

双调，四十四字。前段四句，三平韵；后段六句，三平韵。

＋－＋｜｜－－（韵）＋｜｜－－（韵）＋＋＋＋－
｜，＋｜｜－－（韵）

－｜｜，｜－－（韵）｜－－（韵）＋－－｜，＋｜－
－，＋｜－－（韵）

青梅煮酒斗时新。天气欲残春。东城南陌花下，逢著意
中人。

回绣袂，展香茵。叙情亲。此情拼作，千尺游丝，惹住
朝云。

——晏　殊

又有前段末句多一字，作六言（或用折腰句法）者，如赵长
卿、吴潜、王千秋等人词。

花前月下会鸳鸯。分散两情伤。临行祝付真意，臂间皓
齿留香。

还更毒，又何妨。尽成疮。疮儿可后，痕儿见在，见后
思量。

——赵长卿

又有前段第三句作折腰句法，或多一字作七言者，如欧阳
修、严仁词。此处列一例。

歌时眉黛舞时腰。无处不妖娆。初剪菊、欲登高。天气
怯鲛绡。

紫丝障，绿杨桥。路迢迢。酒阑歌罢，一度归时，一度
魂消。

——欧阳修

诉衷情近

双调，七十五字。前段七句，三仄韵；后段九句，六仄韵。

　｜－｜｜，｜｜｜－－｜｜（韵）－－＋｜－－，－｜｜
－｜｜（韵）－｜｜｜－－｜，＋｜－－，｜｜｜－－｜（韵）
　　－－｜（韵）｜｜｜－－｜｜（韵）｜－－｜，｜｜｜－－
｜（韵）－－｜（韵）｜－｜｜，－－｜｜，｜｜－－｜
（韵）｜｜－－｜（韵）

　　雨晴气爽，伫立江楼望处。澄明远水生光，重叠暮山耸
翠。遥认断桥幽径，隐隐渔村，向晚孤烟起。

　　残阳里。脉脉朱阑静倚。黯然情绪，未饮先如醉。愁无
际。暮云过了，秋光老尽，故人千里。竟日空凝睇。

——柳　永

　　又有前段第二句不入韵者，如柳永"景阑昼永"词。又有前
段第五句四言，第七句七言者，如晁补之"小园过午"词。此处
列一例。

　　小园过午，便觉凉生翠柏。戎葵闲出墙红，萱草静依径
绿。还是去年，浮瓜沈李，追凉故绕池边竹。

　　小筵促。忽忆杨梅正熟。下山南畔，画舸笙歌逐。愁凝
目。使君彩笔，佳人锦字，断弦怎续。尽日栏干曲。

——晁补之

八　画

雨霖铃

双调，一百零三字。前段十句，五仄韵；后段九句，五仄韵。

　　－－＋｜（韵）｜－－｜，｜｜－｜（韵）－－＋＋＋
｜，－－｜｜，－－－｜（韵）｜｜－－＋｜，｜－＋－｜
（韵）｜｜＋、－｜－－，｜｜－－｜－｜（韵）

　　＋－｜｜－－｜（韵）｜－－、｜｜－－｜（韵）－－
｜＋＋｜，＋｜｜、｜－－｜（韵）｜｜－－，－｜－－，
｜＋－｜（韵）｜｜｜、＋｜－－，｜｜－－｜（韵）

　　寒蝉凄切。对长亭晚，骤雨初歇。都门帐饮无绪，方留恋处，兰舟催发。执手相看泪眼，竟无语凝咽。念去去、千里烟波，暮霭沉沉楚天阔。

　　多情自古伤离别。更那堪、冷落清秋节。今宵酒醒何处，杨柳岸、晓风残月。此去经年，应是良辰，好景虚设。便纵有、千种风情，更与何人说。

——柳　永

　　又有前段第二句多一字作五言者，如李纲词。又有前段第五、六句作六言一句，折腰句法，第七句五言者，如晁端礼词。又有前段第二、三句作八言一句，上三下五句法，第七句四言，第八句作七言上三下四句法者，如黄裳词。又有后段第五、六、

七句作六言两句，第八句作六言者，如王庭珪词。此处列一例。

天南游客。甚而今、却送君南国。薰风万里无限，吟蝉暗续，离情如织。秣马脂车，去即去、多少人惜。为惠爱、烟惨云山，送两城愁作行色。

飞帆过、浙西封域。到秋深、且舣荷花泽。就船买得鲈鳜，新谷破、雪堆香粒。此兴谁同，须记东秦，有客相忆。愿听了、一阕歌声，醉倒拚今日。

——黄　裳

画堂春

又名《画堂春令》。

双调，四十七字。前段四句，四平韵；后段四句，三平韵。

　＋－＋｜｜－－（韵）＋－＋｜－－（韵）｜－－｜｜－－（韵）＋｜－－（韵）

　＋｜＋－＋｜，＋－＋｜－－（韵）＋－＋｜｜－－（韵）＋｜－－（韵）

落红铺径水平池。弄晴小雨霏霏。杏园憔悴杜鹃啼。无奈春归。

柳外画楼独上，凭阑手捻花枝。放花无语对斜晖。此恨谁知。

——秦　观

另有前后段结句各添一字作五言者，如张先、王诜、苏轼、黄庭坚词。此处列一例。

　　柳花飞处麦摇波。晚湖净鉴新磨。小舟飞棹去如梭。齐唱采菱歌。

　　平野水云溶漾，小楼风日晴和。济南何在暮云多。归去奈愁何。

——苏　轼

　　又有前段第二句少两字作四言者，如姜特立词。又有前段第二句少一字作五言者，如谢懋词。又有后段第二句作七言者，如赵长卿词。又有前后段第二句俱作七言，前段结句多一字作五言者，如赵长卿词。

　　湖光乘雨碧连天。绕堤映、草色芊芊。舞风杨柳欲撕绵。依依起翠烟。

　　还是春风客路，对花时、空负婵娟。暮寒楼阁碧云间。罗袖成斑。

——赵长卿

　　又有前段起句少一字作六言，后段第二句多一字作七言，前后段结句俱作五言者，如史浩词。又有句句押韵，后段第一、二句俱作七言者，如赵长卿词。

　　当时巧笑记相逢。玉梅枝上玲珑。酒杯流处已愁浓。寒雁横空。

　　去程无记更从容。到归来好事匆匆。一时分付不言中。此恨难穷。

——赵长卿

武陵春

　　又名《武林春》。

双调，四十八字。前后段各四句，三平韵。

+｜+－－｜｜，+｜｜－－（韵）+｜－－+｜－
（韵）+｜｜－－（韵）

++++－+｜，+｜｜－－（韵）+｜－－+｜－
（韵）+｜｜－－（韵）

风过冰檐环佩响，宿雾在华茵。剩落瑶花衬月明。嫌怕
有纤尘。

凤口衔灯金炫转，人醉觉寒轻。但得清光解照人。不负
五更春。

——毛　滂

又有后段末句添一字为六字折腰句法者，如李清照、赵师
侠、吴潜词。此处列一例。

风住尘香花已尽，日晚倦梳头。物是人非事事休，欲语
泪先流。

闻说双溪春尚好，也拟泛轻舟。只恐双溪舴艋舟，载不
动、许多愁。

——李清照

又有前后段第二、三、四句各多一字，且前段第二句、前
后段结句俱作折腰句法，后段第三句作上三下五句法者，如万俟
咏词。

燕子飞来花在否，微雨退、掩重门。正满院梨花雪照
人。独自个、怯黄昏。

轻风淡月总消魂。罗衣暗惹啼痕。谩觑著、秋千腰褪

裙。可煞是、不宜春。

——万俟咏

青玉案

又名《西湖路》《横塘路》。

双调，六十七字。前后段各六句，五仄韵。

　　　+-+|--|（韵）|+|、--|（韵）+|+-
-||（韵）+-+|，+-+|（韵）+|--|（韵）
　　　+-+|--|（韵）+|--|-|（韵）+|+-
-||（韵）+-+|，+-+|（韵）+|--|（韵）

　　凌波不过横塘路。但目送、芳尘去。锦瑟华年谁与度。
月桥花院，琐窗朱户。只有春知处。

　　飞云冉冉蘅皋暮。彩笔新题断肠句。若问闲情都几许。
一川烟草，满城风絮。梅子黄时雨。

——贺　铸

另有前后段第五句俱不押韵者，如陆游、辛弃疾、韩淲词。
又有前段第四句押韵，第五句不押韵者，或前后段第五句俱不押
韵者，如张元干、苏轼词。此处列一例。

　　东风夜放花千树。更吹落、星如雨。宝马雕车香满路。
凤箫声动，玉壶光转，一夜鱼龙舞。

　　蛾儿雪柳黄金缕。笑语盈盈暗香去。众里寻他千百度。
蓦然回首，那人却在，灯火阑珊处。

——辛弃疾

又有后段第二句作八言，或前段第五句不押韵，或后段第五句不押韵，或前后段第五句俱不押韵者，如晁补之、曹组、李弥逊、胡铨、曹勋、王之道、张榘等词。又有前段第二句作七言，后段第二句作八言，前后段第五句俱不押韵者，如史浩词。此处列一例。

尘埃踏遍长安道。念云水、归来好。趁得梅花先春到。冷云疏雨，暗香寒艳，万玉明清晓。

青鞋黄帽从渠笑。粲十里、冰姿步时绕。正怕和风都过了。已输高士，锦囊翻句，醉后先倾倒。

　　　　　　　　　　　　　　——曹　勋

又有前段第二句作五言，后段第二句作六言折腰句法，前后段第五句俱不押韵者，如倪翼周词。又有前后段第五句俱不押韵，结句俱作六言折腰句法者，如向滈词。又有前后段第四、五句俱作七言一句，结句俱作六言折腰句法，后段第二句作八言者，如毛滂词。此处列一例。

今宵月好来同看。月未落、人还散。把手留连帘儿畔。含羞和恨转娇盼。恁花映、春风面。

相思不用宽金钏。也不用、多情似玉燕。问取婵娟学长远。不必清光夜夜见。但莫负、团圆愿。

　　　　　　　　　　　　　　——毛　滂

又一体

双调，六十八字。前后段各六句，四仄韵。

　　＋－＋｜－－｜（韵）＋｜－－＋＋｜（韵）＋｜＋－－｜｜（韵）＋－＋｜，＋－＋｜，＋｜－－｜（韵）

　　　＋－＋｜－－｜（韵）＋｜－－＋＋｜（韵）＋｜＋－
－｜｜（韵）＋－＋｜，｜－＋｜，＋｜－－｜（韵）

　　人生南北如歧路。惆怅方回断肠句。四野碧云秋日暮。
苇汀芦岸，落霞残照，时有鸥来去。
　　一杯渺渺怀今古。万事悠悠付寒暑。青箬绿蓑便野处。
有山堪采，有溪堪钓，归计聊如许。

　　　　　　　　　　　　　　　　　　——吴　潜

　　又有前段第四、五句俱押韵者，如陈著"青山流水迢迢去"
词。

　　青山流水迢迢去。总是东风往回路。送得春来春又暮。
莺如何诉。燕如何语。只有春知处。
　　时光渐渐春如许。何用怜春怕红雨。到处空飞无实据。
花开也好，花飞也好，此意须双悟。

　　　　　　　　　　　　　　　　　　——陈　著

　　又有前段第二句作五言者，或前后段第五句又俱押韵者，如
王质、蔡伸、赵长卿等词。此处列一例。

　　恍如辽鹤归华表。阅尽人间巧。天乞一堂山对绕。微波
不动，岸巾时照。照见星星好。
　　舞风荷盖从敲倒。碧树生凉自天杪。谁识元龙胸次浩。
骑鲸欲去，引杯独啸。醉眼青天小。

　　　　　　　　　　　　　　　　　　——赵长卿

又一体

　　双调，六十六字。前后段各六句，四仄韵。

　　＋－＋｜－－｜（韵）＋＋｜、－－｜（韵）＋｜＋－
－｜｜（韵）＋－＋｜，＋－＋｜，＋｜－－｜（韵）
　　＋－＋｜－－｜（韵）＋＋｜、－－｜（韵）＋｜＋－
－｜｜（韵）＋－＋｜，＋－＋｜，＋｜－－｜（韵）

　　马头双鹊飞来喜。惜凝望、音书至。一掬离怀千万事。
绿窗深夜，短笺封就，应也寻人寄。
　　春风鬓畔疏梅蕊。映妆艳、清如洗。苦恨眼边常忆记。
楚宫行路，倚桥攀驿，供尽梅花泪。

——刘一止

　　又有后段第五句押韵者，或前后段第五句俱押韵者，如侯
寘、贺铸词。又有前后段第四句俱押韵，第五句俱叠韵者，如张
炎词。

　　万红梅里幽深处。甚杖屦、来何暮。草带湘香穿水树。
尘留不住。云留却住。壶内藏今古。
　　独清懒入终南去。有忙事、修花谱。骑省不须重作赋。
园中成趣。琴中得趣。酒醒听风雨。

——张　炎

青门引

　　双调，五十二字。前段五句，三仄韵；后段四句，三仄韵。

　　｜｜－－｜（韵）－｜｜－－｜（韵）－－｜｜｜－
－，－－｜｜，｜｜｜｜－｜（韵）
　　－－｜｜－－｜（韵）｜｜－－｜（韵）｜－｜｜－

｜，｜｜－｜｜－－｜（韵）

　　乍暖还轻冷。风雨晚来方定。庭轩寂寞近清明，残花中酒，又是去年病。

　　楼头画角风吹醒。入夜重门静。那堪更被明月，隔墙送过秋千影。

——张　先

垂杨

　　双调，一百字。前后段各九句，六仄韵。

　　－－｜｜（韵）｜｜－｜｜，｜－－（韵）｜｜－－，｜－－｜－－｜（韵）－－－｜－－｜（韵）｜－｜、｜－－｜（韵）｜－－、－｜－－，｜｜－－｜（韵）

　　－｜－－｜｜｜（韵）｜－｜｜－，｜－－｜（韵）｜｜－－，｜－－｜－－｜（韵）－－｜｜－｜｜（韵）｜｜｜、－－｜｜（韵）｜－－、｜｜－－，－｜｜（韵）

　　银屏梦觉。渐浅黄嫩绿，一声莺小。细雨轻尘，建章初闭东风悄。依然千树长安道。翠云锁、玉窗深窈。断桥人、空倚斜阳，带旧愁多少。

　　还是清明过了。任烟缕露条，碧纤青袅。恨隔天涯，几回惆怅苏堤晓。飞花满地谁为扫。甚薄幸、随波缥缈。纵啼鹃、不唤春归，人自老。

——陈允平

采莲令

　　双调，九十一字。前后段各八句，四仄韵。

　　｜－－，－｜－－｜（韵）－－｜、｜－－｜（韵）｜
－｜｜｜－－，｜｜－－｜（韵）－－｜、－－｜｜，－－
｜｜，｜－－｜－｜（韵）

　　｜｜－－，｜｜｜｜－－｜（韵）－－｜、｜－－｜
（韵）｜－－｜，｜｜｜、｜｜－－｜（韵）｜－｜、－－
｜｜，－－－｜，｜｜｜－－｜（韵）

　　月华收，云淡霜天曙。西征客、此时情苦。翠娥执手送
临歧，轧轧开朱户。千娇面、盈盈伫立，无言有泪，断肠争
忍回顾。

　　一叶兰舟，便恁急桨凌波去。贪行色、岂知离绪。万般
方寸，但饮恨、脉脉同谁语。更回首、重城不见，寒江天
外，隐隐两三烟树。

——柳　永

采明珠

　　双调，九十七字。前段九句，四仄韵；后段十一句，七仄韵。

　　｜｜－、｜｜－－，－｜－－｜｜（韵）｜｜｜－－，
｜｜－－｜（韵）｜｜－－｜（韵）｜－－、｜｜－－，｜
｜｜－，｜｜－－，－－｜｜－｜（韵）

　　－｜｜（韵）－－｜（韵）｜｜｜－｜（韵）－｜｜
（韵）｜｜｜－，｜－－｜（韵）－｜－－｜（韵）｜－－、
｜｜－－，｜｜｜－｜｜，－－－｜，｜－－｜（韵）

　　雨乍收、小院尘消，云淡天高露冷。坐看月华生，射玉
楼清莹。蟋蟀鸣金井。下帘帏、悄悄空阶，败叶坠风，惹动

闲愁，千端万绪难整。

　　秋夜永。凉天迥。可不念光景。嗟薄命。倏忽少年，忍教孤另。灯闪红窗影。步回廊、懒入香闺，暗落泪珠满面，谁人知我，为伊成病。

——杜安世

采桑子

　　又名《丑奴儿》《罗敷媚》等。

　　双调，四十四字。前后段同，各四句，三平韵。

　　＋－＋｜－－｜，＋｜－－（韵）＋｜－－（韵）＋｜－－＋｜－（韵）

　　＋－＋｜－－｜，＋｜－－（韵）＋｜－－（韵）＋｜－－＋｜－（韵）

　　群芳过后西湖好，狼藉残红。飞絮濛濛。垂柳阑干尽日风。

　　笙歌散尽游人去，始觉春空。垂下帘栊。双燕归来细雨中。

——欧阳修

又一体

　　双调，四十八字。前后段各四句，三平韵。

　　＋－＋｜－－｜，＋｜－－（韵）＋｜－－（韵）＋｜－－、－｜｜－－（韵）

　　－＋｜｜－－｜，＋｜－－（韵）＋｜－－（韵）＋｜－－、＋｜｜－－（韵）

中吴茂苑繁华地，冠盖如林。桃李成阴。若个芳心、真个会琴心。

高秋霁色清于水，月榭风襟。且伴登临。留与他年、尊酒话而今。

——贺　铸

又有前后段第三句叠前句者，如李清照"窗前谁种芭蕉树"词。

窗前谁种芭蕉树，阴满中庭。阴满中庭。叶叶心心、舒卷有余情。

伤心枕上三更雨，点滴凄清。点滴凄清。愁损离人、不惯起来听。

——李清照

采桑子慢

又名《丑奴儿慢》《丑奴儿近》《愁春未醒》。

双调，九十字。前段九句，三仄韵、一平韵；后段十句，一仄韵、四平韵。

－－｜｜，｜｜－－｜（仄韵）｜｜｜｜－－，｜｜｜｜｜－－（换同部平韵）｜｜－－，｜－－｜－－｜（归仄韵）－－－｜，－－｜｜，－－－｜（韵）

－｜｜－，｜｜－－｜，｜－－｜（韵）｜－、－－－｜，｜－－（归平韵）－｜－－（韵）－－－｜｜－－（韵）－－｜｜，｜－｜｜，－｜－－（韵）

明眸秀色，别是天真潇洒。更鬓发堆云，玉脸淡拂轻霞。醉里精神，众中标格谁能画。当时携手，花笼淡月，重门深亚。

巫峡梦回，已成陈事，岂堪重话。漫赢得、罗襟清泪，鬓边霜华。怀念伤嗟。凭阑烟水渺无涯。秦源目断，碧云暮合，难认仙家。

——蔡　伸

又有前段第三句作七言，第四句作四言，自前段第四句起换同部平韵后，至后段结句俱押平韵者，如潘汾、吴文英词。因用韵不同，故平仄不作参考。此处不列。

又一体（平韵格）

双调，九十字。前后段各九句，五平韵。

　　－－｜｜，｜｜｜｜－－（韵）｜－｜、－－－｜，｜｜－－（韵）｜｜－－（韵）｜－－｜｜－－（韵）｜－－｜，－－｜｜，｜｜－－（韵）

　　－｜｜－－｜，－－－｜－－（韵）｜－｜、－－－｜，｜｜－－（韵）－｜－－（韵）｜－｜｜｜－－（韵）｜－－｜，｜｜｜｜，｜｜－－（韵）

金风颤叶，那更饯别江楼。听凄切、阳关声断，楚馆云收。去也难留。万重烟水一扁舟。锦屏罗幌，多应换得，蓼岸苹洲。

凝想恁时欢笑，伤今萍梗悠悠。漫回首、妖娆何处，眷恋无由。先自悲秋。眼前景物只供愁。寂寥情绪，也恨分浅，也悔风流。

——吴礼之

钗头凤

　　程垓词名《折红英》，刘辰翁、赵汝茪词名《摘红英》，曾觌词名《清商怨》（与四十三字《清商怨》不同）。又名《撷芳词》。

　　双调，六十字。前后段各十句，七仄韵，两叠韵。此调前三句例用上去仄声，换韵例用入声，前后段同。

　　－－｜（首仄韵）－＋｜（韵）｜－＋｜－－｜（韵）
－＋｜（换二仄韵）＋－｜（韵）｜＋－＋，｜－－｜
（韵）｜（韵）｜（叠）｜（叠）

　　－－｜（押首仄韵）－－｜（韵）｜－＋｜－－｜
（韵）－－｜（押二仄韵）－－｜（韵）＋＋－＋，｜－－
｜（韵）｜（韵）｜（叠）｜（叠）

　　红酥手。黄縢酒。满城春色宫墙柳。东风恶。欢情薄。
一怀愁绪，几年离索。错。错。错。

　　春如旧。人空瘦。泪痕红浥鲛绡透。桃花落。闲池阁。
山盟虽在，锦书难托。莫。莫。莫。

——陆　游

　　又有前后段结句处三字无者，如刘辰翁、赵汝茪词。此处列一例。

　　东风冽。红梅折。画帘几片飞来雪。银屏悄。罗裙小。
一点相思，满塘春草。

　　空愁切。何年彻。不归也合分明说。长安道。箫声闹。
去时骢马，谁家系了。

——赵汝茪

又一体

吕渭老词名《惜分钗》。

双调，六十字。前后段各十句，三仄韵，四平韵，两叠韵。

｜－｜（仄韵）－－｜（韵）｜＋＋＋－＋｜（韵）｜
－－（换平韵）｜－－（韵）｜＋－＋，＋｜－－（韵）－
（韵）－（叠）－（叠）

　　－－｜（归仄韵）－－｜（韵）｜－＋｜－－｜（韵）
｜－－（归平韵）｜－－（韵）｜＋＋＋，＋｜－－（韵）
－（韵）－（叠）－（叠）

　　世情薄。人情恶。雨送黄昏花易落。晓风干。泪痕残。
欲笺心事，独语斜阑。难。难。难。

　　人成各。今非昨。病魂尝似秋千索。角声寒。夜阑珊。
怕人寻问，咽泪装欢。瞒。瞒。瞒。

——唐　婉

又有前后段结句处少一叠韵者，如吕渭老词。

　　春将半。莺声乱。柳丝拂马花迎面。小堂风。暮楼钟。
草色连云，暝色连空。重。重。

　　秋千畔。何人见。宝钗斜照春妆浅。酒霞红。与谁同。
试问别来，近日情怔。忡。忡。

——吕渭老

金菊对芙蓉

双调，九十九字。前段十句，四平韵；后段十句，五平韵。

+|——，+—+|，|——|——（韵）|——+
|，||——（韵）+—+|——|，||+、+|——
（韵）+——|，+—+|，+|——（韵）

|+||——（韵）|+—++，||——（韵）|+
——|，+|——（韵）+—+|——|，|++、+|—
—（韵）+—+|，——+|，+|——（韵）

　　梧叶飘黄，万山空翠，断霞流水争辉。正金风西起，海
燕东归。凭栏不见南来雁，望故人、消息迟迟。木樨开后，
不应误我，好景良时。

　　只念独守孤帏。把枕前嘱付，一旦分飞。上秦楼游赏，
酒殢花迷。谁知别后相思苦，悄为伊、瘦损香肌。花前月
下，黄昏院落，珠泪偷垂。

——康与之

又有后段最后三句作六言两句者，如辛弃疾"远水生光"词。

　　远水生光，遥山耸翠，霏烟深锁梧桐。正零瀼玉露，淡
荡金风。东篱菊有黄花吐，对映水、几簇芙蓉。重阳佳致，
可堪此景，酒酽花浓。

　　追念景物无穷。叹少年胸襟，忒然英雄。把黄英红萼，
甚物堪同。除非腰佩黄金印，座中拥、红粉娇容。此时方称
情怀，尽拼一饮千钟。

——辛弃疾

又有后段第七句不作上三下四句法者，如冯取洽"宝镜缘
空"词。

　　宝镜缘空，玉簪点水，荡摇千顷寒光。正江妃月姊，斗理明妆。扶阑一笑开诗眼，少容我、吟讽其旁。一川风露，满怀冰雪，云海弥茫。

　　不妨倚醉乘狂。问天公觅取，几曲渔乡。听小楼哀管，偷弄初凉。夜深欢极忘归去，锦江酿透碧筒香。对花无语，花应笑我，不似张郎。

——冯取洽

念奴娇

　　又名《大江东去》《酹江月》《千秋岁》《杏花天》《百字令》等。双调，一百字。前后段各十句，四仄韵。

　　＋－＋｜，｜＋－＋｜，＋＋－｜（韵）＋｜＋－－｜｜，＋｜＋－－｜（韵）＋｜－－，＋－＋｜，＋｜－－｜（韵）＋－－｜，｜－－｜＋｜（韵）

　　＋｜＋－－，＋－＋｜，＋＋－－｜（韵）＋｜＋－－｜｜，＋｜＋－－｜（韵）＋｜－－，＋－＋｜，＋｜－－｜（韵）＋－－｜，＋－－｜－｜（韵）

　　凭空眺远，见长空万里，云无留迹。桂魄飞来光射处，冷浸一天秋碧。玉宇琼楼，乘鸾来去，人在清凉国。江山如画，望中烟树历历。

　　我醉拍手狂歌，举杯邀月，对影成三客。起舞徘徊风露下，今夕不知何夕。便欲乘风，翻然归去，何用骑鹏翼。水晶宫里，一声吹断横笛。

——苏　轼

又有前段起句入韵，或起句与第二句俱入韵者，如赵长卿、赵师侠、张炎、方岳等人词。此处列一例。

花风初逗。喜边亭依旧。春闲营柳。烟草隋宫歌舞地，谁遣万红围绣。结酒因缘，装春富贵，也要经纶手。笙箫声里，一江晴绿吹绉。

是处羽箭如飞，那知鹤府，花压阑干昼。油幕文书谈笑了，余事尽堪茶酒。报答东风，流连西日，绿外沈吟久。与春无负，醉归香满襟袖。

——方 岳

又有前段第二、三句作九言一句，前三后六句法者，同时后段第二句五言，第三句四言者，如赵师侠、刘克庄、辛弃疾、张元干等人词。此处列一例。

倘来轩冕，问还是、今古人间何物。旧日重城愁万里，风月而今坚壁。药笼功名，酒垆身世，可惜蒙头雪。浩歌一曲，坐中人物之杰。

堪叹黄菊凋零，孤标应也有，梅花争发。醉里重揩西望眼，惟有孤鸿明灭。世事从教，浮云来去，枉了冲冠发。故人何在，长歌应伴残月。

——辛弃疾

又有前段第二、三句作九言一句，前三后六句法；后段起句作二言、四言两句，且起句用韵者，如姜夔词。

闹红一舸，记来时、尝与鸳鸯为侣。三十六陂人未到，水佩风裳无数。翠叶吹凉，玉容销酒，更洒菰蒲雨。嫣然摇动，冷香飞上诗句。

　　日暮。青盖亭亭，情人不见，争忍凌波去。只恐舞衣寒易落，愁入西风南浦。高柳垂阴，老鱼吹浪，留我花间住。田田多少，几回沙际归路。

——姜　夔

　　又有前段起句六言，第二句七言，或起句七言，第二句六言者，如刘克庄、辛弃疾词。又有前段第二句三言，第三句六言，第四句作四言、三言两句，如黄庭坚词。又有后段第四句作四言，第五句作九言上三下六句法者，或同时又前段第四句作四言，第五句作九言上三下六句法者，如周邦彦、姜夔词。又有前段第二、三句作九言一句，前三后六句法，结句做四言两句；后段第四句作四言，第五句作九言上三下六句法者，如赵长卿词。此处列一例。

　　银蟾光满，弄余辉、冷浸江梅无力。缓引柔条浮素蕊，横在闲窗虚壁。染纸挥毫，粉涂墨晕，不似今端的。天然造化，别是一般，清瘦踪迹。

　　今夜翠葆堂深，梦回风定，因月才相识。先自离愁，那更被、晓角残更催逼。曙色将分，轻阴移尽，过眼难寻觅。江南图上，画工应为描得。

——赵长卿

又一体

　　双调，一百字。前段九句，四仄韵；后段十句，四仄韵。
　　此体平仄仅参考张元干"蕊香深处"词。其他词例因更靠近苏轼"凭空远眺"体，则未作参考。故其可平可仄与他本出入较大。

　　丨一一丨，十十丨、一丨一一一丨（韵）丨丨一一，一
丨丨、一丨一一丨丨（韵）十丨一一，一一丨丨，丨丨一一
丨（韵）一一一丨，丨一一丨一丨（韵）
　　一丨一丨一一，十一一丨丨、一一一丨（韵）丨丨一一
一，一丨丨、十十一一一丨（韵）丨丨一一，一一一丨丨，
丨一一丨（韵）一一一丨，丨一十丨一丨（韵）

　　大江东去，浪淘尽、千古风流人物。故垒西边，人道
是、三国周郎赤壁。乱石穿空，惊涛拍岸，卷起千堆雪。江
山如画，一时多少豪杰。

　　遥想公瑾当年，小乔初嫁了，雄姿英发。羽扇纶巾，谈
笑处、樯橹灰飞烟灭。故国神游，多情应笑我，早生华发。
人间如梦，一尊还酹江月。

——苏　轼

　　又有前段第三句七言，第四句六言；后段第七句四言，第八
句五言者，如张元干词。

　　蕊香深处，逢上巳、生怕花飞红雨。万点胭脂遮翠袖，
谁识黄昏凝伫。烧烛呈妆，传杯绕槛，莫放春归去。垂丝无
语，见人浑似羞妒。

　　修禊当日兰亭，群贤弦管里，英姿如许。宝厣罗衣，应
未有、许多阳台神女。气涌三山，醉听五鼓，休更分今古。
壶中天地，大家著意留住。

——张元干

又一体（平韵体）

双调，一百字。前后段各十句，四平韵。

　　＋－＋｜，｜－－－｜，＋＋－－（韵）＋｜－－－｜
｜，＋＋－｜－－（韵）＋｜－－，＋－＋｜，＋｜｜－－
（韵）＋－＋｜，＋＋＋｜－－（韵）

　　－＋＋｜－－，－－＋｜，＋＋｜－－（韵）＋｜－－
－｜｜，＋｜－｜－－（韵）＋｜－－，＋－＋｜，＋｜｜
－－（韵）＋－－｜，｜－＋｜－－（韵）

　　霁空虹雨，傍啼螀莎草，宿鹭汀洲。隔岸人家砧杵急，
微寒先到帘钩。步幄尘高，征衫酒润，谁暖玉香篝。风灯微
暗，夜长频换更筹。

　　应是雁柱调筝，鸳梭织锦，付与两眉愁。不似尊前今夜
月，几度同上南楼。红叶无情，黄花有恨，孤负十分秋。归
心如醉，梦魂飞趁东流。

——陈允平《酹江月》

　　又有后段第二句五言，第三句四言者，如叶梦得、张元干
词。又有前段第八句四言，第九句六言，结句四言者，如仲殊
词。此处列一例。

　　云峰横起，障吴关三面，真成尤物。倒卷回潮目尽处，
秋水黏天无壁。绿鬓人归，如今虽在，空有千茎雪。追寻如
梦，漫余诗句犹杰。

　　闻道尊酒登临，孙郎终古恨，长歌时发。万里云屯瓜步
晚，落日旌旗明灭。鼓吹风高，画船遥想，一笑吞穷发。当
时曾照，更谁重问山月。

——叶梦得

又一体 （平韵体）

　　双调，一百字。前段九句，五平韵；后段十句，六平韵。

　　｜－｜｜，｜－－、－｜－｜－－（韵）｜｜－－，－
｜｜、－｜｜｜－－（韵）－｜－－（韵）－｜｜｜，｜｜
｜－－（韵）－－－｜，｜－｜｜－－（韵）

　　－｜｜｜－－（韵）－－－｜，｜－｜－－（韵）｜｜
－－，－｜｜、－｜－｜－－（韵）｜｜－－（韵）－－－
｜，｜｜｜｜－－（韵）｜－－｜，｜－－｜－－（韵）

　　半阴未雨，洞房深、门掩清润芳晨。古鼎金炉，烟细
细、飞起一缕轻云。罗绮娇春。争拢翠袖，笑语惹兰芬。歌
筵初罢，最宜斗帐黄昏。

　　楼上念远佳人。心随沈水，学兰炷俱焚。事与人非，争
似此、些子香气常存。记得临分。罗巾余赠，尽日把浓熏。
一回开看，一回肠断重闻。

——曹　勋

宝鼎现

　　又名《三段子》《宝鼎儿》。

　　三段，一百五十六字。前段九句，五仄韵；中段、后段各八
句，五仄韵。

　　＋－＋｜，｜｜－＋，－－－｜（韵）－｜｜、＋－－
＋（韵）＋｜－－－｜｜（韵）｜＋｜、｜－－＋｜，＋｜
－－｜｜（韵）｜｜＋、＋＋＋＋，＋｜＋－＋｜（韵）

　　｜＋＋｜－－｜（韵）＋－－、＋｜－｜（韵）－｜
｜、－－｜｜，＋｜－－－｜｜（韵）｜＋｜、｜－－＋
｜，｜－－｜｜（韵）｜｜＋、－－＋｜，＋｜－－＋｜
（韵）

　－｜｜｜－－，－＋｜、－－＋｜（韵）｜－－＋｜，
－｜－－＋｜（韵）｜＋｜、｜－－｜（韵）｜｜－－
（韵）＋｜＋、＋＋＋＋，＋｜＋－＋｜（韵）

　　嚣尘尽扫，碧落辉腾，元宵三五。更漏永、迟迟停鼓。
天上人间当此遇。正年少、尽香车宝马，次第追随士女。看
往来、巷陌连甍，簇起星球无数。

　　政简物阜清闲处。听笙歌、鼎沸频举。灯焰暖、庭帏高
下，红影相交知几户。恣欢笑、道今宵景色，胜前时几度。
细算来、皇都此夕，消得喧传今古。

　　排备绮席成行，炉喷蒻、沈檀轻缕。睹遨游彩仗，疑是
神仙伴侣。欲飞去、恨难留住。渐到蓬瀛步。愿永逢、恁时
恁节，且与风光为主。

　　　　　　　　　　　　　　　——赵长卿《上元》

　　又有前段第四句不押韵；中段第六句六言者，如吴潜、陈著
词。前段第四句不押韵；中段第六句六言；后段第二句七言不作
上三下四句法者，如陈允平词。此处列一例。

　　六鳌初驾，缥缈蓬阆，移来洲岛。还又是、梅飘冰泮，
一夜青阳回海表。渐媚景、傍元宵时候，花底余寒料峭。更
喜报、三边晏静，人乐清平宇宙。

　　画鼓簇队行春早。拥烟花、粉黛缭绕。开洞府、桃源路
窈。戟外东风吹岸柳。正翠霭、映星桥月榭，十里红莲绽
了。庆万家、珠帘半卷，绰约歌裙舞袖。

　　重锦绣幄围香，阆风管鸾丝环奏。望非烟非雾，春在壶
天易晓。早隐隐、半空星斗。看取收灯后。趁凤书、吹入黄

扉，立马金门玉漏。

——陈允平

又有前段第四句不押韵，结尾两句作五言、四言、四言三句；中段第六句六言者，如李弥逊词。前段第四句不押韵；中段第六句六言；后段起句四言，第三句七言（上三下四句法），第四句四言者，如范周词。此处列一例。

层林烟霭，巨壁天半，鸿飞无路。云断处、两山之间，十万琅玕环翠羽。转秀谷、枕萍花汀溆。短柳疏篱向暮。看卧垄牛归，横舟人去，平芜鸥鹭。

并游不见鞭鸾侣。只僧前、松子随步。回径险、凌风遐想，小憩清泉欹茂树。正笋蕨、过如苏新雨。矶下游鱼可数。纵窈窕、云关长启，寂寂谁争子所。

世上丹毂朱缨，春梦觉、南柯何许。况荣枯无定，中有欢离愁聚。尽笑我、诧盘中趣。为续昌黎赋。会有人，秣马膏车，相属一尊清醑。

——李弥逊

又有前段第一句、第八句俱押韵，第四句不押韵，第二、三句作七言一句（上三下四句法）；中段第三句、第七句俱押韵；后段第三句七言，第四句五言者，如刘辰翁词。

红妆春骑。踏月影、竿旗穿市。望不尽、楼台歌舞，习习香尘莲步底。箫声断、约彩鸾归去，未怕金吾呵醉。甚辇路、喧阗且止。听得念奴歌起。

父老犹记宣和事。抱铜仙、清泪如水。还转盼、沙河多丽。滉漾明光连邸第。帘影冻、散红光成绮。月浸葡萄十里。看往来、神仙才子。肯把菱花扑碎。

肠断竹马儿童，空见说、三千乐指。等多时春不归来，到春时欲睡。又说向、灯前拥髻。暗滴鲛珠坠。便当日、亲见霓裳，天上人间梦里。

——刘辰翁《春月》

又有多处句式不同者，如刘弇、张元干、史浩、石孝友、陈郁等人词。此处不一一列出。

定西番

双调，三十五字。前段四句，一仄韵，两平韵；后段四句，两仄韵，两平韵。

　　｜｜｜－－｜（仄韵）－｜｜，｜－－（换平韵）｜－－（韵）
　　－｜｜－－｜（归仄韵）｜－－｜－（归平韵）－｜｜－－｜（归仄韵）｜－－（归平韵）

汉使昔年离别。攀弱柳，折寒梅。上高台。
千里玉关春雪。雁来人不来。羌笛一声愁绝。月徘徊。

——温庭筠

又有前段首句不入韵者，如韦庄、牛峤词。又有后段第三句不用韵者，如温庭筠"细雨晓莺春晚"词。此处列一例。

细雨晓莺春晚。人似玉，柳如眉。正相思。
罗幕翠帘初卷。镜中花一枝。肠断塞门消息，雁来稀。

——温庭筠

又一体（平韵体）

双调，三十五字。前后段各四句，两平韵。

$+|+-+|$，$-||$，$|--$（韵）$|--$（韵）

$+|+-+|$，$+-+|-$（韵）$+|+-+|$，$|-$
$-$（韵）

苍翠浓阴满院，莺对语，蝶交飞。戏蔷薇。

斜日倚阑风好，余香出绣衣。未得玉郎消息，几时归。

——毛熙震

又一体（平韵体）

双调，四十一字。前段五句，两平韵；后段四句，两平韵。

$+|+--|$，$-||$，$|--$（韵）$+|+--|$，
$|--$（韵）

$+||--|$，$|--|-$（韵）$+|+--|$，$|-$
$-$（韵）

年少登瀛词客，飘逸气，拂晴霓。尽带江南春色、过
长淮。

一曲艳歌留别，翠蝉摇宝钗。此后吴姬难见、且徘徊。

——张　先

定风波

又名《定风流》《定风波令》。

双调，六十二字。前段五句，三平韵，两仄韵；后段六句，
四仄韵，两平韵。

＋｜－－＋｜－（平韵）＋－＋｜｜－－（韵）＋｜＋
－－｜｜（换仄韵）＋｜（韵）＋－＋｜｜－－（归平韵）
＋｜＋－－｜｜（换仄韵）＋｜（韵）＋－＋｜｜－－
（归平韵）＋｜＋－－｜｜（换仄韵）＋｜（韵）＋－＋｜
｜－－（归平韵）

　　暖日闲窗映碧纱。小池春水浸明霞。数树海棠红欲尽。
争忍。玉闺深掩过年华。

　　独凭绣床方寸乱。肠断。泪珠穿破脸边花。邻舍女郎相
借问。音信。教人羞道未还家。

——欧阳炯

　　张先词名《定风波令》，与本体同，与周紫芝《定风波令》
不同。

　　又有后段结句多一字，作八言者，如孙光宪"帘拂疏香"
词。又有前段第三、四句不用韵者，如黄庭坚、辛弃疾。又有
后段第一、二句不用韵者，如辛弃疾词。此处列一例。

　　少日春怀似酒浓。插花走马醉千钟。老去逢春如病酒。
唯有。茶瓯香篆小帘栊。

　　卷尽残花风未定，休恨，花开元自要春风。试问春归谁
得见。飞燕。来时相遇夕阳中。

——辛弃疾

　　又有前段起句入韵或不入韵；后段起句不用韵，起句后无二
言句，直接接七言句者，如周邦彦、李泳、黄机、曾觌、张孝
祥、仲殊、蔡伸、曹冠等人词。

莫倚能歌敛黛眉。此歌能有几人知。他日相逢花月底。重理。好声须记得来时。

苦恨城头更漏永，无情岂解惜分飞。休诉金尊推玉臂。从醉。明朝有酒遣谁持。

——周邦彦

又一体

双调，六十二字。前段五句，三平韵；后段六句，两平韵。

｜｜－－｜｜－（韵）｜－－｜｜－－（韵）｜｜｜－
－｜｜，－｜，｜－－｜｜－－（韵）

－｜－－｜｜，－｜，｜－－｜｜－－（韵）－｜｜
－－｜｜，－｜，｜－｜｜｜－－（韵）

好睡慵开莫厌迟。自怜冰脸不时宜。偶作小红桃杏色，闲雅，尚馀孤瘦雪霜姿。

休把闲心随物态，何事，酒生微晕沁瑶肌。诗老不知梅格在，吟咏，更看绿叶与青枝。

——苏 轼

又一体

双调，六十二字。前段五句，三平韵；后段六句，两平韵。

－｜－－｜｜－（韵）｜－｜｜｜－－（韵）＋｜－－
－｜｜，＋｜｜＋－，＋｜｜－－（韵）

｜｜＋－－｜｜，－｜－－，｜｜｜－－（韵）｜｜＋
－－｜｜，｜｜－－，＋｜｜－－（韵）

休卧元龙百尺楼。眼高照破古今愁。若不擎天为八柱，且学鸱夷，归泛五湖舟。

万里西南天一角，骑气乘风，也作等闲游。莫道玉关人老矣，壮志凌云，依旧不惊秋。

——京　镗

又有后段第二句二言，第三句七言者，如京镗"何必穿针"词。又有后段第二、三句作七言一句者，如陈允平"慵拂妆台懒画眉"词。此处列一例。

慵拂妆台懒画眉。此情惟有落花知。流水悠悠春脉脉，闲倚绣屏，犹自立多时。

有约莫教莺解语，多愁却妒燕于飞。一笑蔷薇孤旧约，载酒寻欢，因甚懒支持。

——陈允平

又一体

双调，六十二字。前后段各五句，三平韵。

｜｜｜－－｜，－－－｜－－（韵）｜｜｜－－｜｜，
－｜－－｜｜－（韵）－－｜｜－（韵）

｜｜｜－－｜，－－｜｜－－（韵）－｜｜－－｜，
｜｜－－｜｜－（韵）－－｜｜－（韵）

槛外雨波新涨，门前烟柳浑青。寂寞文园淹卧久，推枕援琴涕自零。无人著意听。

绪绪风披芸幌，娿娿月到萱庭。长记合欢东馆夜，与解香罗掩绣屏。琼枝半醉醒。

——贺　铸

又一体（仄韵）

双调，九十九字。前段十一句，六仄韵；后段十句，七仄韵。

> ｜－－、｜｜－－，－－｜｜｜（韵）｜｜－－，－
> －｜｜，－｜－－｜（韵）｜－－，｜－｜（韵）－｜｜｜
> ｜－｜（韵）－｜（韵）｜｜－｜｜，－－－｜（韵）
>
> 　｜－｜｜（韵）｜－－、｜｜－－（韵）｜－－、｜
> ｜－－｜｜，－｜－－｜（韵）｜－－，｜－｜（韵）－｜
> －－｜－｜（韵）－｜（韵）｜｜－｜，－－－｜（韵）

自春来、惨绿愁红，芳心是事可可。日上花梢，莺穿柳带，犹压香衾卧。暖酥消，腻云亸。终日厌厌倦梳裹。无那。恨薄情一去，音书无个。

早知恁么。悔当初、不把雕鞍锁。向鸡窗、只与蛮笺象管，拘束教吟课。镇相随，莫抛躲。针线闲拈伴伊坐。和我。免使年少，光阴虚过。

——柳　永

又一体（仄韵）

双调，一百零五字。前段九句，四仄韵；后段十二句，五仄韵。

> 　｜｜－－，｜｜｜－｜（韵）｜｜｜、｜｜－－，｜｜
> ｜－，｜｜｜－－｜（韵）｜－－｜｜，－－｜－｜｜
> （韵）｜｜｜、－｜－－，－｜－－｜－｜（韵）
>
> 　－｜（韵）｜｜－－，｜｜－－，｜－｜｜（韵）｜｜
> ｜｜｜，｜｜｜｜，｜－－｜，｜－－｜（韵）｜－－、｜

｜－－，－－｜｜（韵）｜｜｜－、－｜－｜，｜｜－－｜
（韵）

伫立长堤，淡荡晚风起。骤雨歇、极目萧疏，塞柳万
株，掩映箭波千里。走舟车向此，人人奔名竞利。念荡子、
终日驱驱，争觉乡关转迢递。

何意。绣阁轻抛，锦字难逢，等闲度岁。奈泛泛旅迹，
厌厌病绪，迩来谙尽，宦游滋味。此情怀、纵写香笺，凭谁
与寄。算孟光、争得知我，继日添憔悴。

——柳　永

河满子

又名《何满子》。

单调，三十六字。六句，三平韵。

　　＋｜＋－＋｜，＋－＋｜｜－－（韵）＋｜＋－－｜，＋
－－｜－－（韵）＋｜＋－＋｜，＋－＋｜｜－－（韵）

写得鱼笺无限，其如花锁春晖。目断巫山云雨，空教残
梦依依。却爱熏香小鸭，羡他长在屏帏。

——和　凝

又有第三句多一字为七字句者，如和凝、孙光宪词。此处列
一例。

冠剑不随君去，江河还共恩深。歌袖半遮眉黛惨，泪珠
旋滴衣襟。惆怅云愁雨怨，断魂何处相寻。

——孙光宪

又一体

双调，七十四字。前后段各六句，三平韵。

　＋｜＋－＋｜，＋－＋｜－－（韵）＋＋＋＋－＋｜，
＋－＋｜－－（韵）＋｜＋－＋｜，＋－＋｜－－（韵）

　＋｜＋－＋｜，＋－＋｜－－（韵）＋＋＋＋－＋｜，
＋－＋｜－－（韵）＋＋＋－＋｜，＋－＋｜－－（韵）

　　怅望浮生急景，凄凉宝瑟余音。楚客多情偏怨别，碧山
远水登临。目送连天衰草，夜阑几处疏砧。

　　黄叶无风自落，秋云不雨常阴。天若有情天亦老，摇摇
幽恨难禁。惆怅旧欢如梦，觉来无处追寻。

　　　　　　　　　　　　　　　　　　　　　——孙　洙

　　又有前段第三句少一字作六言者，如尹鹗词。此处不列。

又一体（仄韵）

双调，七十四字。前后段各六句，四仄韵。

　｜｜－－－｜（韵）－－－｜－｜（韵）｜－－｜｜－
｜，－｜｜－－｜（韵）－－｜－－－，－｜－－－｜
（韵）

　｜｜－－｜｜（韵）｜｜－－｜｜（韵）－－｜｜｜－
｜，｜｜｜－－｜（韵）－｜－－｜｜，｜｜－－｜｜
（韵）

　　急雨初收珠点。云峰巉绝天半。辘轳金井卷甘冽，帘外
翠阴遮遍。波翻水精重帘，秋在琉璃双簟。

　　漏永流花缓缓。未放崦嵫畹晚。红荷绿芰暮天好，小宴

水亭风馆。云乱香喷宝鸭，月冷钗横玉燕。

——毛　滂

九　画

相见欢

又名《上西楼》《西楼子》《忆真妃》《月上瓜州》《乌夜啼》
（四十七字、四十八字《乌夜啼》与此不同，其另作一调单列，
不作此调之另体）等。

双调，三十六字。前段三句，三平韵；后段四句，两仄韵，
两平韵。

　　＋－＋＋－－（韵）｜－－（韵）＋｜＋－＋｜、｜－
－（韵）

　　＋＋｜（换仄韵）＋＋｜（韵）｜－－（归平韵）＋｜
＋－＋｜、｜－－（韵）

无言独上西楼。月如钩。寂寞梧桐深院、锁清秋。
剪不断。理还乱。是离愁。别是一般滋味、在心头。

——李　煜

又有后段起句、第二句俱押同部仄韵者，或第二句作叠韵
者，如陆游、杨无咎、黄机词。后段起句、第二句俱不押韵者，
如蔡伸、辛弃疾、刘辰翁、张辑、李处全词。

不禁枕簟新凉。夜初长。又是惊回好梦、叶敲窗。
江南望。江北望。水茫茫。赢得一襟清泪、伴余香。

——杨无咎

又有后段起句与第二句合作一句六言，不用韵者，如张镃词。后段起句不押韵，第二句押平韵者，如吴文英、刘辰翁词。前段起句多一字作七言；后段起句、第二句俱押同部仄韵者，如许棐词。此处列一例。

晓来闲立回塘。一襟香。玉颸云松风外、数枝凉。
相并浑如私语，恼人肠。飞去方知白鹭、在花旁。

——张　镃

柳梢青

又名《云淡秋空》《雨洗元宵》《玉水明沙》《早春怨》。

双调，四十九字。前段六句，三平韵；后段五句，三平韵。

　　＋｜－－（韵）＋－＋｜，＋｜－－（韵）＋｜－－，＋－＋｜，＋｜－－（韵）

　　＋－＋｜－－（韵）＋＋｜、－－｜－（韵）＋｜－－，＋－＋｜，＋｜－－（韵）

云淡秋空。一江流水，烟雨濛濛。岸转溪回，野平山远，几点征鸿。

行人独倚孤篷。算此景、如图画中。莫问功名，且寻诗酒，一棹西风。

——韩　淲

另有前段起句不用韵者，如赵长卿词。又有前段一、二、三句作六言两句；后段第二句少一字作六言者，如张孝祥词。又有后段第二句少一字作六言，第三、四句作七言一句，上三下四句法者，如张任国词。此处不列。

又一体（仄韵体）

又名《陇头月》。

双调，四十九字。前段六句，三仄韵；后段五句，两仄韵。

　　＋＋＋｜（韵）＋＋＋｜，＋＋－｜（韵）＋｜＋－，
＋－＋｜，＋－－｜（韵）

　　＋－＋｜－＋，｜＋｜、＋－＋｜（韵）＋＋＋－，＋
－＋｜，＋－－｜（韵）

　　狂踪怪迹。谁料年老，天涯为客。帆展霜风，船随江
月，山寒波碧。

　　如今著处添愁，怎忍看、参西雁北。洛浦莺花，伊川云
水，何时归得。

　　　　　　　　　　　　　　　　　　　　——朱敦儒

　　又有前段起句不用韵者，如蔡伸、杨无咎词。又有后段起句
押韵者，如赵彦端词。此处列一例。

　　衰翁自谪。堪笑忘了，山林闲适。一岁花黄，一秋酒
绿，一番头白。

　　浮生似醉如客。问底事、归来未得。但愿长年，故人相
与，春朝秋夕。

　　　　　　　　　　　　　　　　　　　　——赵彦端

柳含烟

　　双调，四十五字。前段五句，三平韵；后段四句，两仄韵、
两平韵。

╋－｜，｜－－（韵）╋｜╋－╋｜，╋－╋｜｜－－
（韵）｜－－（韵）

｜｜╋－－｜｜（换仄韵）╋｜╋－╋｜（韵）╋－╋
｜｜－－（归平韵）｜－－（韵）

河桥柳，占芳春。映水含烟拂露，几回攀折赠行人。暗
伤神。

乐府吹为横笛曲。能使离肠断续。不如移植在金门。近
天恩。

——毛文锡

此调后段最后两句亦可换平韵（不必归平韵），如毛文锡词
别首。

贺新郎

又名《金缕曲》《金缕歌》《金缕词》《乳燕飞》《风敲竹》
《貂裘换酒》等。

双调，一百一十六字。前后段各十句，六仄韵。

╋｜－－｜（韵）｜－－、╋－╋｜，╋－－｜（韵）
－｜－－－｜，╋｜╋－╋｜（韵）╋╋｜、╋－╋｜
（韵）╋｜╋－－｜｜，｜－－、╋｜－－｜（韵）╋｜｜，
╋－｜（韵）

╋－╋｜－－｜（韵）｜╋╋、╋╋╋｜，╋－╋｜
（韵）－｜－－－｜，╋｜╋－╋｜（韵）｜╋｜、╋－
╋｜（韵）╋｜╋－－╋｜，｜╋－、╋｜－－｜（韵）╋
｜｜，╋－｜（韵）

　　睡起啼莺语。掩青苔、房栊向晚，乱红无数。吹尽残花
无人见，惟有垂杨自舞。渐暖霭、初回轻暑。宝扇重寻明月
影，暗尘侵、尚有乘鸾女。惊旧恨，遽如许。

　　江南梦断横江渚。浪黏天、葡萄涨绿，半空烟雨。无限
楼前沧波意，谁采苹花寄取。但怅望、兰舟容与。万里云帆
何时到，送孤鸿、目断千山阻。谁为我，唱金缕。

——叶梦得

　　又有前段第二句六言，第三句五言者；前段第二句五言，第
三句六言者；前后段第二句五言，第三句六言者，如李南金、刘
过、史达祖等人词。

　　花落台池静。自春衫闲来，老了旧香荀令。酒既相违诗
亦可，此外云沈梦冷。又催唤、官河兰艇。匦岸烟霏吹不
断，望楼阴、欲带朱桥影。和草色，入轻暝。

　　裙边竹叶多应剩。怪南溪见后，无个再来芳信。胡蝶一
生花里活，难制窈香心性。便有段、新愁随定。落日年年宫
树绿，堕新声、玉笛西风劲。谁伴我，月中听。

——史达祖

　　又有后段第二句五言者；后段第二句五言，第三句六言者；
后段第五句作七言上三下四句法者；后段第七句五言者；后段第
一句、第七句俱六言者；后段第八句七言者，如赵以夫、史达
祖、戴复古、辛弃疾、周紫芝、赵长卿、苏轼等人词

　　乳燕飞华屋。悄无人、桐阴转午，晚凉新浴。手弄生绡
白团扇，扇手一时似玉。渐困倚、孤眠清熟。帘外谁来推绣
户，枉教人、梦断瑶台曲。又却是，风敲竹。

石榴半吐红巾蹙。待浮花、浪蕊都尽,伴君幽独。秾艳一枝细看取,芳心千重似束。又恐被、秋风惊绿。若待得君来向此,花前对酒不忍触。共粉泪,两簌簌。

——苏　轼

后段第二、三句作九言一句上三下六句法,第七句作六言折腰句法,第八句作前五言后四言两句者,如吕渭老词。

斜日封残雪。记别时、檀槽按舞,霓裳初彻。唱煞阳关留不住,桃花面皮似热。渐点点、珍珠承睫。门外潮平风席正,指佳期、共约花同折。情未忍,带双结。

钗金未断肠先结。下扁舟、更有暮山千叠。别后武陵无好梦,春山子规更切。但孤坐、一帘明月。蚕共茧、花同蒂,甚人生要见,底多离别。谁念我,泪如血。

——吕渭老

又有前后段第四句、第七句俱押韵者,如辛弃疾词。

瑞气笼清晓。卷珠帘、次第笙歌,一时齐奏。无限神仙离蓬岛。凤驾鸾车初到。见拥个、仙娥窈窕。玉佩玎珰风缥缈。望娇姿、一似垂杨袅。天上有,世间少。

刘郎正是当年少。更那堪、天教付与,最多才貌。玉树琼枝相映耀。谁与安排忒好。有多少、风流欢笑。直待来春成名了。马如龙、绿绶欺芳草。同富贵,又偕老。

——辛弃疾

促拍采桑子

又名《促拍丑奴儿》。

双调，五十字。前段五句，三平韵；后段五句，两平韵。

　　－｜｜－－（韵）｜－－、－｜－－（韵）－－｜｜，
－－－｜，－｜－－（韵）

　　｜｜－－－｜｜，｜－－、－｜－－（韵）－－｜｜，
－－｜｜，｜｜－－（韵）

　　清露湿幽香。想瑶台、无语凄凉。飘然欲去，依然如梦，云渡银潢。

　　又是天风吹澹月，佩丁东、携手西厢。泠泠玉磬，沉沉素瑟，舞遍霓裳。

　　　　　　　　　　　　　　——朱敦儒

剑器近

双调，九十六字。前段八句，八仄韵；后段十一句，七仄韵。

　　｜－｜（韵）｜｜｜、－－－｜（韵）｜－｜－－｜
（韵）｜－｜（韵）｜－｜（韵）｜｜｜、－－｜｜（韵）
－－｜－－｜（韵）｜－｜（韵）

　　－｜（韵）｜－－｜｜（韵）－－｜｜，｜｜｜、｜｜
－－｜（韵）－－－｜｜－－，｜－－｜－，｜－－｜－｜
（韵）｜－－｜（韵）｜｜－－，｜｜－－｜｜（韵）｜－
｜｜－－｜（韵）

　　夜来雨，赖倩得、东风吹住。海棠正妖娆处。且留取。悄庭户。试细听、莺啼燕语。分明共人愁绪。怕春去。

　　佳树。翠阴初转午。重帘未卷，乍睡起、寂寞看风絮。

偷弹清泪寄烟波，见江头故人，为言憔悴如许。彩笺无数。
去却寒暄，到了浑无定据。断肠落日千山暮。

——袁去华

昭君怨

又名《宴西园》《一痕沙》《洛妃怨》等。

双调，四十字。前后段各四句，两仄韵，两平韵。

　　＋｜＋－＋｜（韵）＋｜＋－＋｜（韵）＋｜｜－－
（换平韵）｜－－（韵）

　　＋｜＋－＋｜（换仄韵）＋｜＋－＋｜（韵）＋｜｜－
－（换平韵）｜－－（韵）

谁作桓伊三弄。惊破绿窗幽梦。新月与愁烟。满江天。
欲去又还不去。明日落花飞絮。飞絮送行舟。水东流。

——苏　轼

又有后段起句作三言两句，俱入韵者，如周紫芝词。又有后
段起句少一字，作五言者，如万俟咏、蔡伸词。此处列一例。

满院融融花气。红绣一帘垂地。往事忆年时。只春知。
风又暖。花渐满。人似行云不见。无计奈离情。恶销凝。

——周紫芝

点绛唇

又名《点樱桃》《十八香》《南浦月》《沙头雨》《寻瑶草》等。

双调，四十一字。前段四句，三仄韵；后段五句，四仄韵。

　　＋｜－－，＋｜－＋｜－－｜（韵）＋－＋｜（韵）＋｜
－－｜（韵）

　　＋｜＋－，＋｜－－｜（韵）＋＋｜（韵）＋－＋｜
（韵）＋｜－－｜（韵）

　　寂寞深闺，柔肠一寸愁千缕。惜春春去。几点催花雨。

　　倚遍阑干，只是无情绪。人何处。连天衰草，望断归
来路。

——李清照

临江仙

　　又名《谢新恩》《雁后归》《画屏春》《庭院深深》等。

　　双调，五十四字。前后段各四句，三平韵。

　　＋－＋｜－－｜，＋＋＋｜－－（韵）｜－－｜｜－－
（韵）｜－－｜｜－－（韵）

　　＋｜＋－－｜｜，｜－－｜－－（韵）－－＋｜｜－－
（韵）＋－－｜｜－－（韵）

　　海棠香老春江晚，小楼雾縠空濛。翠鬟初出绣帘中。麝
烟鸾佩惹苹风。

　　碾玉钗摇鸂鶒战，雪肌云鬓将融。含情遥指碧波东。越
王台殿蓼花红。

——和　凝

又一体

　　双调，五十八字。前后段各五句，三平韵。

　　＋＋＋＋＋＋｜，＋－＋｜－－（韵）＋－＋｜｜－－
（韵）＋－＋｜，＋｜｜－－（韵）

　　＋＋＋－－＋｜，＋－＋｜－－（韵）＋－＋｜｜－－
（韵）＋－＋｜，＋｜｜－－（韵）

　　烟收湘渚秋江静，蕉花露泣愁红。五云双鹤去无踪。几
回魂断，凝望向长空。

　　翠竹暗留珠泪怨，闲调宝瑟波中。花鬟月鬓绿云重。古
祠深殿，香冷雨和风。

　　　　　　　　　　　　　　　　　　　　——张　泌

　　又有前段起句入韵者，如牛希济词。又有前后段起句各少一
字，作六言者，如向子諲、赵长卿等人词。又有前后段起句俱作
六言，第四句俱作五言者，如徐昌图、晏几道、陈师道、陆游、
赵长卿、史达祖、高观国等人词。又有前后段结句俱作三言两句
者，如顾夐词。此处列一例。

　　鸠雨催成新绿，燕泥收尽残红。春光还与美人同。论心
空眷眷，分袂却匆匆。

　　只道真情易写，那知怨句难工。水流云散各西东。半廊
花院月，一帽柳桥风。

　　　　　　　　　　　　　　　　　　　　——陆　游

　　又有前段第四句多一字，作五言者，如冯延巳、王观词。又
有前后段第二句俱七言，第四句俱五言者，如晏几道词。又有前
后段第四句俱作五言者，如苏轼、秦观、贺铸、李清照、辛弃
疾、晁补之、叶梦得、朱敦儒、张元干、赵长卿、刘克庄等人
词。此处列一例。

尊酒何人怀李白，草堂遥指江东。珠帘十里卷香风。花开又花谢，离恨几千重。

轻舸渡江连夜到，一时惊笑衰容。语音犹自带吴侬。夜阑对酒处，依旧梦魂中。

——苏　轼

又一体

双调，五十八字。前段五句，三平韵；后段五句，另换三平韵。

　　＋－＋｜－－｜，＋－｜｜－－（韵）－－＋｜｜－－（韵）｜－－｜，＋｜｜－－（韵）

　　＋－＋｜－－｜，－－＋｜－－（另换平韵）－－＋｜｜－－（韵）｜－－｜，－｜｜－－（韵）

冷红飘起桃花片，青春意绪阑珊。高楼帘幕卷轻寒。酒余人散，独自倚阑干。

夕阳千里连芳草，风光愁杀王孙。徘徊飞尽碧天云。凤城何处，明月照黄昏。

——冯延巳

临江仙引

双调，七十四字。前段十句，四平韵；后段六句，三平韵。

　　｜｜，｜｜，－＋｜，｜＋－（韵）－－｜｜－－（韵）＋｜－－｜，｜＋｜－－（韵）＋－＋｜，｜｜｜＋，－｜｜－－（韵）

＋＋＋－－｜｜，＋－｜｜－－（韵）｜｜－－｜，｜
＋｜－－（韵）－－｜｜｜｜，｜＋｜｜－－（韵）

渡口，向晚，乘瘦马，陟平冈。西郊又送秋光。对暮山
横翠，衬残叶飘黄。凭高念远，素景楚天，无处不凄凉。

香闺别来无信息，云愁雨恨难忘。指帝城归路，但烟水
茫茫。凝情望断泪眼，尽日独立斜阳。

——柳　永

又有前段第一、二句俱用仄韵者，如柳永"上国"词；或
前段最后三句作六言、七言两句者，如柳永"画舸"词。此处列
一例。

上国。去客。停飞盖，促离筵。长安古道绵绵。见岸花
啼露，对堤柳愁烟。物情人意，向此触目，无处不凄然。

醉拥征骖犹伫立，盈盈泪眼相看。况绣帏人静，更山馆
春寒。今宵怎向漏永，顿成两处孤眠。

——柳　永

临江仙慢

双调，九十三字。前段十一句，五平韵；后段十一句，六
平韵。

｜｜｜－｜，｜－｜｜，－｜－－（韵）｜－｜、－－
｜｜－－（韵）－－（韵）｜－｜｜，－－｜，｜｜－－
（韵）－－｜，｜｜｜－－｜，－｜－－（韵）

－－（韵）－－｜｜，－｜－｜－－（韵）｜－－、－
｜｜｜－－（韵）－－（韵）｜－－｜，－－｜，｜｜－－

（韵）——｜，｜｜——｜，—｜——（韵）

　　梦觉小庭院，冷风淅淅，疏雨潇潇。绮窗外、秋声败叶狂飘。心摇。奈寒漏永，孤帏悄，泪烛空烧。无端处，是绣衾鸳枕，闲过清宵。

　　萧条。牵情系恨，争向年少偏饶。觉新来、憔悴旧日风标。魂消。念欢娱事，烟波阻，后约方遥。还经岁，问怎生禁得，如许无聊。

——柳　永

祝英台近

　　又名《宝钗分》《月底修箫谱》《燕莺语》《寒食词》。

　　双调，七十七字。前段八句，三仄韵；后段八句，四仄韵。

　　　｜——，＋＋｜，＋｜｜－｜（韵）＋｜｜——，＋＋＋＋｜（韵）＋＋＋｜——，＋－＋｜，＋＋｜、＋－＋｜（韵）

　　　｜＋｜（韵）＋＋＋｜——，＋＋＋＋｜（韵）＋｜——，＋＋＋－｜（韵）｜＋＋｜——，＋－＋｜，＋＋＋、＋－＋｜（韵）

　　坠红轻，浓绿润，深院又春晚。睡起恹恹，无语小妆懒。可堪三月风光，五更魂梦，又都被、杜鹃催趱。

　　怎消遣。人道愁与春归，春归愁未断。闲倚银屏，羞怕泪痕满。断肠沉水重熏，瑶琴闲理，奈依旧、夜寒人远。

——程　垓

　　又有前段第七句押韵者，或后段第七句押韵者，或前后段第七句俱押韵者，如史达祖、高观国、李彭老、韩淲、张炎、张榘等人词；亦有前段第二句押韵者，或前段第二句、后段第七句俱押韵者，或前段第二句、前后段第七句俱押韵者，如史达祖、吴文英、蒋捷、张炎、刘过、辛弃疾、张元干、赵长卿、张辑等人词。此处列一例。

　　水纵横，山远近。拄杖占千顷。老眼羞将，水底看山影。试教水动山摇，吾生堪笑，似此个、青山无定。

　　一瓢饮。人问翁爱飞泉，来寻个中静。绕屋声喧，怎做静中境。我眠君且归休，维摩方丈，待天女、散花时问。

——辛弃疾

又一体（平韵体）

　　双调，七十七字。前段八句，三平韵；后段八句，四平韵。

　　｜－－，－｜｜，－｜｜－－（韵）－｜－－，－｜｜－－（韵）｜－｜｜－－，－－｜｜，－－｜、－｜－－（韵）

　　｜－－（韵）－｜－｜－－，｜－－｜－（韵）－｜－，－｜｜－－（韵）｜－－｜－－，－－－｜，－－｜、－｜－－（韵）

　　待春来，春又到，花底自徘徊。春浅花迟，携酒为春催。可堪碧小红微，黄轻紫艳，东风外、妆点池台。

　　且衔杯。无奈年少心情，看花能几回。春自年年，花自为春开。是他春为花愁，花因春瘦，花残后、人未归来。

——陈允平

又有前后段第四句俱押韵者，如苏茂一"结垂杨"词，此处不例。

洞天春

双调，四十八字。前段四句，四仄韵；后段五句，三仄韵。

　　——｜｜—｜（韵）｜｜——｜｜（韵）｜｜——｜—｜（韵）｜———｜（韵）

　　——｜｜｜｜（韵）｜｜——｜｜（韵）｜｜——，｜——｜，———｜（韵）

　　莺啼绿树声早。槛外残红未扫。露点真珠遍芳草。正帘帏清晓。

　　秋千宅院悄悄。又是清明过了。燕蝶轻狂，柳丝撩乱，春心多少。

——欧阳修

洞仙歌

又名《洞仙歌令》《羽仙歌》《洞中仙》《洞仙词》《洞仙歌慢》等。

双调，八十三字。前段六句，三仄韵；后段九句，三仄韵。

　　＋—＋｜，｜＋——｜（韵）＋｜——｜—｜（韵）｜——、＋｜—｜——，—＋｜，—｜｜——＋｜（韵）

　　＋——｜｜，＋｜——，＋｜——｜—｜（韵）｜｜｜——，＋｜——，—＋｜、＋—＋｜（韵）｜｜｜、——｜——，｜｜｜｜——，｜——｜（韵）

冰肌玉骨，自清凉无汗。水殿风来暗香满。绣帘开、一点明月窥人，人未寝，欹枕钗横鬓乱。

起来携素手，庭户无声，时见疏星度河汉。试问夜如何，夜已三更，金波淡、玉绳低转。但屈指、西风几时来，又不道流年，暗中偷换。

——苏　轼

此调多一字、少一字，或断句不同者颇多。此处不一一列出。仅列前段第四句作前五后四两句，后段第四句作六言折腰句法者，辛弃疾词一例。

飞流万壑，共千岩争秀。孤负平生弄泉手。叹轻衫短帽，几许红尘，还自喜，濯发沧浪依旧。

人生行乐耳，身后虚名，何似生前一杯酒。便此地、结吾庐，待学渊明，更手种、门前五柳。且归去、父老约重来，问如此青山，定重来否。

——辛弃疾

又一体

双调，一百二十三字。前段十一句，四仄韵；后段十四句，八仄韵。

　　　－｜，－｜－－，｜｜－－－｜（韵）｜｜｜－－，｜
｜－－｜（韵）｜－－｜，－－－｜，｜｜－－，｜｜｜、
－－｜（韵）－｜－，｜｜｜－－｜（韵）

　　　－｜（韵）｜｜－－｜，｜－－｜（韵）－｜｜｜－
－，－｜－｜｜－－｜（韵）｜－｜｜－－，－－－｜｜
－，－－｜、－－｜（韵）－｜｜－－，－｜－｜（韵）－

—｜｜（韵）｜｜｜、｜——｜（韵）——｜，｜｜｜、｜
——｜（韵）

乘兴，闲泛兰舟，渺渺烟波东去。淑气散幽香，满蕙兰
江渚。绿芜平畹，和风轻暖，曲岸垂杨，隐隐隔、桃花坞。
芳树外，闪闪酒旗遥举。

羁旅。渐入三吴风景，水村渔浦。闲思更绕神京，抛掷
幽会小欢何处。不堪独倚危楼，凝情西望日边，繁华地、归
程阻。空自叹当时，言约无据。伤心最苦。伫立对、碧云将
暮。关河远，怎奈向、此时情绪。

——柳　永

十　画

破阵子

又名《十拍子》

双调，六十二字。前后段各五句，三平韵。

　＋｜＋—＋｜，＋—＋｜——（韵）＋｜＋——｜｜，
＋｜——＋｜—（韵）＋—＋｜—（韵）

　＋｜＋｜＋｜，＋＋＋｜——（韵）＋｜＋——｜｜，
＋｜——＋｜—（韵）＋—＋｜—（韵）

燕子来时新社，梨花落后清明。池上碧苔三四点，叶底
黄鹂一两声。日长飞絮轻。

巧笑东邻女伴，采桑径里逢迎。疑怪昨宵春梦好，原是
今朝斗草赢。笑从双脸生。

——晏　殊

荷叶杯

单调，二十三字。六句，四仄韵，两平韵。

｜｜｜－－｜（仄韵）－｜（韵）｜－－（换平韵）｜
－－｜｜－｜（另换仄韵）－｜（韵）｜－－（归平韵）

一点露珠凝冷。波影。满池塘。绿茎红艳两相乱。肠
断。水风凉。

——温庭筠

又一体

单调，二十六字。六句，两仄韵，三平韵，一叠韵。

＋｜＋－＋｜（仄韵）＋｜（韵）＋｜｜－－（换平
韵）＋－＋｜｜－－（韵）－｜－（韵）－｜－（叠韵）

我忆君诗最苦。知否。字字尽关心。红笺写寄表情深。
吟摩吟。吟摩吟。

——顾　夐

又一体

双调，五十字。前后段各五句，两仄韵，三平韵。

｜｜＋－－｜（仄韵）－｜（韵）－｜｜－－（换平
韵）＋－－｜｜－－（韵）＋｜｜－－（韵）

＋｜｜－－｜（另换仄韵）－｜（韵）＋｜｜－－（另
换平韵）＋－－｜｜－－（韵）－｜｜－－（韵）

记得那年花下。深夜。初识谢娘时。水堂西面画帘垂。

携手暗相期。

　　惆怅晓莺残月。相别。从此隔音尘。如今俱是异乡人。相见更无因。

　　　　　　　　　　——韦　庄

莺啼序

　　又名《丰乐楼》。

　　四段，二百四十字。第一段八句，四仄韵；第二段十句，四仄韵；第三段、第四段各十四句，四仄韵。

　　　　——｜—｜｜，｜——｜｜（韵）｜—｜、＋｜——，｜＋—｜—｜（韵）｜＋｜、——｜｜，——｜｜——｜（韵）｜＋——｜，——｜＋—｜（韵）

　　　　＋｜——，｜｜｜｜，｜——｜｜（韵）｜—｜、＋｜——，｜——｜＋｜（韵）｜——、——｜｜，｜—｜、——｜（韵）｜——，＋｜——，｜——｜（韵）

　　　　——＋｜，｜｜｜——，｜＋｜＋｜（韵）＋｜｜、＋＋＋｜，｜｜——，｜——｜（韵）——｜｜，——＋｜，———｜——｜，｜——、｜｜——｜（韵）——｜｜，——｜｜——，｜＋｜＋—｜（韵）

　　　　——｜｜，｜｜——，｜｜—｜｜（韵）｜｜｜、——一｜，｜｜——，｜｜——｜，｜—＋｜（韵）——｜｜，———｜—｜｜，｜——、—｜——｜（韵）＋—＋｜——，｜｜——，｜—｜｜（韵）

　　　　（此谱平仄仅参考吴文英诸词。其他词例因平仄相差甚多，故不标注。填者宜自行参酌。）

残寒正欺病酒，掩沉香绣户。燕来晚、飞入西城，似说春事迟暮。画船载、清明过却，晴烟冉冉吴宫树。念羁情游荡，随风化为轻絮。

十载西湖，傍柳系马，趁娇尘软雾。溯红渐、招入仙溪，锦儿偷寄幽素。倚银屏、春宽梦窄，断红湿、歌纨金缕。暝堤空，轻把斜阳，总还鸥鹭。

幽兰旋老，杜若还生，水乡尚寄旅。别后访、六桥无信，事往花委，瘗玉埋香，几番风雨。长波妒盼，遥山羞黛，渔灯分影春江宿，记当时、短楫桃根渡。青楼仿佛，临分败壁题诗，泪墨惨淡尘土。

危亭望极，草色天涯，叹鬓侵半苎。暗点检、离痕欢唾，尚染鲛绡，亸凤迷归，破鸾慵舞。殷勤待写，书中长恨，蓝霞辽海沉过雁，漫相思、弹入哀筝柱。伤心千里江南，怨曲重招，断魂在否。

——吴文英

又有后段第四句押韵者，如吴文英"横塘棹穿艳锦"词。第三段第十一句不作上三下五句法，第十三、十四句作四言三句者，如刘辰翁词。此处列一例。

愁人更堪秋日，长似岁难度。相携去、晼晚登高，高极正犯愁处。常是恨、古人无计，看今人痴绝如许。但东篱半醉，残灯自修菊谱。

归去来兮，怨调又苦。有寒螀余赋。湖山外、风笛阑干，胡床夜月谁据。恨当时、青云跌宕，天路断、险艰如许。便桥边、卖镜重圆，断肠无数。

是谁玉斧，惊堕团团，失上界楼宇。甚天误、婵娟余误。悔却初念，不合梦他，霓裳楚楚。而今安在，枫林关塞，回头忆著神仙处，漫断魂飞过湖江去。时时说与，地上群儿，青琐瑶台，阆风悬圃。

琵琶往往，凭鞍劝酒，千载能胡语。叹自古、宫花薄命，汉月无情，战地难青，故人成土。江南憔悴，荒村流落，伤心自失梨园部，渺空江、泪隔芦花雨。相逢司马风流，湿尽青衫，欲归无路。

——刘辰翁

又有第二段第七句不作上三下四句法；第三段第十二句六言，第十三句四言；第四段第十一句不作上三下五句法者，如赵文"初荷一番濯雨"词。第三段第四句五言，第六句六言，第十二句六言，第十三、十四句俱四言，第五句押韵者，如赵文"秋风又吹华发"词。第三段第四句九言（上三下六句法）且押韵，第五、六两句作六言一句，第十二句六言，第十三句四言；第四段第十一句不作上三下五句法者，如赵文"东风何许红紫"词。此处列一例。

秋风又吹华发，怪流光暗度。最可恨、木落山空，故国芳草何处。看前古、兴亡堕泪，谁知历历今如古。听吴儿唱彻，庭花又翻新谱。

肠断江南，庾信最苦，有何人共赋。天又远，云海茫茫，鳞鸿似梦无据。怨东风、不如人意，珠履散、宝钗何许。想故人，月下沈吟，此时谁诉。

吾生已矣，如此江山，又何怀故宇。不恨赋归迟，归计大误。当时只合云龙，飘飘平楚。男儿死耳，嘤嘤呢呢，丁宁卖履分香事，又何如、化作胥潮去。东君岂是无能，成败归来，手种瓜圃。

膏残夜久，月落山寒，相对耿无语。恨前此、燕丹计早，荆庆才疏，易水衣冠，总成尘土。斗鸡走狗，呼卢蹴鞠，平生把臂江湖旧，约何时、共话连床雨。王孙招不归来，自采黄花，醉扶山路。

——赵　文《有感》

又有第二段第四句、第七句俱不作上三下四句法；第三段第十一句不作上三下五句法者，如黄公绍词。

银云卷晴缥缈，卧长龙一带。柳丝蘸、几簇柔烟，两市帘栋如画。芳草岸、弯环半玉，鳞鳞曲港双流会。看碧天连水，翻成箭样风快。

白露横江，一苇万顷，问灵槎何在。空翠湿衣不胜寒，日华金掌沉瀣。鷖花平、绿文衬步，琼田涌出神仙界。黛眉修，依约雾鬟，在秋波外。

阁嘘青蜃，楼啄彩虹，飞盖蹴鳌背。灯火暮、相轮倒影，偷睨别浦，片片归帆，远自天际。舞蛟幽壑，栖鸦古木，有人翦取松江水，忆细鳞巨口鱼堪鲙。波涵笠泽，时见静影浮光，霏阴万貌千态。

蒹葭深处，应有闲鸥，寄语休见怪。倩洗却、香红尘面，买个扁舟，身世飘萍，名利微芥。阑干拍遍，除东曹掾，与天随子是我辈，尽胸中、著得乾坤大。亭前无限惊涛，总把遥吟，月明满载。

——黄公绍《吴江长桥》

又有多处句式、用韵不同者，如高似孙、刘辰翁、汪元量等人词。此处不一一列出，其平仄亦不作参考。

捣练子

又名《深院月》。

单调，二十七字。五句，三平韵。

－｜｜，｜－－（韵）＋｜－－｜｜－（韵）＋｜＋－－｜｜，｜－－｜｜－－（韵）

砧面莹，杵声齐。捣就征衣泪墨题。寄到玉关应万里，戍人犹在玉关西。

————贺　铸

又一体

双调，三十八字。前后段各五句，三平韵。

－｜｜，｜－－（韵）＋－＋｜｜－－（韵）｜＋－，＋｜－（韵）

－｜｜，｜－－（韵）＋－＋｜｜－－（韵）｜＋－，＋｜－（韵）

斟别酒，问东君。一年一度一回新。看百花，飘舞茵。

斟别酒，问行人。莫将别泪裛罗巾。早归来，依旧春。

————李　石

换巢鸾凤

双调，一百字。前段十句，五平韵，一同部仄韵；后段十一句，六同部仄韵。

–｜－－（韵）｜－－｜｜，｜｜－－（韵）｜－－｜
｜，｜｜｜－－（韵）－－－｜｜－－（韵）｜－｜－，－
－｜－（韵）－－｜，｜｜｜、｜－－｜（押同部仄韵）

－｜（韵）－｜｜（韵）－｜｜－，－｜－－｜（韵）
｜｜－－，｜－－｜，－｜－－－｜（韵）－｜－－｜
－，｜－－｜－－｜（韵）－－－，｜－－、｜｜－｜
（韵）

人若梅娇。正愁横断坞，梦绕溪桥。倚风融汉粉，坐月
怨秦箫。相思因甚到纤腰。定知我今，无魂可销。佳期晚，
谩几度、泪痕相照。

人悄。天渺渺。花外语香，时透郎怀抱。暗握荑苗，乍
尝樱颗，犹恨侵阶芳草。天念王昌忒多情，换巢鸾凤教偕
老。温柔乡，醉芙蓉、一帐春晓。

——史达祖

倒垂柳

双调，八十一字。前段八句，四仄韵；后段八句，五仄韵。

＋－－｜｜，｜－－、－｜｜（韵）＋＋－＋｜，－｜
｜－｜（韵）－－＋＋｜，＋｜－－｜（韵）－－－｜｜，
－－－｜＋｜（韵）

－－＋｜（韵）｜｜－－＋｜｜（韵）｜｜｜－－，｜
｜｜－｜（韵）－＋｜＋，－｜－＋｜（韵）－－－｜，｜
｜－－｜（韵）

晓来烟露重，为重阳、增胜致。记一年好处，无似此天气。东篱白衣至，南陌芳筵启。风流曾未远，登临都在眼底。

人生如寄。谩把茱萸看仔细。击节听高歌，痛饮莫辞醉。乌帽任教，颠倒风里坠。黄花明日，纵好无情味。

——杨无咎《重九》

又有前段起句入韵者，如 杨无咎"南州初会遇"词。此处不列。

逍遥乐

双调，九十八字。前段十一句，六仄韵；后段九句，五仄韵。

　　—｜｜｜——｜（韵）｜｜——，—｜｜——｜（韵）｜｜——，｜｜——，｜｜———｜（韵）｜——｜（韵）｜——、｜｜——，｜——｜（韵）｜｜｜——，｜｜—｜（韵）

　　—｜———｜（韵）｜———｜｜（韵）——｜—｜，—｜｜、｜—｜（韵）——｜｜｜，—｜｜——｜（韵）—一，｜——｜，———｜（韵）

春意渐归芳草。故国佳人，千里信沉音杳。雨润烟光，晚景澄明，极目危栏斜照。梦当年少。对樽前、上客邹枚，小鬟燕赵。共舞雪歌尘，醉里谈笑。

花色枝枝争好。鬓丝年年渐老。如今遇风景，空瘦损、向谁道。东君幸赐与，天幕翠遮红绕。休休，醉乡歧路，华胥蓬岛。

——黄庭坚

高阳台

双调，一百字。前后段各十句，四平韵。

＋｜－－，＋－＋｜，＋－＋｜－－（韵）＋｜－－，
＋＋＋｜－－（韵）＋＋＋｜－－｜，｜＋－、＋｜－－
（韵）｜－－，＋｜＋－，＋｜－－（韵）

＋－＋｜＋－｜，｜＋－＋｜，＋｜－－（韵）＋｜
－－，＋＋＋｜－－（韵）＋＋＋｜－－｜，｜＋－、＋｜－
－（韵）｜＋－，＋｜－－，＋｜－－（韵）

修竹凝妆，垂杨驻马，凭阑浅画成图。山色谁题，楼前
有雁斜书。东风紧送斜阳下，弄旧寒、晚酒醒余。自销凝，
能几花前，顿老相如。

伤春不在高楼上，在灯前敲枕，雨外熏炉。怕舣游船，
临流可奈清臞。飞红若到西湖底，搅翠澜、总是愁鱼。莫重
来，吹尽香绵，泪满平芜。

——吴文英

又有后段起句入韵者，如刘辰翁"雨枕莺啼"词。

雨枕莺啼，露班烛散，御街人卖花窠。过眼无情，而今
魂梦年多。百钱曳杖桥边去，问几时、重到明河。便人间，
无了东风，此恨难磨。

落红点点入颓波。任归春到海，海又成涡。江上儿童，
抱茅笑我重过。蓬莱不涨枯鱼泪，但荒村、败壁悬梭。对残

阳，往往无成，似我蹉跎。

——刘辰翁

又有后段起句作六字句且入韵者，如吴文英、蒋捷、王沂孙词。此处列一例。

燕卷晴丝，蜂黏落絮，天教绾住闲愁。闲里清明，匆匆粉涩红羞。灯摇缥晕茸窗冷，语未阑、蛾影分收。好伤情，春也难留，人也难留。

芳尘满目悠悠。问萦云佩响，还绕谁楼。别酒才斟，从前心事都休。飞莺纵有风吹转，奈旧家、苑已成秋。莫思量，杨柳湾西，且棹吟舟。

——蒋 捷

又有前后段第八句俱押韵者，如张炎、李莱老、韩疁词。此处列一例。

接叶巢莺，平波卷絮，断桥斜日归船。能几番游，看花又是明年。东风且伴蔷薇住，到蔷薇、春已堪怜。更凄然。万绿西泠，一抹荒烟。

当年燕子知何处，但苔深韦曲，草暗斜川。见说新愁，如今也到鸥边。无心再续笙歌梦，掩重门、浅醉闲眠。莫开帘。怕见飞花，怕听啼鹃。

——张 炎《西湖春感》

高山流水

双调，一百一十字。前段九句，六平韵；后段十句，六平韵。

　　｜－｜｜｜－－（韵）｜－－、－｜｜－－（韵）－｜｜
－－，－－｜｜－－（韵）－－｜、｜｜－－（韵）－－
｜、－｜－－｜｜，｜｜－－（韵）｜－－｜｜，｜｜｜－
－（韵）

　　－－（韵）－－｜－｜，－｜｜、｜｜－－（韵）－｜
｜－－，｜｜｜－－－（韵）｜－－、｜｜－－（韵）｜－
｜、－－－｜｜，｜｜－－（韵）｜－｜｜｜，－｜｜
－（韵）

　　素弦一一起秋风。写柔情、都在春葱。徽外断肠声，霜
霄暗落惊鸿。低颦处、翦绿裁红。仙郎伴、新制还赓旧曲，
映月帘栊。似名花并蒂，日日醉春浓。

　　吴中。空传有西子，应不解、换徵移宫。兰蕙满襟怀，
唾碧总喷花茸。后堂深、想费春工。客愁重、时听蕉寒雨
碎，泪湿琼钟。恁风流也称，金屋贮娇慵。

——吴文英

唐多令

　　又名《糖多令》《南楼令》《箜篌曲》。

　　双调，六十字。前后段各五句，四平韵。

　　＋｜｜－－（韵）＋－＋｜－（韵）｜＋－、＋｜－－
（韵）＋｜＋－－｜｜，＋＋｜、｜－－（韵）

　　＋｜｜－－（韵）＋－＋｜－（韵）｜＋－、＋｜－－
（韵）＋｜＋－－｜｜，＋＋｜、｜－－（韵）

　　雨过水明霞。潮回岸带沙。叶声寒、飞透窗纱。堪恨西

风吹世换，更吹我、落天涯。

寂寞古豪华。乌衣日又斜。说兴亡、燕入谁家。惟有南来无数雁，和明月、宿芦花。

——邓 剡

又有前段第三句多一字者，如吴文英词。前后段第三句各多一字者，如周密词。此处列一例。

何处合成愁。离人心上秋。纵芭蕉、不雨也飕飕。都道晚凉天气好，有明月，怕登楼。

年事梦中休，花空烟水流。燕辞归，客尚淹留。垂柳不萦裙带住，漫长是、系行舟。

——吴文英

烛影摇红

又名《忆故人》《归去曲》等。

双调，五十字。前段五句，两仄韵；后段五句，三仄韵。

｜｜——，，｜｜—｜，｜｜—｜、——｜（韵）———｜｜——，—｜——｜（韵）

—｜——｜｜（韵）｜——、——｜｜（韵）｜——｜，｜｜——，———｜（韵）

烛影摇红，向夜阑，乍酒醒、心情懒。尊前谁为唱《阳关》，离恨天涯远。

无奈云沉雨散。凭阑干、东风泪眼。海棠开后，燕子来时，黄昏庭院。

——王 诜

又一体

双调，四十八字。前段四句，两仄韵；后段五句，三仄韵。

　　＋｜－－，｜－＋｜－－｜（韵）＋－－｜｜－－，＋
｜－－｜（韵）

　　＋｜＋－＋｜（韵）｜－－、＋－｜｜（韵）＋－＋
｜，｜＋＋＋，＋－＋｜（韵）

　　老景萧条，送君归去添凄断。赠君明月满前溪，直到西
湖畔。

　　门掩绿苔应遍。为黄花、频开醉眼。橘奴无恙，蝶子相
迎，寒窗日短。

——毛　滂

又一体

双调，九十六字。前后段各九句，五仄韵。

　　＋｜－－，＋－＋｜－－｜（韵）＋－＋｜｜－－，＋
｜－－｜（韵）＋｜＋－＋｜（韵）｜＋＋、－－＋｜
（韵）＋－＋｜，＋｜－－，＋－＋｜（韵）

　　＋｜－－，｜－＋｜－－｜（韵）＋－＋｜｜－－，＋
｜－－｜（韵）＋｜＋－＋｜（韵）｜＋＋、－－＋｜
（韵）＋－＋｜，＋｜－－，＋－＋｜（韵）

　　香脸轻匀，黛眉巧画宫妆浅。风流天付与精神，全在娇
波转。早是萦心可惯。更那堪、频频顾盼。几回相见，见了
还休，争如不见。

　　烛影摇红，夜阑饮散春宵短。当时谁解唱阳关，离恨天

涯远。无奈云收雨散。凭阑干、东风泪眼。海棠开后，燕子
来时，黄昏庭院。

——周邦彦

浣溪沙

又名《浣溪纱》《减字浣溪沙》《浣纱溪》《小庭花》《满院
春》《东风寒》《广寒枝》等。

双调，四十二字。前段三句，三平韵；后段三句，两平韵。

＋｜＋－＋｜－（韵）＋－＋｜｜－－（韵）＋－＋｜
｜－－（韵）

＋｜＋－－｜｜，＋－＋｜｜－－（韵）＋－＋｜｜－
－（韵）

一曲新词酒一杯。去年天气旧亭台。夕阳西下几时回。
无可奈何花落去，似曾相识燕归来。小园香径独徘徊。

——晏　殊

又有前段起句不入韵者，如薛绍蕴、刘辰翁词。后段结句作
三言三句者，如孙光宪词。此处列一例。

风撼芳菲满院香。四帘慵卷日初长。鬓云垂枕响微锽。
春梦未成愁寂寂，佳期难会信茫茫。万般心，千点泪，
泣兰堂。

——孙光宪

又一体（仄韵体）

双调，四十二字。前后段各三句，三仄韵。

　　—｜｜——｜｜（韵）——｜｜——｜（韵）—｜｜—
—｜｜（韵）

　　——｜｜——｜（韵）｜｜｜———｜｜（韵）｜｜——
—｜｜（韵）

　　红日已高三丈透，金炉次第添香兽。红锦地衣随步皱。
佳人舞点金钗溜，酒恶时拈花蕊嗅。别殿遥闻箫鼓奏。

——李　煜

海棠春

　　又名《海棠春令》《海棠花》。

　　双调，四十八字。前后段各四句，三仄韵。

　　＋—＋｜——｜（韵）｜＋｜、＋—＋｜（韵）｜｜｜
——，＋｜——｜（韵）

　　＋—＋｜——｜（韵）｜＋｜、——＋｜（韵）＋｜｜
——，＋｜——｜（韵）

　　似红如白含芳意。锦宫外、烟轻雨细。燕子不知愁，惊
堕黄昏泪。

　　烛花偏在红帘底。想人怕、春寒正睡。梦著玉环娇，又
被东风醉。

——史达祖

　　又有后段起句作四言两句，第二句作六言者，如吴潜、柴元
彪词。前后段第二句俱作六言者，如马子严词。

　　柳腰暗怯花风弱。红映秋千院落。归逐燕儿飞，斜撼真

珠箔。

　　满林翠叶胭脂萼。不忍频频觑着。护取一庭春，莫弹花间鹊。

——马子严

浪淘沙

　　即《浪淘沙令》，又名《卖花声》《过龙门》等。

　　《浪淘沙》有七言绝句体，此处不录。

　　双调，五十四字。前后段各五句，四平韵。

　　　＋｜｜－－（韵）＋｜－－（韵）＋－＋｜｜－－（韵）＋｜＋－－｜｜，＋｜－－（韵）

　　　＋｜｜－－（韵）＋｜－－（韵）＋－＋｜｜－－（韵）＋｜＋－－｜｜，＋｜－－（韵）

　　帘外雨潺潺。春意阑珊。罗衾不耐五更寒。梦里不知身是客，一晌贪欢。

　　独自莫凭栏。无限江山。别时容易见时难。流水落花春去也，天上人间。

——李　煜

　　又有前后段起句俱作四言者，如柳永词。前段起句少一字作四言；后段结句多一字作五言者，或前段第四句又作四言两句者，皆见杜安世词。前段起句少一字作四言，第三、四句俱作八言；后段第三、四句俱作九言者，如史浩词。此处不列。

又一体（仄韵体）

　　宋祁词名《浪淘沙近》。

双调，五十四字。前后段各五句，四仄韵。

此调以宋祁"少年不管"词为例。其中前结句三个"满"字，后结句三个"远"字皆上声，不可用去声。"满"字、"远"字之后，只作句中停顿，不作叠韵。

｜－｜｜（韵）－－－｜（韵）－－｜｜－－｜（韵）
｜－－，｜｜｜｜、－｜｜、｜｜（韵）
－－｜｜－－｜（韵）｜－－｜（韵）｜－－｜－－｜
（韵）｜－－，｜｜｜｜、－｜｜、－｜（韵）

少年不管。流光如箭。因循不觉韶光换。至如今，始惜月满、花满、酒满。

扁舟欲解垂杨岸。尚同欢宴。日斜歌阕将分散。倚兰桡，望水远、天远、人远。

——宋　祁

又一体（仄韵体）

双调，五十五字。前段六句，三仄韵；后段五句，四仄韵。

｜｜－｜（韵）｜－－｜（韵）｜－－｜｜－－，－－
－｜，－－｜｜，｜－－｜（韵）
｜｜－－｜（韵）｜－－｜（韵）｜－－｜｜－－，－
－－｜－－｜（韵）｜－－－｜（韵）

又是春暮。落花飞絮。子规啼尽断肠声，秋千庭院，红旗彩索，淡烟疏雨。

念念相思苦。黛眉长聚。碧池惊散睡鸳鸯，当初容易分飞去。恨孤儿欢侣。

——杜安世

浪淘沙慢

又名《浪淘沙》。

双调，一百三十五字。前段九句，四仄韵；后段十八句，五仄韵。

　　｜｜、｜－－｜｜，－－－｜（韵）－－｜｜，｜－－
－，｜｜－｜（韵）－－－、｜｜－－｜（韵）｜－－、｜
｜－－，｜｜｜、－－－｜，｜｜－－－｜（韵）
　　－｜（韵）｜｜－－，｜｜－尢，｜｜｜－－－，－
－｜｜、｜｜－｜｜（韵）｜－－｜（韵）｜｜－－，－－｜｜，－－｜－－｜
（韵）－－－、｜｜｜－｜，｜－－｜｜，－－｜｜，－
－｜｜，｜－－－｜（韵）

　　梦觉、透窗风一线，寒灯吹息。那堪酒醒，又闻空阶，
夜雨频滴。嗟因循、久作天涯客。负佳人、几许盟言，便忍
把、从前欢会，陡顿翻成忧戚。

　　愁极。再三追思，洞庭深处，几度饮散歌阑，香暖鸳鸯
被，岂暂时疏散，费伊心力。殢云尤雨，有万般千种，相怜
相惜。恰到如今，天长漏永，无端自家疏隔。知何时、却拥
秦云态，愿低帏昵枕，轻轻细说与，江乡夜夜，数寒更思
忆。

——柳　永

又一体

双调，一百三十三字。前段九句，六仄韵；后段十五句，

十仄韵。

　　·　｜——，——｜｜，｜｜—｜（韵）—｜—｜｜（韵）——十｜｜｜（韵）十｜｜———｜｜（韵）十—｜、｜｜—｜（韵）｜｜｜——｜—｜，——｜—｜（韵）

　　—｜（韵）｜—｜—｜（韵）｜｜—｜——，——｜、｜｜—｜｜（韵）十十｜—｜，十｜—｜（韵）｜—｜｜（韵）十｜—十｜，十——｜（韵）十｜｜————｜（韵）——｜、十—｜｜（韵）｜—｜、———｜｜（韵）十—｜、｜｜——，｜｜｜，——｜｜——｜（韵）

　　昼阴重，霜凋岸草，雾隐城堞。南陌脂车待发。东门帐饮乍阕。正拂面垂杨堪揽结。掩红泪、玉手亲折。念汉浦离鸿去何许，经时信音绝。

　　情切。望中地远天阔。向露冷风清，无人处、耿耿寒漏咽。嗟万事难忘，唯是轻别。翠尊未竭。凭断云留取，西楼残月。罗带光销纹衾叠。连环解、旧香顿歇。怨歌永、琼壶敲尽缺。恨春去、不与人期，弄夜色，空余满地梨花雪。

　　　　　　　　　　　　　　　　——周邦彦

　　又有前段第八句作六言，结句作七言；后段最后两句，俱作五言句者，如陈允平词。后段第八、九句作九言一句，上三下六句法者，如方千里词。后段第十三、十四两句作十言一句，上三下七句法者，如杨泽民词。此处列一例。

　　禁城外，青青细柳，翠拂高堞。征鼓催人骤发。长亭渐觉宴阕。情绪似丁香千百结。忍重看、手简亲折。听怨举离歌寄深意，新声更清绝。

心切。暮天塞草烟阔。正乍袅轻尘，新晴后，汨汨清渭咽。闻西度阳关，风致全别。玉杯屡竭。思故人千里，唯同明月。扶上雕鞍还三叠。那堪第四声未歇。念蟾魄、能圆还解缺。况人事、莫苦悲伤悴艳色。归来复见头应雪。

——杨泽民

又一体

双调，一百三十三字。前段九句，五仄韵；后段十四句，九仄韵。

　　｜｜｜，－－｜｜，｜｜－｜（韵）｜｜－－｜｜，－－｜｜｜｜（韵）｜｜｜、－－－｜｜（韵）｜｜｜、－｜－－，－－－，－｜－－｜｜－｜（韵）－｜｜－｜（韵）

　　｜｜（韵）｜－｜｜－｜（韵）｜－｜、－｜－－｜，－｜－－｜（韵）｜｜｜－－｜，－－－｜（韵）｜｜－｜，－｜－、｜｜－－－｜（韵）－｜｜、－－－｜，－－｜、｜｜｜｜（韵）｜－｜、－－｜｜｜（韵）｜｜｜、－｜－－，｜｜｜（韵）－－｜｜－－｜（韵）

万叶战，秋声露结，雁度砂碛。细草和烟尚绿，遥山向晚更碧。见隐隐、云边新月白。映落照、帘幕千家，听数声何处倚楼笛。装点尽秋色。

脉脉。旅情暗自消释。念珠玉、临水犹悲感，何况天涯客。忆少年歌酒，当时踪迹。岁华易老，衣带宽、懊恼心肠终窄。飞散后、风流人阻，蓝桥约、怅恨路隔。马蹄过、犹嘶旧巷陌。叹往事、一一堪伤，旷望极。凝思又把阑干拍。

——周邦彦

十一画

戚氏

三段，二百一十二字。前段十五句，九平韵；中段十三句，六平韵；后段十五句，六平韵，两仄韵。

| — —（韵）| | — | | — —（韵）| | — —，| — —
| | — —（韵）— —（韵）| — —（韵）— — ＋ | | — —
（韵）— — | | — |，| ＋ — | | — —（韵）＋ | — |，— —
— ＋ |，| — | | — —（韵）| — — | |，— | — |，— |
— —（韵）

　　— | | | — —（韵）— | | |，| | | — —（韵）— —
|，| — ＋ |，| | — —（韵）| — —（韵）| | | |，—
— | |，| | — —（韵）| — | |，| | — —，＋ | — | —
—（韵）

　　| | — — |，＋ — — | |，| | — —（韵）| | | — — |
|，| — —、| | | — —（韵）| — | | — —，| — | | —，
— | — — |（押同部仄韵）| | —、— | — — |（韵）＋ ＋
＋、— | — —（归平韵）| | —、| | — —（韵）| — ＋、
| | | — —（韵）| — — |，— — | |，| | — —（韵）

　　晚秋天。一霎微雨洒庭轩。槛菊萧疏，井梧零乱惹残烟。凄然。望江关。飞云黯淡夕阳间。当时宋玉悲感，向此临水与登山。远道迢递，行人凄楚，倦听陇水潺湲。正蝉吟败叶，蛩响衰草，相应喧喧。

孤馆度日如年。风露渐变，悄悄至更阑。长天净，绛河清浅，皓月婵娟。思绵绵。夜永对景，那堪屈指，暗想从前。未名未禄，绮陌红楼，往往经岁迁延。

帝里风光好，当年少日，暮宴朝欢。况有狂朋怪侣，遇当歌、对酒竞留连。别来迅景如梭，旧游似梦，烟水程何限。念利名、憔悴长萦绊。追往事、空惨愁颜。漏箭移、稍觉轻寒。渐呜咽、画角数声残。对闲窗畔，停灯向晓，抱影无眠。

　　　　　　　　　　　　　　　　——柳　永

又有前段第四句作两句（前四言、后三言）；中段第八、九句作六言一句，且押韵，第十句亦作六言；后段第六句多一字作七言且押韵，第九句多一字作九言（上四下五句法）者，如苏轼词。

玉龟山。东皇灵媲统群仙。绛阙岧峣，翠房深迥，倚霏烟。幽闲。志萧然。金城千里锁婵娟。当时穆满巡狩，翠华曾到海西边。风露明霁，鲸波极目，势浮舆盖方圆。正迢迢丽日，玄圃清寂，琼草芊绵。

争解绣勒香鞯。鸾辂驻跸，八马戏芝田。瑶池近，画楼隐隐，翠鸟翩翩。肆华筵。间作脆管鸣弦。宛若帝所钧天。稚颜皓齿，绿发方瞳，圆极恬淡高妍。

尽倒琼壶酒，献金鼎药，固大椿年。缥缈飞琼妙舞，命双成、奏曲醉留连。云璈韵响泻寒泉。浩歌畅饮，斜月低河汉。渐渐绮霞、天际红深浅。动归思、回首尘寰。烂漫游、玉辇东还。杏花风、数里响鸣鞭。望长安路，依稀柳色，翠点春妍。

　　　　　　　　　　　　　　　　——苏　轼

梧桐影

又名《明月斜》。

单调，二十字。四句，两仄韵。

　　－｜－，－－｜（韵）－｜｜－－｜－，－－｜｜－－
｜（韵）

　　明月斜，秋风冷。今夜故人来不来，教人立尽梧桐影。

——吕　岩

梅子黄时雨

双调，九十四字。前段十句，五仄韵；后段十句，七仄韵。

　　－｜－－，｜－｜｜－，－｜－｜（韵）｜｜｜－－，
｜－－｜（韵）－｜－－－｜，｜－｜｜－－｜（韵）－－
｜（韵）｜｜｜－，－｜－｜（韵）

　　－｜（韵）－－－｜（韵）｜－－｜｜，－｜－｜
（韵）｜｜｜－－，－－－｜（韵）－｜－－－｜｜，｜－
－｜－－｜（韵）－－｜（韵）｜－｜－－｜（韵）

　　流水孤村，爱尘事顿消，来访深隐。向醉里谁扶，满身
花影。鸥鹭相看如瘦，近来不是伤春病。嗟流景。竹外野
桥，犹系烟艇。

　　谁引。斜川归兴。便啼鹃纵少，无奈时听。待棹击空
明，鱼波千顷。弹到琵琶留不住，最愁人是黄昏近。江风
紧。一行柳阴吹暝。

——张　炎

梦横塘

双调，一百零四字。前段十一句，四仄韵；后段十句，五仄韵。

　　｜－－｜，｜｜－－，｜－－｜－｜（韵）｜｜－－，
｜｜｜、－－－｜（韵）－｜－－，｜－－｜，｜－－｜
（韵）－－－｜｜，｜｜－－，－－｜、－－｜（韵）
　　－－｜｜－－，－－－｜｜，｜｜－｜（韵）｜｜－
－，－｜｜、｜－－｜（韵）｜－｜、－－｜｜（韵）｜｜
－－｜－｜（韵）｜｜－－，｜－－｜，｜－－－｜（韵）

　　浪痕经雨，鬓影吹寒，晓来无限萧瑟。野色分桥，翦不
断、溪山风物。船系朱藤，路迷烟寺，远鸥浮没。听疏钟断
鼓，似近还遥，惊心事、伤羁客。

　　新醅旋压鹅黄，拚清愁在眼，酒病萦骨。绣阁娇慵，争
解说、短封传忆。念谁伴、涂妆绾结。嚼蕊吹花弄秋色。恨
对南云，此时凄断，有何人知得。

——刘一止

黄莺儿

双调，九十六字。前段十句，四仄韵；后段十句，五仄韵。

　　＋－－｜－－｜（韵）＋｜－－，－｜－－，＋＋－
－，＋＋－｜（韵）－｜｜｜－－，｜｜－－｜（韵）｜－
－｜－－，｜｜－－，－｜－｜（韵）
　　－｜（韵）｜｜｜｜－－，｜｜－－｜（韵）｜－－＋，

｜｜－－，－－＋＋－｜（韵）－｜｜｜－－，｜｜－－｜（韵）｜＋＋｜－－，＋｜－－｜（韵）

　　园林晴昼春谁主。暖律潜催，幽谷暄和，黄鹂翩翩，乍迁芳树。观露湿缕金衣，叶映如簧语。晓来枝上绵蛮，似把芳心，深意低诉。

　　无据。乍出暖烟来，又趁游蜂去。恣狂踪迹，两两相呼，终朝雾吟风舞。当上苑柳秾时，别馆花深处。此际海燕偏饶，都把韶光与。

——柳　永

　　又有前段起句不入韵者，如陈允平词。前段第二、三、四、五句作六言三句者，如晁补之词。此处不列。

黄钟乐

　　双调，六十四字。前后段各五句，三平韵。

　　－－－｜｜－－（韵）－｜－－－－｜，－｜｜｜－－（韵）－｜｜－－｜｜，－－－｜｜－－（韵）－｜－－－｜－（韵）－｜－－－｜，－｜｜｜－－（韵）－｜－－－｜｜，｜－－｜｜－－（韵）

　　池塘烟暖草萋萋。惆怅闲宵含恨，愁坐思堪迷。遥想玉人情事远，音容浑似隔桃溪。

　　偏记同欢秋月低。帘外论心花畔，和醉暗相携。何事春来君不见，梦魂长在锦江西。

——魏承班

黄鹂绕碧树

双调，九十七字。前段十句，四仄韵；后段八句，五仄韵。

－｜－－｜，－－｜｜，｜－－｜（韵）｜｜－－，｜
－－｜｜，｜－－｜（韵）｜－｜｜，｜－｜、－－－｜
（韵）－｜｜、｜｜－－｜｜，－－－｜（韵）

　　｜｜－－｜｜（韵）｜－－、｜－－｜（韵）｜－｜、
｜－－｜，－｜－｜（韵）｜｜｜－｜｜，｜｜｜－－｜
（韵）－－｜｜－－，｜－－｜（韵）

　　双阙笼嘉气，寒威日晚，岁华将暮。小院闲庭，对寒梅
照雪，淡烟凝素。忍当迅景，动无限、伤春情绪。犹赖是、
上苑风光渐好，芳容将煦。

　　草芙兰芽渐吐。且寻芳、更休思虑。这浮世、甚驱驰利
禄，奔竞尘土。纵有魏珠照乘，未买得流年住。争如盛饮流
霞，醉偎琼树。

——周邦彦

又一体（平韵体）

双调，九十九字。前段十一句，四平韵；后段九句，四平韵。

　　－｜－－，｜－－｜，－－｜｜－－（韵）｜｜－－，
｜－－｜｜，－｜－－（韵）｜－｜｜，｜｜－、－｜－｜
（韵）－｜｜－，｜－－｜｜，｜｜－－（韵）

　　｜｜－－｜－，｜－－、｜｜－－（韵）｜－－｜，－
－｜｜，｜｜－－（韵）｜｜｜－－｜，｜｜－、－｜－｜
（韵）－－｜｜－－，｜｜－－（韵）

鸳瓦霜轻，玳帘风细，高门瑞气非烟。积厚源深，有长庚应梦，乔岳生贤。妙龄秀发，庆谢庭、兰玉争妍。名动缙绅，况文章政术，俱是家传。

别有阴功厚德，向东州、治狱平反。玉函高篆，仙风道骨，锡与长年。最好素秋新霁，对画堂、高启宾筵。何妨纵乐笙歌，剩举觥船。

——晁端礼

菩萨蛮

又名《重叠金》《子夜歌》《花间意》等。

双调，四十四字。前后段各四句，两仄韵，两平韵。

　　＋－＋｜－－｜（仄韵）＋－＋｜－－｜（韵）＋｜｜－－（换平韵）＋－＋｜－（韵）

　　＋－－｜｜（另换仄韵）＋｜＋－｜（韵）＋｜｜－－（另换平韵）＋－＋｜－（韵）

平林漠漠烟如织。寒山一带伤心碧。暝色入高楼。有人楼上愁。

玉阶空伫立。宿鸟归飞急。何处是归程。长亭更短亭。

——李　白

又一体

双调，四十四字。前后段各四句，两仄韵，两平韵。

　　｜－－｜－－｜（仄韵）｜－｜｜－－｜（韵）－｜｜－－（换平韵）｜－－｜－（韵）

　　｜－－｜｜（另换仄韵）－｜｜－｜（韵）－｜｜－－

（归平韵）｜－－｜－（韵）

　　蕊黄无限当山额。宿妆隐笑纱窗隔。相见牡丹时。暂来还别离。

　　翠钗金作股。钗上蝶双舞。心事竟谁知。月明花满枝。

——温庭筠

又一体

　　双调，四十四字。前后段各四句，两仄韵，两平韵。

　　｜－－｜－－｜（仄韵）｜－｜｜－－｜（韵）｜｜｜－－（换平韵）－－｜｜－（韵）

　　｜－－｜｜（归仄韵）｜｜－－｜（韵）｜｜｜－－（归平韵）－－｜｜－（韵）

　　老人谙尽人间苦。近来恰似心头悟。九九是重阳。重阳菊散芳。

　　出门何处去。对面谁相语。枕臂卧南窗。铜炉柏子香。

——朱敦儒

偷声木兰花

　　双调，五十字。前后段各四句，两仄韵，两平韵。

　　＋－＋｜－－｜（仄韵）＋｜－－－｜｜（韵）＋｜－－（换平韵）＋｜－－＋｜－（韵）

　　＋－＋｜－－｜（另换仄韵）＋｜＋－－｜｜（韵）＋｜－－（另换平韵）＋｜＋－＋｜－（韵）

　　画桥浅映横塘路。流水滔滔春共去。目送残晖。燕子双高蝶对飞。

　　风花将尽持杯送。往事只成清夜梦。莫更登楼。坐想行
思已是愁。

——张　先

彩云归

　　双调，一百字。前段八句，五平韵；后段十一句，五平韵。

　　　　——｜｜｜——（韵）｜——、｜｜——（韵）—｜
—、｜｜——｜，—｜｜、｜｜——（韵）｜—｜、｜——
｜，｜——｜—（韵）｜｜｜｜——｜，｜｜——（韵）

　　　　——（韵）——｜｜，｜——、｜｜——（韵）｜—｜
｜，—｜—｜，｜｜——（韵）｜｜—、——｜，｜｜
｜——（韵）——｜，—｜——，｜｜——（韵）

　　　　蘅皋向晚舣轻航。卸云帆、水驿鱼乡。当暮天、霁色如
晴昼，江练静、皓月飞光。那堪听、远村羌管，引离人断
肠。此际浪萍风梗，度岁茫茫。

　　堪伤。朝欢暮宴，被多情、赋与凄凉。别来最苦，襟袖
依约，尚有余香。算得伊、鸳衾凤枕，夜永争不思量。牵情
处，惟有临歧，一句难忘。

——柳　永

眼儿媚

　　又名《小阑干》《东风寒》《秋波媚》。

　　双调，四十八字。前段五句，三平韵；后段五句，两平韵。

＋＋＋＋｜－－（韵）＋｜｜－－（韵）＋－＋｜，＋－＋｜，＋｜－－（韵）

＋－＋｜－－｜，＋｜｜－－（韵）＋－＋｜，＋－＋｜，＋｜－－（韵）

晓来江上荻花秋。做弄个离愁。半竿残日，两行珠泪，一叶扁舟。

须知此去应难遇，直待醉方休。如今眼底，明朝心上，后日眉头。

——张孝祥

又有后段起句入韵者，如赵长卿"南枝消息杳然间"词。

南枝消息杳然间。寂寞倚雕栏。紫腰艳艳，青腰袅袅，风月俱闲。

佳人环佩玉珊珊。作恶探花还。玉纤捻粟，樱唇呵粉，愁点眉弯。

——赵长卿

章台柳

又名《杨柳枝》。

单调，二十七字。五句，三仄韵，一叠韵。

－＋｜（韵）－－｜（叠）｜｜｜－－＋＋｜（韵）｜｜－－｜｜－，｜＋－＋＋－｜（韵）

章台柳。章台柳。昔日青青今在否。纵使长条似旧垂，也应攀折他人手。

——韩　翃

又有起句不入韵，第二句不叠韵者，如柳氏"杨柳枝"词。

杨柳枝，芳菲节。可恨年年赠离别。一叶随风忽报秋，纵使君来岂堪折。

——柳　氏

望梅花

又名《望梅花令》。

单调，三十八字。六句，六仄韵。

—｜———｜（韵）｜｜———｜（韵）｜｜———｜｜（韵）｜｜———｜（韵）—｜｜——｜｜（韵）—｜———｜（韵）

春草全无消息。腊雪犹余踪迹。越岭寒枝香自折。冷艳奇芳堪惜。何事寿阳无处觅。吹入谁家横笛。

——和　凝

又一体

双调，三十八字。前段三句，两平韵。后段三句，三平韵。

｜——｜｜——（韵）｜｜｜、———｜，｜｜——｜—（韵）

—｜｜——（韵）—｜——｜｜—（韵）—｜｜——（韵）

数枝开与短墙平。见雪萼、红跗相映，引起谁人边塞情。

帘外欲三更。吹断离愁月正明。空听隔江声。

——孙光宪

又一体

双调，七十二字。前后段各六句，四仄韵。

　　　｜－－｜（韵）｜｜｜｜－－｜（韵）－｜｜｜－－｜｜，
｜｜－－－｜（韵）－｜｜｜－｜｜，｜｜－－｜｜（韵）
　　　｜－－｜（韵）｜｜｜｜－｜（韵）｜｜｜－－｜｜，
｜｜－－｜｜（韵）－｜｜－－｜｜，｜｜｜－－｜（韵）

　　一阳初起。暖力未胜寒气。堪赏素华长独秀，不并开红
抽紫。青帝只应怜洁白，不使雷同众卉。

　　淡然难比。粉蝶岂知芳蕊。半夜卷帘如乍失，只在银蟾
影里。残雪枝头君认取，自有清香猗旎。

——蒲宗孟

望仙门

双调，四十六字。前段四句，四平韵；后段五句，三平韵，
一叠韵。

　　　｜－－｜｜－－（韵）｜－－（韵）＋－＋｜｜－－
（韵）｜－－（韵）
　　　＋｜－－｜，－－｜｜－－（韵）｜－－｜｜－－
（韵）｜－－（叠）－｜｜－－（韵）

　　紫薇枝上露华浓。起秋风。管弦声细出帘栊。象筵中。
仙酒斟云液，仙歌转绕梁虹。此时佳会庆相逢。庆相

逢。欢醉且从容。

——晏 殊

望江东

双调,五十二字。前后段各四句,四仄韵。

　　－｜－－｜－｜(韵) ｜｜｜、－－｜(韵) －－｜｜
｜－｜(韵) ｜｜｜、－－｜(韵)

　　－－｜｜－－｜(韵) ｜｜｜、－－｜(韵) ｜－－｜
｜－｜(韵) ｜－｜、－－｜(韵)

　　江水西头隔烟树。望不见、江东路。思量只有梦来去。
更不怕、江阑住。

　　灯前写了书无数。算没个、人传与。直饶寻得雁分付。
又还是、秋将暮。

——黄庭坚

望江怨

单调,三十五字。七句,六仄韵。

　　－－｜(韵) ｜｜－－｜－｜(韵) －－－｜｜(韵)
｜－－｜－－｜(韵) ｜－｜(韵) ｜｜｜－－,｜－－｜
｜(韵)

　　东风急。惜别花时手频执。罗帏愁独入。马嘶残雨春芜
湿。倚门立。寄语薄情郎,粉香和泪泣。

——牛 峤

望海潮

双调，一百零七字。前段十一句，五平韵；后段十一句，六平韵。

　　＋－－｜，－－＋｜，＋－＋｜－－（韵）－｜｜－，－－｜｜，＋－＋｜－－（韵）＋｜｜－－（韵）｜＋＋＋｜，＋｜－－（韵）＋｜－－，＋＋＋｜｜－－（韵）

　　＋－＋｜－－（韵）｜＋－｜｜，－｜－－（韵）－｜｜－，－－｜｜，＋－＋｜－－（韵）＋｜｜－－（韵）＋＋－＋｜，＋｜－－（韵）＋｜－－＋｜，＋｜｜－－（韵）

　　东南形胜，三吴都会，钱塘自古繁华。烟柳画桥，风帘翠幕，参差十万人家。云树绕堤沙。怒涛卷霜雪，天堑无涯。市列珠玑，户盈罗绮竞豪奢。

　　重湖叠巘清嘉。有三秋桂子，十里荷花。羌管弄晴，菱歌泛夜，嬉嬉钓叟莲娃。千骑拥高牙。乘醉听萧鼓，吟赏烟霞。异日图将好景，归去凤池夸。

——柳　永

又有后段结尾处作四言一句、七言一句者，如秦观、晁补之、吕渭老等人词。此处列一例。

　　梅英疏淡，冰澌溶泄，东风暗换年华。金谷俊游，铜驼巷陌，新晴细履平沙。长记误随车。正絮翻蝶舞，芳思交加。柳下桃蹊，乱分春色到人家。

　　西园夜饮鸣笳。有华灯碍月，飞盖妨花。兰苑未空，行人渐老，重来是事堪嗟。烟暝酒旗斜。但倚楼极目，时见栖鸦。无奈归心，暗随流水到天涯。

——秦　观

谒金门

又名《空相忆》《花自落》《垂杨碧》《杨花落》《山塞》《东风吹酒面》《不怕醉》《醉花春》《春早湖山》等。

双调，四十五字。前后段各四句，四仄韵。

＋＋｜（韵）＋｜＋－＋｜（韵）＋｜＋－－｜｜（韵）＋＋－＋｜（韵）

＋｜＋－＋｜（韵）＋｜＋－＋｜（韵）＋｜＋－－｜｜（韵）＋＋－＋｜（韵）

空相忆。无计得传消息。天上嫦娥人不识。寄书何处觅。

新睡觉来无力。不忍把伊书迹。满院落花春寂寂。断肠芳草碧。

——韦　庄

又有前后段第二句俱作折腰句法者，如周必大词。后段起句作三言两句者，如孙光宪词。后段起句多一字作七言者，如王安石、朱子厚等人词。此处列一例。

春又老。南陌酒香梅小。遍地落花浑不扫。梦回情意悄。

红笺寄与添烦恼。细写相思多少。醉后几行书字小。泪痕都揾了。

——王安石

减字木兰花

又名《木兰香》。

双调，四十四字。前后段各四句，两仄韵，两平韵。

此调换韵时，可不必拘于另换，亦可换同部侧韵，即"换同部仄韵"或"换同部平韵"。

　　＋－＋｜（仄韵）＋｜＋－－｜｜（韵）＋｜－－（换平韵）＋｜－－＋｜－（韵）

　　＋－＋｜（另换仄韵）＋｜＋－－｜｜（韵）＋｜－－（另换平韵）＋｜－－＋｜－（韵）

　　天涯旧恨。独自凄凉人不问。欲见回肠。断尽金炉小篆香。

　　黛蛾长敛。任是春风吹不展。困倚危楼。过尽飞鸿字字愁。

——秦　观

清平乐

又名《忆萝月》《醉东风》。

双调，四十六字。前段四句，四仄韵；后段四句，三平韵。

　　＋＋＋｜（韵）＋｜－－｜（韵）＋｜＋－－＋｜（韵）＋＋＋－＋｜（韵）

　　＋＋＋｜－－（换平韵）＋＋＋｜＋－（韵）＋｜＋－＋｜，＋＋＋｜－－（韵）

　　春归何处。寂寞无行路。若有人知春去处。唤取归来同住。

　　春无踪迹谁知。除非问取黄鹂。百啭无人能解，因风飞过蔷薇。

——黄庭坚

又一体

　　双调，四十六字。前段四句，四仄韵；后段四句，三仄韵。

　　｜——｜（韵）—｜｜—｜（韵）—｜——｜—｜（韵）｜｜｜——｜（韵）

　　｜｜—｜——，｜｜——｜｜（韵）—｜———｜（韵）｜｜｜——｜（韵）

　　画堂晨起。来报雪花坠。高卷帘栊看佳瑞。皓色远迷庭砌。

　　盛气光引炉烟，素草寒生玉佩。应是天仙狂醉。乱把白云揉碎。

——李　白

清波引

　　双调，八十四字。前后段各八句，六仄韵。

　　＋—一｜（韵）｜＋｜、｜—｜｜（韵）｜——｜（韵）＋＋｜—｜（韵）｜｜＋—｜，｜｜———｜（韵）｜—＋｜——，＋—｜、｜—｜（韵）

　　——｜｜（韵）｜—｜、—｜｜（韵）｜——｜（韵）｜—｜—｜（韵）—＋＋—｜，｜｜＋——｜（韵）

＋＋＋｜－－，｜－＋｜（韵）

冷云迷浦。倩谁唤、玉妃起舞。岁华如许。野梅弄眉妩。屐齿印苍藓，渐为寻花来去。自随秋雁南来，望江国、渺何处。

新诗漫与。好风景、长是暗度。故人知否。抱幽恨难语。何时共渔艇，莫负沧浪烟雨。况有清夜啼猿，怨人良苦。

——姜　夔

又有前后段第五句俱押韵、后段第二句六字者，如张炎"江涛如许"词。

江涛如许。更一夜、听风听雨。短篷容与。盘礴那堪数。弭节澄江树。不为莼鲈归去。怕教冷落芦花，谁招得、旧鸥鹭。

寒汀古潋。尽日无人唤渡。此中清楚。寄情在谭麈。难觅真闲处。肯被水云留住。泠然棹入川流，去天尺五。

——张　炎

清风满桂楼

双调，一百零一字。前段九句，五仄韵；后段九句，六仄韵。

　　－－｜｜（韵）｜｜－－，－－｜－－｜（韵）－｜｜
－－，－｜｜、－－｜－－｜（韵）－－｜｜｜，｜－｜、
－－－｜（韵）－－｜、－－｜｜，｜｜－－｜（韵）

　　－－｜－｜（韵）｜｜－－，－－｜－－｜（韵）－｜
｜－－，－｜｜、－－｜－－｜（韵）－－｜｜｜（韵）｜

－｜、－－｜｜（韵）－－｜，－｜－－｜｜（韵）

　　凉飙霁雨。万叶吟秋，团团翠深红聚。芳桂月中来，应是染、仙禽顶砂匀注。晴光助绛色，更都润、丹霄风露。连朝看、枝间粟粟，巧裁霞缕。

　　烟姿照琼宇。上苑移时，根连海山佳处。回看碧岩边，薇露过、残黄韵低尘污。诗人谩自许。道曾向、蟾宫折取。斜枝戴，惟称瑶池伴侣。

——曹　勋

渔歌子

　　又名《渔父》《渔父乐》。
　　单调，二十七字。五句，四平韵。

　　＋｜－－｜｜－（韵）＋－＋｜｜－－（韵）－｜｜，｜－－（韵）＋－＋｜｜－－（韵）

　　西塞山前白鹭飞。桃花流水鳜鱼肥。青箬笠，绿蓑衣。斜风细雨不须归。

——张志和

　　又有起句不入韵者，如李煜“浪花有意千里雪”词。

　　浪花有意千里雪，桃花无言一队春。一壶酒，一竿身。快活如侬有几人。

——李　煜

又一体

　　单调，二十五字。五句，三仄韵。

　　－｜｜，－－｜（韵）＋｜｜－－｜（韵）＋－＋｜｜
－－，｜｜＋－－｜（韵）

　　渔父饮，谁家去。鱼蟹一时分付。酒无多少醉为期，彼
此不论钱数。

——苏　轼

又一体

　　双调，五十字。前后段各六句，四仄韵。

　　｜－－，－＋｜（韵）＋－＋｜－＋｜（韵）＋＋＋，
＋＋｜（韵）＋｜｜＋－＋｜（韵）

　　｜＋－，－｜｜（韵）＋－＋｜－－｜（韵）＋＋＋，
＋＋｜（韵）＋｜＋－＋｜（韵）

　　晓风清，幽沼绿。倚栏凝望珍禽浴。画帘垂，翠屏曲。
满袖荷香馥郁。

　　好撼怀，堪寓目。身闲心静平生足。酒杯深，光影促。
名利无心较逐。

——顾　敻

　　又有前后段第五句俱不押韵者，如孙光宪词。

　　草芊芊，波漾漾。湖边草色连波涨。沿蓼岸，泊枫汀，
天际玉轮初上。

　　扣舷歌，联极望。桨声伊轧知何向。黄鹄叫，白鸥眠，
谁似侬家疏旷。

——孙光宪

渔家傲

双调，六十二字。前后段各五句，五仄韵。

　　＋｜＋－－＋｜（韵）＋－＋｜＋－｜（韵）＋｜＋－
－｜｜（韵）－＋｜（韵）＋＋＋＋－－｜（韵）

　　＋｜＋－－｜｜（韵）＋－－＋＋－｜（韵）＋｜＋－
－＋｜（韵）＋＋｜（韵）＋－＋｜－－｜（韵）

　　画鼓声中昏又晓。时光只解催人老。求得浅欢风日好。
齐揭调。神仙一曲渔家傲。

　　绿水悠悠天杳杳。浮生岂得长年少。莫惜醉来开口笑。
须信道。人间万事何时了。

——晏　殊

　　又有前后段第四句作叠韵者，如周紫芝“遇坎乘流随分了”
词。

　　遇坎乘流随分了。鸡虫得失能多少。儿辈雌黄堪一笑。
堪一笑。鹤长凫短从他道。

　　几度秋风吹梦到。花姑溪上人空老。唤取扁舟归去好。
归去好。孤篷一枕秋江晓。

——周紫芝

　　又有前后段第二句七字句作四言、五言两句者，如蔡伸“烟
锁池塘秋欲暮”词。

　　烟锁池塘秋欲暮。细细荷香，直到双栖处。并枕东窗听
夜雨。偎金缕。云深不见来时路。

晓色朦胧人去住。香覆重帘，密密闻私语。日断征帆归别浦。空凝伫。苔痕绿印金莲步。

——蔡　伸

又一体

双调，六十二字。前后段各五句，两平韵、三仄韵。

　　－｜－－｜｜－（韵）－－｜｜｜－－（韵）－｜｜－
－｜｜（押同部仄韵）－十｜（韵）｜－十｜－－｜（韵）

　　－｜－－｜｜－（归平韵）十－十｜｜－－（韵）十｜
十－－｜｜（归仄韵）－－｜（韵）｜－－｜－－（韵）

疏雨才收淡净天。微云绽处月婵娟。寒雁一声人正远。添幽怨。那堪往事思量遍。

谁道绸缪两意坚。水萍风絮不相缘。舞鉴鸾肠虚寸断。芳容变。好将憔悴教伊见。

——杜安世

淡黄柳

双调，六十五字。前段五句，五仄韵；后段七句，五仄韵。

　　十－｜｜（韵）－｜－－｜（韵）｜｜－－－｜｜
（韵）｜｜－－十｜（韵）－｜－－｜－｜（韵）

　　｜－｜（韵）－－｜－｜（韵）十十｜、｜－｜（韵）
｜－－、｜｜－－｜（韵）｜｜－－，｜－－｜，－｜－－
｜｜（韵）

空城晓角。吹入垂杨陌。马上单衣寒恻恻。看尽鹅黄嫩绿。都是江南旧相识。

正岑寂。明朝又寒食。强携酒、小桥宅。怕梨花、落尽成秋色。燕燕飞来，问春何在，唯有池塘自碧。

——姜　夔

十 二 画

朝中措

又名《照江梅》《芙蓉曲》《梅月圆》。

双调，四十八字。前段四句，三平韵；后段五句，两平韵。

＋－＋｜｜－－（韵）＋｜｜－－（韵）＋｜＋－＋
｜，＋－＋｜－－（韵）

＋－＋｜，＋－＋｜，＋｜－－（韵）＋｜＋－＋｜，
＋－＋｜－－（韵）

平山阑槛倚晴空。山色有无中。手种堂前垂柳，别来几度春风。

文章太守，挥毫万字，一饮千钟。行乐直须年少，尊前看取衰翁。

——欧阳修

又有后段起句添一字作五言者，如蔡伸“章台杨柳自依依”词。

章台杨柳月依依。飞絮送春归。院宇日长人静，园林绿暗红稀。

庭前花谢了，行云散后，物是人非。唯有一襟清泪，凭
阑洒遍残枝。

——蔡　伸

前后段结句俱作七言且后段结句又作上三下四句法者，如贾
逸祖词。

青山隐隐水斜斜。修竹两三家。又是水寒山瘦，依然行
客遍天涯。

天教流落，东西南北，不恨年华。只恨夜来风雨，投明
月、老却梅花。

——贾逸祖

又有后段第一、二、三句作七言一句、五言一句，两句俱押
韵者，如辛弃疾、倪偶词。后段第一、二、三句作七言一句，五
言一句，起句不押韵者，如赵长卿、韩淲、洪咨夔词。后段第
一、二、三句作六言两句，起句不押韵者，如石孝友词。此处列
一例。

年年金蕊艳西风。人与菊花同。霜鬓经春重绿，仙姿不
饮长虹。

焚香度日尽从容。笑语调儿童。一岁一杯为寿，从今更
数千钟。

——辛弃疾

腊梅香

双调，一百字。前段十一句，四仄韵；后段十句，四仄韵。

　　｜｜－－，｜｜｜－－，｜－＋｜（韵）＋｜－－｜，｜｜－－｜，＋－－｜（韵）｜｜－－，－｜｜、＋－－｜（韵）｜｜－－，－－｜｜，｜－－「（韵）

　　＋｜｜－－，｜－－＋｜，｜＋－｜（韵）｜｜－－｜，－｜｜、－－｜－｜（韵）｜｜－－，－｜｜、－－－｜（韵）｜＋－＋，－－｜｜，＋＋－｜（韵）

　　锦里阳和，看万木凋时，早梅独秀。珍馆琼楼畔，正绛跗初吐，秾华将茂。国艳天葩，真淡伫、雪肌清瘦。似广寒宫，铅华未御，自然妆就。

　　凝睇倚朱阑，喷清香暗度，易袭襟袖。好与花为主，宜秉烛、频观泛湘酎。莫待南枝，随乐府、新声吹后。对赏心人，良辰好景，须信难偶。

——吴师孟

　　又有后段第五句不作上三下五一句，而作前五言、后四言两句者，如喻陟"晓日初长"词。

　　晓日初长，正锦里轻阴，小寒天气。未报春消息，早瘦梅先发，浅苞纤蕊。揾玉匀香，天赋与、风流标致。问陇头人，音容万里。待凭谁寄。

　　一样晓妆新，倚朱楼凝盼，素英如坠。映月临风处，度几声羌管，愁生乡思。电转光阴，须信道、飘零容易。且频欢赏，柔芳正好，满簪同醉。

——喻　陟

喝火令

　　双调，六十五字。前段五句，三平韵；后段七句，四平韵。

　　｜｜－－｜，－－｜｜－（韵）｜－－｜｜－－（韵）
　　－｜｜－－｜，－｜｜－－（韵）

　　｜｜－－｜，－－｜｜－（韵）｜－－｜｜－－（韵）
　　｜｜－－，｜｜｜－－（韵）｜｜｜－－｜，｜｜｜－－
（韵）

　　见晚情如旧，交疏分已深。舞时歌处动人心。烟水数年
魂梦，无处可追寻。
　　昨夜灯前见，重题汉上襟。便愁云雨又难禁。晓也星
稀，晓也月西沉。晓也雁行低度，不会寄芳音。

　　　　　　　　　　　　　　　　　　　　　　——黄庭坚

晴偏好

　　单调，二十四字。四句，四仄韵。

　　　－－－｜－－｜（韵）－－｜｜－－｜（韵）－－｜
（韵）－－｜｜－－｜（韵）

　　平湖千顷生芳草。芙蓉不照红颠倒。东坡道。波光潋滟
晴偏好。

　　　　　　　　　　　　　　　　　　　　　　——李霜崖

谢池春

　　又名《风中柳》《玉莲花》。
　　双调，六十六字。前后段各六句，四仄韵。

　　　＋｜－－，＋｜｜－－｜（韵）｜－－、－－｜｜

（韵）－－十丨，丨－－－丨（韵）丨十－、丨－－丨（韵）

－－十丨，丨丨十－－丨（韵）丨－－、－－丨丨

（韵）十－十丨，丨－－－丨（韵）丨－－、丨－－丨（韵）

壮岁从戎，曾是气吞残虏。阵云高、狼烽夜举。朱颜青
鬓，拥雕戈西戍。笑儒冠、自来多误。

功名梦断，却泛扁舟吴楚。漫悲歌、伤怀吊古。烟波无
际，望秦关何处。叹流年、又成虚度。

——陆　游

谢池春慢

双调，九十字。前后段各十句，五仄韵。此调前后段第三四
句、第五六句例作对偶。

十－－丨，－十丨、－－丨（韵）十丨丨－－，十丨－
－丨（韵）十丨－－丨，－丨－－丨（韵）丨－－，－丨丨
（韵）丨－－丨，－丨－－丨（韵）

－－丨丨，－丨丨、－－丨（韵）丨丨丨－十，十丨－
－丨（韵）丨丨－－丨，十丨－－丨（韵）－－十丨，－丨丨
（韵）十－十丨，－丨－－丨（韵）

缭墙重院，时闻有、啼莺到。绣被掩余寒，画阁明新
晓。朱槛连空阔，飞絮无多少。径莎平，池水渺。日长风
静，花影闲相照。

尘香拂马，逢谢女、城南道。秀艳过施粉，多媚生轻
笑。斗色鲜衣薄，碾玉双蝉小。欢难偶，春过了。琵琶流
韵，都入相思调。

——张　先

十三画

殢人娇

双调，六十八字。前后段各六句，四仄韵。前后段第五句例用上一下四句法。

　　｜｜－－，＋｜－－＋｜（韵）＋＋｜、＋－＋｜（韵）－－｜｜，｜＋－－｜（韵）＋｜｜、＋＋＋－＋｜（韵）

　　｜｜－－，＋－＋｜（韵）－＋｜、｜－－｜（韵）＋－＋｜，｜＋－＋｜（韵）＋｜｜、＋＋＋－＋｜（韵）

　　玉树微凉，渐觉银河影转。林叶静、疏红欲遍。朱帘细雨，尚迟留归燕。喜庆日、多少世人良愿。

　　楚竹惊鸾，秦筝起雁。萦舞袖、急翻罗荐。云回一曲，更轻栊檀板。香炷远、同祝寿期无限。

　　　　　　　　　　　　　　　　——晏　殊

又有后段结句或前后段结句九言一句俱作五言、四言两句者，如杨无咎"恼乱东君""露下天高"词；或后段第五句多一字，第六句作五言、四言两句者，如苏轼"白发苍颜"词。此处列一例。

　　恼乱东君，满目千花百卉。偏怜处、爱他秾李。莹然风骨，占十分春意。休漫说、唐昌观中玉蕊。

　　妒雪凝霜，凌红掩翠。看不足、可人情味。会须移种，向曲栏幽砌。愁绿叶成阴，道傍人指。

——杨无咎

又有前段第二句少两字，前后段第五句各少一字，前后段句式同者，如毛滂"短棹犹停""雪做屏风"词。此处列一例。

雪做屏风，花为行帐。屏帐里、见春模样。小晴未了，轻阴一饷。酒到处、恰如把春拈上。

官柳黄轻，河堤绿涨。花多处、少停兰桨。雪边花际，平芜叠幛。这一段、凄凉为谁怅望。

——毛　滂

鹊桥仙

又名《鹊桥仙令》《忆人人》《金风玉露相逢曲》《广寒秋》等。

双调，五十六字。前后段各五句，两仄韵。

　＋－＋｜，＋－＋｜，＋｜＋－＋｜（韵）＋－＋｜｜
－－，｜＋｜、－－＋｜（韵）

　＋－＋｜，＋－＋｜，＋｜＋－＋｜（韵）＋－＋｜｜
－－，｜＋｜、－－＋｜（韵）

纤云弄巧，飞星传恨，银汉迢迢暗度。金风玉露一相逢，便胜却、人间无数。

柔情似水，佳期如梦，忍顾鹊桥归路。两情若是久长时，又岂在、朝朝暮暮。

——秦　观

又有前后段第二句亦押韵者，如卢炳、方岳词。前后段第一、二句俱押韵者，如辛弃疾"溪边白鹭"词。有前段第三句多一字者，如黄庭坚"八年不见"词。有前后段第二句亦押韵，第三句各多一字者，如方岳词。此处列一例。

溪边白鹭。来吾告汝。溪里鱼儿堪数。主人怜汝汝怜鱼，要物我、欣然一处。

白沙远浦。青泥别渚。剩有虾跳鳅舞。任君飞去饱时来，看头上、风吹一缕。

——辛弃疾

又一体

双调，八十八字。前段十句，四仄韵；后段八句，七仄韵。

　|－－，－－|，－－||－－|（韵）|－－，－|
－|－－|（韵）－－－|||，|||－－|（韵）－|
|，|||－－，|－|－|（韵）
　|||－||（韵）|－－，|－－|（韵）－|||、
|－|－－|（韵）－－||－|（韵）||－－|（韵）
|－－|（韵）|－－－|（韵）

届征途，携书剑，迢迢匹马东归去。惨离怀，嗟少年易分难聚。佳人方恁缱绻，便忍分鸳侣。当媚景，算密意幽欢，尽成轻负。

此际寸肠万绪。惨愁颜、断魂无语。和泪眼、片时几番回顾。伤心脉脉谁诉。但黯然凝伫。暮烟寒雨。望秦楼何处。

——柳　永

楼上曲

双调，五十六字。前后段各四句，两仄韵、两平韵。

—｜＋——｜｜（仄韵）——＋｜——｜（韵）—｜＋—｜｜—（换平韵）——｜｜———（韵）

＋｜——｜｜（另换仄韵）｜——＋＋—｜（韵）＋—＋｜｜——（另换平韵）———｜｜——（韵）

楼外夕阳明远水。楼中人倚东风里。何事有情怨别离。低鬟背立君应知。

东望云山君去路。断肠迢迢尽愁处。明朝不忍见云山。从今休傍曲阑干。

——张元干

蓦山溪

又名《上阳春》《弄珠英》《心月照云溪》。

双调，八十二字。前后段各九句，三仄韵。

＋—＋｜，＋｜——｜（韵）＋＋｜——，＋—＋、＋—＋｜（韵）＋—＋｜，＋｜｜——，＋＋＋，＋＋＋，＋｜——｜（韵）

＋—＋｜，＋｜——｜（韵）＋｜｜——，＋＋＋、——＋｜（韵）＋—＋｜，＋｜｜——，＋＋＋，｜——，＋｜——｜（韵）

老来风味，是事都无可。只爱小书舟，剩围着、琅玕几个。呼风约月，随分乐生涯，不羡富，不忧贫，不怕乌蟾堕。

三杯径醉，转觉乾坤大。醉後百篇诗，尽从他、龙吟鹤和。升沉万事，还与本来天，青云上，白云间，一任安排我。

　　　　　　　　　　　　　　　　　　——程　垓

此调用韵不同者多。欧阳修、黄庭坚、贺铸、周邦彦、姜夔、石孝友等都有词例。如黄庭坚的几首《蓦山溪》用韵俱有所别。此处不一一列举，仅列两例。黄庭坚"山围江暮"词，前后段起句俱入韵；石孝友"莺莺燕燕"词，前后段起句、第七、八句俱押韵。

山围江暮。天镜开晴絮。斜影过梨花，照文星、老人星聚。清樽一笑，欢甚却成愁，别时襟，余点点，疑是高唐雨。

无人知处。梦里云归路。回雁晓风清，雁不来、啼鸦无数。心情老懒，尤物解宜人，春尽也，有南风，好便回帆去。

　　　　　　　　　　　　　　　　　　——黄庭坚

莺莺燕燕。摇荡春光懒。时节近清明，雨初晴、娇云弄暖。醉红湿翠，春意酿成愁，花似染。草如剪。已是春强半。

小鬟微盼。分付多情管。痴呆不知愁，想怕晚、贪春未惯。主人好事，应许玳筵开，歌眉敛。舞腰软。怎向轻分散。

　　　　　　　　　　　　　　　　　　——石孝友

锦帐春

双调，六十字。前段七句，四仄韵；后段七句，五仄韵。

　　＋｜－－，｜－－｜（韵）｜｜｜、－－－｜（韵）｜－－，－｜｜，｜－－＋｜（韵）｜－－｜（韵）

　　｜｜－－，｜－－｜（韵）｜＋｜、－－｜｜（韵）｜
－－，－｜｜（韵）｜＋－｜｜（韵）｜－－｜（韵）

　　春色难留，酒杯常浅。把旧恨、新愁相间。五更风，千
里梦，看飞红几片。这般庭院。
　　几许风流，几般娇懒。问相见、何如不见。燕飞忙，莺
语乱。恨重帘不卷。翠屏平远。

　　　　　　　　　　　　　　　　　　　　　——辛弃疾

　　又有前后段第六句俱不押韵者，如程珌《留春》词；后段第
四、五两句作五言一句者，如戴复古"处处逢花"词；前后段第
四、五、六句作五言、四言两句者，如丘崇"翠竹如屏"词。此
处列一例。

　　翠竹如屏，浅山如画。小池面、危桥一跨。著棕亭临
水，宛然郊野。竹篱茅舍。
　　好是天寒，倍添幽雅。正雪意、垂垂欲下。更朦胧月
影，弄明初夜。梅花动也。

　　　　　　　　　　　　　　　　　　　　　——丘　崇

感恩多

　　双调，三十九字。前段四句，两仄韵，两平韵；后段五句，
两平韵，一叠韵。

　　｜－－｜｜（仄韵）－｜－－｜（韵）｜－－｜－（换
平韵）｜－－（韵）
　　｜｜－－｜｜，｜－－（韵）｜－－（叠）｜｜－－，
｜－－｜－（韵）

两条红粉泪。多少香闺意。强攀桃李枝。敛愁眉。

陌上莺啼蝶舞，柳花飞。柳花飞。愿得郎心，忆家还早归。

——牛　峤

又有后段起句为七字句者。如牛峤"自从南浦别"词。

自从南浦别。愁见丁香结。近来情转深。忆鸳衾。

几度将书托烟雁，泪盈襟。泪盈襟。礼月求天，愿君知我心。

——牛　峤

虞美人

又名《玉壶冰》《忆柳曲》《一江春水》等。

双调，五十六字。前后段各四句，两仄韵，两平韵。

＋－＋｜－－｜（仄韵）＋｜－－｜（韵）＋－＋｜｜－－（换平韵）＋｜＋－－｜｜－－（韵）

＋－＋｜－－｜（另换仄韵）＋｜－－｜（韵）＋－＋｜｜－－（另换平韵）＋｜＋－－｜｜－－（韵）

春花秋月何时了。往事知多少。小楼昨夜又东风。故国不堪回首月明中。

雕栏玉砌应犹在。只是朱颜改。问君能有几多愁。恰似一江春水向东流。

——李　煜

此体前后段结句九字可一语贯之，亦可上六下三、上四下五句法。

又有后段前两句另换仄韵，后两句不另换平韵，而归前段平韵者，如张炎词。有后段前两句不另换仄韵，而归前段仄韵，后两句另换平韵者，如冯延巳、周邦彦等人词。有后段前两句归前段仄韵，后两句归前段平韵者，如张炎词。此处列一例。

　　黄金谁解教歌舞。留得当时谱。断情残意落人间。汉上行云迷却、旧巫山。

　　妆楼何处寻樊素。空误周郎顾。一帘秋雨翦灯看。无限羁愁分付、玉箫寒。

——张　炎

又一体

双调，五十八字。前后段各五句，两仄韵，三平韵。

　　＋－＋｜－－｜（仄韵）＋｜－－｜（韵）＋－＋｜｜－－（换平韵）＋－＋｜｜－－（韵）｜－－（韵）

　　＋－＋｜－－｜（另换仄韵）＋｜－－｜（韵）＋－＋｜｜－－（另换平韵）＋－＋｜｜－－（韵）｜－－（韵）

　　宝檀金缕鸳鸯枕。绶带盘宫锦。夕阳低映小窗明。南园绿树语莺莺。梦难成。

　　玉炉香暖频添炷。满地飘轻絮。珠帘不卷度沉烟。庭前闲立画秋千。艳阳天。

——毛文锡

又有前段押同一平韵，后段另换平韵者，如顾敻词。有前段押同一平韵，后段前两句换仄韵，后三句另换平韵者，如顾敻词。有后段前两句归前段仄韵，后三句归前段平韵者，如晁补之词。此处列一例。

　　触帘风送景阳钟。鸳被绣花重。晓帏初卷冷烟浓。翠匀粉黛好仪容。思娇慵。

　　起来无语理朝妆。宝匣镜凝光。绿荷相倚满池塘。露清枕簟藕花香。恨悠扬。

——顾　夐

暗香

　　又名《红情》。

　　双调，九十七字。前段九句，五仄韵；后段十句，七仄韵。

　　＋－＋｜（韵）｜＋－＋｜，＋－－｜（韵）｜｜＋－，＋｜－－｜－｜（韵）＋｜＋－｜｜，＋＋＋、＋－－｜（韵）＋＋＋、＋｜－－，＋｜｜－｜（韵）

　　＋｜（韵）｜＋｜（韵）｜｜｜＋＋－，＋＋－｜（韵）｜－｜｜（韵）－｜＋－｜－｜（韵）＋｜－－＋｜，＋＋＋、＋－－｜（韵）｜＋｜、－｜｜，｜－｜｜（韵）

　　旧时月色。算几番照我，梅边吹笛。唤起玉人，不管清寒与攀摘。何逊而今渐老，都忘却、春风词笔。但怪得、竹外疏花，香冷入瑶席。

　　江国。正寂寂。叹寄与路遥，夜雪初积。翠尊易泣。红萼无言耿相忆。长记曾携手处，千树压、西湖寒碧。又片片、吹尽也，几时见得。

——姜　夔

　　又有前段结句加一字，作三言两句；后段第三句九字，作上三下六句法且押韵者，如彭子翔"停云望极"词。

停云望极。问秀溪何似，英溪风月。劫火灰飞，又见雕檐照寒碧。何事归来归去，似熙载、江南江北。还又向、殊乡初度。故乡人，却为客。

是则。家咫尺。不是有、莼羹鲈鲙堪忆。从心时节。消得山阴几双屐。莫把放翁笑我，又似忆、平泉花石。篱菊老、梅枝亚，不归怎得。

——彭子翔

塞翁吟

双调，九十二字。前段十句，六平韵；后段九句，四平韵。

+｜－－｜，+｜+｜－－（韵）+ +｜，｜－－（韵）｜｜｜｜－－（韵）－－｜｜－－｜，+｜｜｜－－（韵）+｜｜，｜－－（韵）｜+｜－－（韵）

－－（韵）+ +｜、－－+｜，－+｜、－－｜－（韵）｜+｜、－－+｜，｜｜｜、｜｜－－，+｜－－（韵）+－｜｜，｜｜－－，+｜－－（韵）

暗叶啼风雨，窗外晓色珑璁。散水麝，小池东。乱一岸芙蓉。蕲州簟展双纹浪，轻帐翠缕如空。梦远别，泪痕重。淡铅脸斜红。

忡忡。嗟憔悴、新宽带结，羞艳冶、都销镜中。有蜀纸、堪凭寄恨，等今夜、洒血书词，剪烛亲封。菖蒲渐老，早晚成花，教见薰风。

——周邦彦

满庭芳

又名《满庭霜》《满庭花》《潇湘夜雨》《话桐乡》等。

双调，九十五字。前后段各十句，四平韵。

　＋｜－－，＋－＋｜，＋－＋｜－－（韵）＋－＋｜，
＋｜｜－－（韵）＋｜＋－＋｜，＋＋｜、＋｜－－（韵）
＋－｜，＋－＋｜，＋｜｜－－（韵）

　　｜　　｜｜，＋－＋｜，＋｜｜－－（韵）｜＋＋，＋＋
＋｜－－（韵）＋｜＋－＋｜，＋＋｜、＋｜－－（韵）－
－｜，＋－＋｜，＋｜｜－－（韵）

　南苑吹花，西楼题叶，故园欢事重重。凭阑秋思，闲记
旧相逢。几处歌云梦雨，可怜便、流水西东。别来久，浅情
未有，锦字系征鸿。

　年光还少味，开残槛菊，落尽溪桐。漫留得，尊前淡月
西风。此恨谁堪共说，清愁付、绿酒杯中。佳期在，归时待
把，香袖看啼红。

　　　　　　　　　　　　　　　　　　　　　　——晏几道

　又有后段第四句五言，第五句四言者，如李弥逊、沈瀛、方
岳词。后段起句作二言、三言两句且起句入韵者，如苏轼、黄庭
坚、秦观等人词。后段起句作二言、三言两句，起句不入韵者，
如陈允平词。后段起句作二言、三言两句，起句入韵；第四句五
言，第五句四言者，如苏轼、周邦彦词。后段起句作二言、三言
两句，起句不入韵；第四句五言，第五句四言者，如苏轼、黄庭
坚、李清照、程垓、韩淲、杨泽民等人词。前后段第七句各少一

字，俱作六言；后段起句作二言、三言两句，且起句入韵者，如黄公度词。

　　风老莺雏，雨肥梅子，午阴嘉树清圆。地卑山近，衣润费炉烟。人静乌鸢自乐，小桥外、新渌溅溅。凭阑久，黄芦苦竹，疑泛九江船。

　　年年。如社燕，飘流瀚海，来寄修椽。且莫思身外，长近尊前。憔悴江南倦客，不堪听、急管繁弦。歌筵畔，先安枕簟，容我醉时眠。

——周邦彦

又一体 （仄韵体）

　　双调，九十五字。前段十句，四仄韵；后段八句，四仄韵。

　　－｜－－，－－－｜，｜－－｜－｜（韵）｜－｜｜，
｜－｜－｜（韵）｜｜｜－－｜｜，｜｜｜｜－－｜（韵）－
－｜，－－｜｜，－｜｜｜－｜（韵）

　　－－－｜｜，－｜｜、｜－｜｜－｜（韵）｜－－｜，
－｜－｜（韵）｜｜｜－－｜｜，－－、｜｜－｜（韵）－
－｜、－－｜｜，－｜｜｜－｜（韵）

　　风急霜浓，天低云淡，过来孤雁声切。雁儿且住，略听自家说。你是离群到此，我共那人才相别。松江岸，黄芦影里，天更待飞雪。

　　声声肠欲断，和我也、泪珠点点成血。一江流水，流也呜咽。告你高飞远举，前程事、永没磨折。须知道、飘零聚散，终有见时节。

——刘　焘

满江红

双调，九十三字。前段八句，四仄韵；后段十句，五仄韵。

　　＋｜－－，＋＋｜、＋－＋｜（韵）＋＋＋、＋－＋
｜，＋－＋｜（韵）＋｜＋－－｜｜，＋－＋｜－－｜
（韵）｜＋＋、＋｜｜－－，－－｜（韵）

　　＋＋｜，－＋｜（韵）－＋｜，－－｜（韵）＋－＋＋
｜，＋＋－｜（韵）＋｜＋－－｜｜，＋－＋｜－－｜
（韵）＋＋＋、＋｜｜－－，－－｜（韵）

　　怒发冲冠，凭栏处、潇潇雨歇。抬望眼、仰天长啸，壮
怀激烈。三十功名尘与土，八千里路云和月。莫等闲、白了
少年头，空悲切。

　　靖康耻，犹未雪。臣子恨，何时灭。驾长车踏破，贺兰
山缺。壮志饥餐胡虏肉，笑谈渴饮匈奴血。待从头、收拾旧
山河，朝天阙。

——岳　飞

　　又有前段第五句、后段第七句俱押韵者，如张元干"春水迷
天"词。前段第二句作四言两句者，如张昪"无利无名"词。前
段第三句作五言者，如叶梦得"一朵黄花"词。又有前段第三、
四句作七言一句，上三下四句法者，如吕渭老"晚浴新凉"词。
前段第三句作三言、第四句作六言者，如叶梦得、吕渭老词。前
段第三句作八言，上三下五句法者，如辛弃疾"点火樱桃"词。
此处列一例。

　　点火樱桃，照一架、荼蘼如雪。春正好、见龙孙穿破，

紫苔苍壁。乳燕引雏飞力弱，流莺唤友娇声怯。问春归、不肯带愁归，肠千结。

层楼望，春山叠。家何在。烟波隔。把古今遗恨，向他谁说。蝴蝶不传千里梦，子规叫断三更月。听声声、枕上劝人归，归难得。

——辛弃疾

又有后段第七句多一字作八言者，如苏轼"忧喜相寻"等词。后段第七、八句俱作八言者，如赵鼎"惨结秋阴"词。后段第五句作三言，第六句作六言者，如戴复古"赤壁矶头"词。

赤壁矶头，一番过、一番怀古。想当时、周郎年少，气吞区宇。万骑临江貔虎噪，千艘列炬鱼龙怒。卷长波、一鼓困曹瞒，今如许。

江上渡，江边路。形胜地，兴亡处。览遗踪，胜读史书言语。几度东风吹世换，千年往事随潮去。问道傍、杨柳为谁春，摇金缕。

——戴复古

又一体（平韵体）

双调，九十三字。前段八句，四平韵；后段十句，五平韵。

　　－｜－－，｜｜｜、－｜｜－（韵）－－｜、｜－－｜，－｜－－（韵）｜｜－－－｜｜，－－－｜｜｜（韵）｜｜－、－｜｜－－，－｜－（韵）

　　－－｜，－｜－（韵）｜－｜，｜－－（韵）｜｜－－｜，｜｜－－（韵）－－－｜｜｜｜，｜－－－｜｜（韵）｜｜－、－｜｜－－，－｜－（韵）

仙姥来时，正一望、千顷翠澜。旌旗共、乱云俱下，依约前山。命驾群龙金作轭，相从诸娣玉为冠。向夜深、风定悄无人，闻佩环。

神奇处，君试看。奠淮右，阻江南。遣六丁雷电，别守东关。却笑英雄无好手，一篙春水走曹瞒。又怎知、人在小红楼，帘影间。

——姜　夔

十四画

碧牡丹

双调，七十五字。前段九句，五仄韵；后段九句，六仄韵。

｜｜——｜（韵）｜｜｜，——｜（韵）｜｜——，｜
｜＋——｜（韵）｜｜——，｜｜——｜（韵）＋——，｜
—｜（韵）

｜—｜（韵）＋｜——（韵）——｜——｜（韵）｜
｜——，｜—｜｜—｜（韵）｜｜——，｜｜——｜（韵）
｜——，｜—｜（韵）

步帐摇红绮。晓月堕，沈烟砌。缓板香檀，唱彻伊家新制。怨入眉头，敛黛峰横翠。芭蕉寒，雨声碎。

镜华翳。闲照孤鸾戏。思量去时容易。钿盒瑶钗，至今冷落轻弃。望极蓝桥，但暮云千里。几重山，几重水。

——张　先

又有前段第二、三句作五言一句，前后段最后两句各作六言一句者，如晏几道"翠袖疏纨扇"词。

　　　　翠袖疏纨扇。凉叶催归燕。一夜西风，几处伤高怀远。细菊枝头，开嫩香还遍。月痕依旧庭院。

　　　　事何限。怅望秋意晚。离人鬓华将换。静忆天涯，路比此情犹短。试约鸾笺，传素期良愿。南云应有新雁。

　　　　　　　　　　　　　　　　　　——晏几道

　　又有前段第八句多两字作五言，后段多处句式不同者，如晁补之"渐老闲情减"词。

　　　　渐老闲情减。春山事，撩心眼。似血桃花，似雪梨花相间。望极雅川，阳焰迷归雁。征鞍方长坂。正魂乱。

　　　　旧事如云散。良游盛年俱换。罢说功名，但觉青山归晚。记插宫花，扶醉蓬莱殿。如今霜尘满。

　　　　　　　　　　　　　　　　　　——晁补之

端正好

　　又名《于中好》。

　　双调，五十四字。前后段各四句，四仄韵。

　　　　＋＋＋＋－＋｜（韵）＋－＋、＋－－｜（韵）＋－｜
＋－－｜（韵）｜＋＋、－－｜（韵）

　　　　＋＋＋＋＋－｜（韵）＋＋＋、＋＋－｜（韵）＋－＋
＋－－｜（韵）｜＋｜、－－｜（韵）

　　　　野禽林栖啾唧语。闲庭院、残阳将暮。兰堂静悄珠帘窣。想玉人、归何处。

喜鹊几回薄无据。愁都在、双眉头聚。凄凉方感孤鸳
侣。对夜永、成愁绪。

——杜安世

潇湘神

单调，二十七字。五句，三平韵，一叠韵。

－｜－（韵）－｜－（叠）｜－＋｜｜－－（韵）＋｜
｜－－｜｜，－－－｜｜－－（韵）

斑竹枝。斑竹枝。泪痕点点寄相思。楚客欲听瑶瑟怨，
潇湘深夜月明时。

——刘禹锡

十 五 画

醉太平

又名《凌波曲》《醉思凡》《四字令》等。
双调，三十八字。前后段同，各四句，四平韵。

－＋｜－（韵）－＋｜－（韵）＋－＋｜｜－－（韵）｜
－－｜－（韵）

＋－｜－（韵）＋－｜－（韵）＋－＋｜｜－－（韵）｜
＋－｜－（韵）

情高意真。眉长鬓青。小楼明月调筝。写春风数声。
思君忆君。魂牵梦萦。翠绡香暖云屏。更那堪酒醒。

——刘　过

又一体（仄韵体）

双调，四十六字。前后段各四句，四仄韵。

　　｜－｜｜（韵）－－｜｜（韵）｜－－｜｜－（韵）
｜－－｜｜（韵）

　　－－－｜－－｜（韵）－－｜｜－－｜（韵）｜｜－－
｜－｜（韵）｜－－｜｜（韵）

　　态浓意远。眉颦笑浅。薄罗衣窄絮风软。鬓云欺翠卷。
南园花树春光暖。红香径里榆钱满。欲上秋千又惊懒。
且归休怕晚。

——辛弃疾《春晚》

醉春风

又名《怨东风》。

双调，六十四字。前后段各九句，四仄韵，两叠韵。

　　＋｜－－｜（韵）－－－｜｜（韵）＋－－｜｜－－，
｜（韵）｜（叠）｜（叠）＋｜－－，＋－－｜，｜－－｜
（韵）

　　｜｜＋－｜（韵）＋＋－＋｜（韵）＋－＋｜｜－－，
｜（韵）｜（叠）｜（叠）＋｜｜－，＋－＋｜，｜－－｜
（韵）

　　楼外屏山秀。凭阑新梦后。归云何许误心期，候。候。
候。到陇梅花，渡江桃叶，断魂招手。
楚制汗衫旧。啼妆曾枕袖。东阳咏罢不胜情，瘦。瘦。
瘦。隋岸伤离，渭城怀远，一枝烟柳。

——贺　铸

又有前后段第三句俱押同部平韵者，如朱敦儒、陈德武词。

推枕床羞下。临鸾眉不画。妒深谁复白圭瑕。怕。怕。怕。飞燕班姬，昭君延寿，孰知淫雅。

背倚荼䕷架。泪满鲛绡帕。白头吟断怨琵琶。罢。罢。罢。采柏卖珠，牵萝补屋，顺天生化。

——陈德武

醉花间

双调，四十一字。前段五句，三仄韵，一叠韵；后段四句，三仄韵。

－－｜（韵）｜－｜（叠）－｜－－｜（韵）－｜｜－－，｜｜｜－－｜（韵）

－－－｜｜（韵）｜｜｜－－｜（韵）－－｜｜｜－，－｜－－｜（韵）

深相忆。莫相忆。相忆情难极。银汉是红墙，一带遥相隔。

金盘珠露滴。两岸榆花白。风摇玉佩清，今夕为何夕。

——毛文锡

又有后段起句不入韵者，如毛文锡"休相问"词。

休相问。怕相问。相问还添恨。春水满塘生，鸂鶒还相趁。

昨夜雨霏霏，临明寒一阵。偏忆戍楼人，久绝边庭信。

——毛文锡

又一体（仄韵体）

双调，五十字。前段四句，三仄韵；后段六句，三仄韵。

　　＋｜＋－－｜｜（韵）＋－－｜｜（韵）－｜｜－－，
－｜－－｜（韵）

　　＋－－｜｜，＋｜－－｜（韵）＋－＋｜｜（韵）＋－
＋｜＋－－，｜－－，－｜｜（韵）

　　独立阶前星又月。帘栊偏皎洁。霜树尽空枝，肠断丁香结。
　　夜深寒不寐，疑恨何曾歇。凭阑干欲折。两条玉箸为君
垂，此宵情，谁共说。

——冯延巳

又有后段起句入韵者，如冯延巳词别首。此处不列。

醉花阴

双调，五十二字。前后段各五句，三仄韵。

　　＋＋＋＋－＋｜（韵）＋＋－＋｜（韵）＋｜｜－－，
＋｜－－，＋｜－－｜（韵）

　　＋－＋｜－－｜（韵）＋｜－＋｜（韵）＋｜｜－－，
＋｜－－，＋｜＋－｜（韵）

　　薄雾浓云愁永昼。瑞脑销金兽。佳节又重阳，玉枕纱
厨，半夜凉初透。
　　东篱把酒黄昏后。有暗香盈袖。莫道不消魂，帘卷西
风，人比黄花瘦。

——李清照

醉蓬莱

又名《雪月交光》《冰玉风月》。

双调，九十七字。前段十一句，四仄韵；后段十二句，四仄韵。此调五言句皆作上一下四句法。

　　｜＋－＋｜，＋｜－－，＋－－｜（韵）＋｜－－，｜＋－－｜（韵）＋｜－－，＋＋＋｜，｜＋－－｜（韵）＋｜－－，＋－＋｜，＋－－｜（韵）

　　＋｜－－，＋－＋｜，＋｜－－，｜＋－｜（韵）＋｜－－，｜＋－－｜（韵）＋｜－－，｜＋＋｜，｜＋－－｜（韵）｜＋－＋，＋－＋｜，＋－－｜（韵）

　　　对朝云暧叇，暮雨霏微，乱峰相倚。巫峡高唐，锁楚宫朱翠。画戟移春，靓妆迎马，向一川都会。万里投荒，一身吊影，成何欢意。

　　　尽道黔南，去天尺五，望极神州，万里烟水。尊酒公堂，有中朝佳士。荔颊红深，麝脐香满，醉舞裀歌袂。杜宇声声，催人到晓，不如归是。

　　　　　　　　　　　　　　　　　——黄庭坚

又有后段开头三句作六字两句者，如苏轼"笑劳生一梦"词。另《钦定词谱》注：苏词"前段第七句'饮'字仄声，查宋词此字无用仄声者，或是'吟'字之讹"，故"不注可仄"。此说不可信，现查《全宋词》得知，程垓"算千葩百卉"词，前段第七句"冲涉多少"之"涉"字仄声。据此本书将此处注为可平可仄。

　　　笑劳生一梦，羁旅三年，又还重九。华发萧萧，对荒园搔首。赖有多情，好饮无事，似古人贤守。岁岁登高，年年落帽，物华依旧。

此会应须烂醉，仍把紫菊茱萸，细看重嗅。摇落霜风，有手栽双柳。来岁今朝，为我西顾，酹羽觞江口。会与州人，饮公遗爱，一江醇酎。

——苏　轼

又有后段第七、八、九句作七言、六言两句或六言、七言两句者，如王之道、李流谦等人词。此处列一首。另有个别句中加衬字者，此处不列。

对黄芦卧雨，苍雁横秋，江天重九。千载渊明，信风流称首。吟绕东篱，白衣何处，谁复当年偶。蓝水清游，龙山胜集，恍然依旧。

茰实嫩红，菊团余馥，付与佳人，比妍争嗅。一曲婆娑，看舞腰萦柳。举世纷纷名利逐，罕遇笑来开口。慰我寂寥，酬君酩酊，不容无酒。

——王之道

踏莎行

又名《柳长春》《踏雪行》等。

双调，五十八字。前后段各五句，三仄韵。

＋｜——，＋－＋｜（韵）＋－＋｜——｜（韵）＋－＋｜｜——，＋－＋｜——｜（韵）

＋｜——，＋－＋｜（韵）＋－＋｜——｜（韵）＋－＋｜｜——，＋－＋｜——｜（韵）

细草愁烟，幽花怯露。凭栏总是销魂处。日高深院静无人，时时海燕双飞去。

带缓罗衣，香残蕙炷。天长不禁迢迢路。垂杨只解惹春风，何曾系得行人住。

——晏　殊

又一体

双调，六十六字。前后段各六句，四仄韵。

　　｜｜——，——＋｜（韵）｜——｜｜、＋—｜（韵）
——＋｜，｜——｜｜（韵）——｜｜｜、——｜（韵）
　　｜｜——，——＋｜（韵）＋＋＋＋｜、｜—｜（韵）
——＋｜，｜＋—＋｜（韵）＋｜｜｜｜、＋—｜（韵）

翠幄成阴，谁家帘幕。绮罗香拥处、觥筹错。清和将近，奈春寒更薄。高歌看簌簌、梁尘落。

好景良辰，人生行乐。金杯无奈是、苦相虐。残红飞尽，袅垂杨轻弱。来岁断不负、莺花约。

——曾　觌

又有前后段第五句各少一字，作四言，结句俱作折腰句法者，如陈亮"洛浦尘生"词。

洛浦尘生，巫山梦断。旗亭烟草里、春深浅。梨花落尽，酴醾又绽。天气也似、寻常庭院。

向晚情怀，十分恼乱。水边佳丽地、近前细看。娉婷笑语，流觞美满。意思不到、夕阳孤馆。

——陈　亮

蝶恋花

又名《鹊踏枝》《黄金缕》《卷珠帘》《明月生南浦》《凤

栖梧》。

双调，六十字。前后段各五句，四仄韵。

+｜+－－｜｜（韵）+｜－－，+｜－－｜（韵）+
｜+－－｜｜（韵）+－+｜－－｜（韵）

+｜+－－｜｜（韵）+｜－－，+｜－－｜（韵）+
｜+－－｜｜（韵）+－+｜－－｜（韵）

庭院深深深几许。杨柳堆烟，帘幕无重数。玉勒雕鞍游
冶处。楼高不见章台路。

雨横风狂三月暮。门掩黄昏，无计留春住。泪眼问花花
不语。乱红飞过秋千去。

——欧阳修

鹤冲天

双调，八十四字。前段九句，五仄韵；后段八句，五仄韵。

－－｜｜，+｜－－｜（韵）+｜｜－+，－－｜
（韵）｜+－+｜，－+｜、－－｜（韵）+｜－－｜（韵）
+－+｜，+｜｜－+｜（韵）

－－｜｜－－｜（韵）++－｜｜，－－｜（韵）｜｜
－－｜，－｜｜、－－｜（韵）｜｜－+｜（韵）+－－
｜，｜+｜+－｜（韵）

咚咚鼓动，花外沉残漏。华月万枝灯，还清昼。广陌衣
香度，飞盖影、相先后。个处频回首。锦坊西去，期约武陵
溪口。

当时早恨欢难偶。可堪流浪远，分携久。小畹兰英在，

轻付与、何人手。不似长亭柳。舞风眠雨，伴我一春销瘦。

——贺　铸

又有前段起句入韵，后段起句七言一句作四言、五言两句者，如杜安世"清明天气"词；前段起句入韵，后段起句七言一句作四言、六言两句，第五句作六言者，如柳永"黄金榜上"词。此处不列。

十六画

撼庭秋

又名《感庭秋》。

双调，四十八字。前段五句，三仄韵；后段六句，两仄韵。

　　｜－－｜－｜（韵）｜｜｜－－｜（韵）｜－－｜，－－｜｜，｜－－｜（韵）

　　－－｜｜，－－－｜，｜－－｜（韵）｜－－－｜，－－｜｜，｜－－｜（韵）

　　别来音信千里。恨此情难寄。碧纱秋月，梧桐夜雨，几回无寐。

　　楼高目断，天遥云黯，只堪憔悴。念兰堂红烛，心长焰短，向人垂泪。

——晏　殊

又有欧阳修"红笺封了还重拆"词，句式相差较多，故不录入。

鹧鸪天

又名《思佳客》《思越人》《翦朝霞》《醉梅花》《骊歌一叠》等。

双调，五十五字。前段四句，三平韵；后段五句，三平韵。

　　＋＋＋＋＋＋－（韵）＋－＋｜｜－－（韵）＋－＋｜
＋－｜，＋｜－－＋｜－（韵）

　　＋＋｜，｜－－（韵）＋－＋｜｜－－（韵）＋－＋｜
－－｜，＋｜－－＋｜－（韵）

　　扑面征尘去路遥。香篝渐觉水沉销。山无重数周遭碧，
花不知名分外娇。

　　人历历，马萧萧。旌旗又过小红桥。愁边剩有相思句，
摇断吟鞭碧玉梢。

——辛弃疾

十七画

霜天晓角

又名《月当窗》《踏月》《长桥月》。

双调，四十三字。前段四句，三仄韵；后段五句，四仄韵。

　　＋－＋｜（韵）＋＋－＋｜（韵）＋｜｜－＋｜，＋＋
｜、＋＋｜（韵）

　　＋｜（韵）＋｜｜（韵）＋＋＋＋｜（韵）＋｜｜－＋
｜，＋＋｜、＋＋｜（韵）

　　冰清霜洁。昨夜梅花发。甚处玉龙三弄，声摇动、枝头月。

　　梦绝。金兽爇。晓寒兰烬灭。要卷珠帘清赏，且莫扫、阶前雪。

　　　　　　　　　　　　　　　　　——林　逋

　　又有前段起句多一字作五言者，如吴文英"香莓幽径滑"词。

　　香莓幽径滑。萦绕秋曲折。帘额红摇波影，鱼惊坠、暗吹沫。

　　浪阔。轻棹拨。武陵曾话别。一点烟红春小，桃花梦、半林月。

　　　　　　　　　　　　　　　　　——吴文英

又一体

　　双调，四十三字。前后段各四句，三仄韵。

　　　　＋－＋｜（韵）＋｜－－｜（韵）＋｜＋－－｜，＋＋｜、＋－｜（韵）

　　　　＋＋－＋｜（韵）＋＋－＋｜（韵）＋｜＋－＋｜，＋＋｜、＋－｜（韵）

　　吴头楚尾。一棹人千里。休说旧愁新恨，长亭树、今如此。

　　宦游吾倦矣。玉人留我醉。明日落花寒食，得且住、为佳耳。

　　　　　　　　　　　　　　　　　——辛弃疾

又有前后段第三句俱押韵者，如赵师侠词。前后段结句各作三言两句且前句押韵，结句叠韵者，如葛长庚词。前段起句多一字作五言者，如程垓词。此处列一例。

> 五羊安在。城市何曾改。十万人家阛阓，东亦海。西亦海。
> 年年蒲涧会。地接蓬莱界。老树知他一剑，千山外。万
> 山外。

——葛长庚

又一体

双调，四十三字。前段四句，三平韵；后段五句，四平韵。

　　＋｜－－（韵）＋－＋｜－（韵）＋｜＋－＋｜，＋＋
｜、｜－－（韵）

　　－－（韵）－｜－（韵）＋＋＋｜－（韵）＋｜＋－＋
｜，＋＋｜、｜－－（韵）

> 人影窗纱。是谁来折花。折则从他折去，知折去、向谁家。
> 檐牙。枝最佳。折时高折些。说与折花人道，须插向、
> 鬓边斜。

——蒋　捷

又有后段起句与第二句合为一句五言者，如曹冠、楼槃、黄机、陈允平等人词。又有前后段起句俱作五言不入韵者，如赵长卿"阁儿幽静处"词。此处列一例。

> 小雨濛濛。轻烟舞曳风。林樾高低疏密，依浅濑、媚遥峰。
> 浴鹭水溶溶。晴霞映晚红。拟向玉堂举似，摹写入、画图中。

——曹　冠

附　　录

附录一

笠 翁 对 韵

清·李渔

上 平 声

【一东】

　　天对地，雨对风。大陆对长空。山花对海树，赤日对苍穹。雷隐隐，雾蒙蒙。日下对天中。风高秋月白，雨霁晚霞红。牛女二星河左右，参商两曜斗西东。十月塞边，飒飒寒霜惊戍旅；三冬江上，漫漫朔雪冷鱼翁。

　　河对汉，绿对红。雨伯对雷公。烟楼对雪洞，月殿对天宫。云叆叇，日曈朦。腊屐对渔蓬。过天星似箭，吐魄月如弓。驿旅客逢梅子雨，池亭人抱藕花风。茅店村前，皓月坠林鸡唱韵；板桥路上，青霜锁道马行踪。

　　山对海，华对嵩。四岳对三公。宫花对禁柳，塞雁对江龙。清暑殿，广寒宫。拾翠对题红。庄周梦化蝶，吕望兆飞熊。北牖当风停夏扇，南檐曝日省冬烘。鹤舞楼头，玉笛弄残仙子月；凤翔台上，紫箫吹断美人风。

【二冬】

　　晨对午，夏对冬。下晌对高春。青春对白昼，古柏对苍松。垂钓客，荷锄翁。仙鹤对神龙。凤冠珠闪烁，螭带玉玲珑。三元及第才千顷，一品当朝禄万钟。花萼楼前，仙李盘根调国脉；沉香亭畔，娇杨擅宠起边风。

清对淡，薄对浓。暮鼓对晨钟。山茶对石菊，烟锁对云封。金菡萏，玉芙蓉。绿绮对青锋。早汤先宿酒，晚食继朝饔。唐库金钱能化蝶，延津宝剑会成龙。巫峡浪传，云雨荒唐神女庙；岱宗遥望，儿孙罗列丈人峰。

繁对简，叠对重。意懒对心慵。仙翁对释伴，道范对儒宗。花灼灼，草茸茸。浪蝶对狂蜂。数竿君子竹，五树大夫松。高皇灭项凭三杰，虞帝承尧殛四凶。内苑佳人，满地风光愁不尽；边关过客，连天烟草憾无穷。

【三江】

奇对偶，只对双。大海对长江。金盘对玉盏，宝烛对银釭。朱漆槛，碧纱窗。舞调对歌腔。兴汉推马武，谏夏著龙逢。四收列国群王伏，三筑高城众敌降。跨凤登台，潇洒仙姬秦弄玉；斩蛇当道，英雄天子汉刘邦。

颜对貌，像对庞。步辇对徒杠。停针对搁竺，意懒对心降。灯闪闪，月幢幢。揽辔对飞艭。柳堤驰骏马，花院吠村龙。酒量微熏琼杏颊，香尘没印玉莲双。诗写丹枫，韩文幽怀流节水；泪弹斑竹，舜妃遗憾积湘江。

【四支】

泉对石，干对枝。吹竹对弹丝。山亭对水榭，鹦鹉对鸬鹚。五色笔，十香词。泼墨对传巵。神奇韩干画，雄浑李陵诗。几处花街新夺锦，有人香径淡凝脂。万里烽烟，战士边头争宝塞；一犁膏雨，农夫村外尽乘时。

菹对醢，赋对诗。点漆对描脂。璠簪对珠履，剑客对琴师。

沽酒价，买山资。国色对仙姿。晚霞明似锦，春雨细如丝。柳绊长堤千万树，花横野寺两三枝。紫盖黄旗，天象预占江左地；青袍白马，童谣终应寿阳儿。

箴对赞，缶对卮。萤焰对蚕丝。轻裾对长袖，瑞草对灵芝。流涕策，断肠诗。喉舌对腰肢。云中熊虎将，天上凤凰儿。禹庙千年垂桔柚，尧阶三尺覆茅茨。湘竹含烟，腰下轻纱笼玳瑁；海棠经雨，脸边清泪湿胭脂。

争对让，望对思。野葛对山栀。仙风对道骨，天造对人为。专诸剑，博浪椎。经纬对干支。位尊民物主，德重帝王师。望切不妨人去远，心忙无奈马行迟。金屋闭来，赋乞茂陵题柱笔；玉楼成后，记须昌谷负囊词。

【五微】

贤对圣，是对非。觉奥对参微。鱼书对雁字，草舍对柴扉。鸡晓唱，雉朝飞。红瘦对绿肥。举杯邀月饮，骑马踏花归。黄盖能成赤壁捷，陈平善解白登危。太白书堂，瀑泉垂地三千丈；孔明祀庙，老柏参天四十围。

戈对甲，幄对帏。荡荡对巍巍。严滩对邵圃，靖菊对夷薇。占鸿渐，采凤飞。虎榜对龙旗。心中罗锦绣，口内吐珠玑。宽宏豁达高皇量，叱咤喑哑霸主威。灭项兴刘，狡兔尽时走狗死；连吴拒魏，貔貅屯处卧龙归。

衰对盛，密对稀。祭服对朝衣。鸡窗对雁塔，秋榜对春闱。乌衣巷，燕子矶。久别对初归。天姿真窈窕，圣德实光辉。蟠桃紫阙来金母，岭荔红尘进玉妃。霸主军营，亚父丹心撞玉斗；长安酒市，谪仙狂兴换银龟。

【六鱼】

羹对饭，柳对榆。短袖对长裾。鸡冠对凤尾，芍药对芙蕖。周有若，汉相如。王屋对匡庐。月明山寺远，风细水亭虚。壮士腰间三尺剑，男儿腹内五车书。疏影暗香，和靖孤山梅蕊放；轻阴清昼，渊明旧宅柳条舒。

吾对汝，尔对余。选授对升除。书箱对药柜，耒耜对耰锄。参虽鲁，回不愚。阀阅对闾阎。诸侯千乘国，命妇七香车。穿云采药闻仙子，踏雪寻梅策蹇驴。玉兔金乌，二气精灵为日月；洛龟河马，五行生克在图书。

敬对正，密对疏。囊橐对苞苴。罗浮对壶峤，水曲对山纡。骖鹤驾，待鸾舆。桀溺对长沮。搏虎卞庄子，当熊冯婕妤。南阳高士吟梁父，西蜀才人赋子虚。三径风光，白石黄花供杖履；五湖烟景，青山绿水在樵渔。

【七虞】

红对白，有对无。布谷对提壶。毛椎对羽扇，天阙对皇都。谢蝴蝶，郑鹧鸪。蹈海对归湖。花肥春雨润，竹瘦晚风疏。麦饭豆糜终创汉，莼羹鲈脍竟归吴。琴调轻弹，杨柳月中潜去听；酒旗斜挂，杏花村里共来沽。

罗对绮，茗对蔬。柏秀对松枯。中元对上巳，返璧对还珠。云梦泽，洞庭湖。玉烛对冰壶。苍头犀角带，绿鬓象牙梳。松阴白鹤声相应，镜里青鸾影不孤。竹户半开，对牖不知人在否？柴门深闭，停车还有客来无。

宾对主，婢对奴。宝鸭对金凫。升堂对入室，鼓瑟对投壶。觇合璧，颂联珠。提瓮对当垆。仰高红日尽，望远白云孤。歆向秘书窥二酉，机云芳誉动三吴。祖饯三杯，老去常斟花下酒；荒田五亩，归来独荷月中锄。

君对父，魏对吴。北岳对西湖。菜蔬对茶荈，苣藤对菖蒲。梅花数，竹叶符。廷议对山呼。两都班固赋，八阵孔明图。田庆紫荆堂下茂，王裒青柏墓前枯。出塞中郎，羝有乳时归汉室；质秦太子，马生角日返燕都。

【八齐】

鸾对凤，犬对鸡。塞北对关西。长生对益智，老幼对旄倪。颁竹策，剪桐圭。剥枣对蒸梨。绵腰如弱柳，嫩手似柔荑。狡兔能穿三穴隐，鹪鹩权借一枝栖。甪里先生，策杖垂绅扶少主；于陵仲子，辟纑织履赖贤妻。

鸣对吠，泛对栖。燕语对莺啼。珊瑚对玛瑙，琥珀对玻璃。绛县老，伯州犁。测蠡对然犀。榆槐堪作荫，桃李自成蹊。投巫救女西门豹，赁浣逢妻百里奚。阙里门墙，陋巷规模原不陋；隋堤基址，迷楼踪迹亦全迷。

越对赵，楚对齐。柳岸对桃溪。纱窗对绣户，画阁对香闺。修月斧，上天梯。蟏蛸对虹霓。行乐游春圃，工谀病夏畦。李广不封空射虎，魏明得立为存麑。按辔徐行，细柳功成劳王敬；闻声稍卧，临泾名震止儿啼。

【九佳】

门对户，陌对街。枝叶对根荄。斗鸡对挥尘，凤髻对鸾钗。登楚岫，渡秦淮。子规对夫差。石鼎龙头缩，银筝雁翅排。百年诗礼延余庆，万里风云入壮怀。能辨明伦，死矣野哉悲季路；不由径袜，生乎愚也有高柴。

冠对履，袜对鞋。海角对天涯。鸡人对虎旅，六市对三阶。

陈俎豆，戏堆埋。皎皎对皑皑。贤相聚东阁，良朋集小斋。梦里山川书越绝，枕边风月记齐谐。三径萧疏，彭泽高风怡五柳；六朝华贵，琅琊佳气种三槐。

勤对俭，巧对乖。水榭对山斋。冰桃对雪藕，漏箭对更牌。寒翠袖，贵荆钗。慷慨对诙谐。竹径风声籁，花溪月影筛。携囊佳句随时贮，荷锄沉醉到处埋。江海孤踪，雪浪风涛惊旅梦；乡关万里，烟峦云树切归怀。

杞对梓，桧对楷。水泊对山崖。舞裙对歌袖，玉陛对瑶阶。风入袂，月盈怀。虎兕对狼豺。马融堂上帐，羊侃水中斋。北面黉宫宜拾芥，东巡岱畤定燔柴。锦缆春江，横笛洞箫通碧落；华灯夜月，遗簪堕翠遍香街。

【十灰】

春对夏，喜对哀。大手对长才。风清对月朗，地阔对天开。游阆苑，醉蓬莱。七政对三台。青龙壶老杖，白燕玉人钗。香风十里望仙阁，明月一天思子台。玉橘冰桃，王母几因求道降；莲舟藜杖，真人原为读书来。

朝对暮，去对来。庶矣对康哉。马肝对鸡肋，杏眼对桃腮。佳兴适，好怀开。朔雪对春雷。云移鸀鹊观，日晒凤凰台。河边淑气迎芳草，林下清风待落梅。柳媚花明，燕语莺声浑是笑；松号柏舞，猿啼鹤唳总成哀。

忠对信，博对赅。忖度对疑猜。香消对烛暗，鹊喜对蛩哀。金花报，玉镜台。倒斝对衔杯。岩巅横老树，石磴覆苍苔。雪满山中高士卧，月明林下美人来。绿柳沿堤，皆因苏子来时种；碧桃满观，尽是刘郎去后栽。

【十一真】

莲对菊，凤对麟。浊富对清贫。渔庄对佛舍，松盖对花茵。萝月叟，葛天民。国宝对家珍。草迎金埒马，花醉玉楼人。巢燕三春尝唤友，塞鸿八月始来宾。古往今来，谁见泰山曾作砺；天长地久，人传沧海几扬尘。

兄对弟，吏对民。父子对君臣。勾丁对甫甲，赴卯对同寅。折桂客，簪花人。四皓对三仁。王乔云外鸟，郭泰雨中巾。人交好友求三益，士有贤妻备五伦。文教南宣，武帝平蛮开百越；义旗西指，韩侯扶汉卷三秦。

申对午，侃对誾。阿魏对茵陈。楚兰对湘芷，碧柳对青筠。花馥馥，叶蓁蓁。粉颈对朱唇。曹公奸似鬼，尧帝智如神。南阮才郎差北富，东邻丑女效西颦。色艳北堂，草号忘忧忧甚事；香浓南国，花名含笑笑何人。

【十二文】

忧对喜，戚对欣。五典对三坟。佛经对仙语，夏耨对春耘。烹早韭，剪春芹。暮雨对朝云。竹间斜白接，花下醉红裙。掌握灵符五岳箓，腰悬宝剑七星纹。金锁未开，上相趋听宫漏永；珠帘半卷，群僚仰对御炉薰。

词对赋，懒对勤。类聚对群分。鸾箫对凤笛，带草对香芸。燕许笔，韩柳文。旧话对新闻。赫赫周南仲，翩翩晋右军。六国说成苏子贵，两京收复郭公勋。汉阙陈书，侃侃忠言推贾谊；唐廷对策，岩岩直谏有刘贲。

言对笑，绩对勋。鹿豕对羊羵。星冠对月扇，把袂对书裙。汤事葛，说兴殷。萝月对松云。西池青鸟使，北塞黑鸦军。文武成康为一代，魏吴蜀汉定三分。桂苑秋宵，明月三杯邀麴客；松亭夏日，薰风一曲奏桐君。

【十三元】

卑对长，季对昆。永巷对长门。山亭对水阁，旅舍对军屯。杨子渡，谢公墩。德重对年尊。承乾对出震，叠坎对重坤。志士报君思犬马，仁王养老察鸡豚。远水平沙，有客泛舟桃叶渡；斜风细雨，何人携榼杏花村。

君对相，祖对孙。夕照对朝暾。兰台对桂殿，海岛对山村。碑堕泪，赋招魂。报怨对怀恩。陵埋金吐气，田种玉生根。相府珠帘垂白昼，边城画角动黄昏。枫叶半山，秋去烟霞堪倚杖；梨花满地，夜来风雨不开门。

【十四寒】

家对国，治对安。地主对天官。坎男对离女，周诰对殷盘。三三暖，九九寒。杜撰对包弹。古壁蛩声匝，闲亭鹤影单。燕出帘边春寂寂，莺闻枕上漏珊珊。池柳烟飘，日夕郎归青锁闼；阶花雨过，月明人倚玉栏杆。

肥对瘦，窄对宽。黄犬对青鸾。指环对腰带，洗钵对投竿。诛佞剑，进贤冠。画栋对雕栏。双垂白玉箸，九转紫金丹。陕右棠高怀召伯，河南花满忆潘安。陌上芳春，弱柳当风披彩线；池中清晓，碧荷承露捧珠盘。

行对卧，听对看。鹿洞对鱼滩。蛟腾对豹变，虎踞对龙蟠。风凛凛，雪漫漫。手辣对心酸。莺莺对燕燕，小小对端端。蓝水远从千涧落，玉山高并两峰寒。至圣不凡，嬉戏六龄陈俎豆；老莱大孝，承欢七袠舞斑斓。

【十五删】

　　林对坞，岭对峦。昼永对春闲。谋深对望重，任大对投艰。裙袅袅，佩珊珊。守塞对当关。密云千里合，新月一钩弯。叔宝君臣皆纵逸，重华父母是嚚顽。名动帝畿，西蜀三苏来日下；壮游京洛，东吴二陆起云间。

　　临对仿，咨对悭。讨逆对平蛮。忠肝对义胆，雾鬓对云鬟。埋笔冢，烂柯山。月貌对天颜。龙潜终得跃，鸟倦亦知还。陇树飞来鹦鹉绿，池筠密处鹧鸪斑。秋露横江，苏子月明游赤壁；冻云迷岭，韩公雪拥过蓝关。

下　平　声

【一先】

　　寒对暑，日对年。蹴踘对秋千。丹山对碧水，淡雨对覃烟。歌宛转，貌婵娟。雷鼓对云笺。荒芦栖南雁，疏柳噪秋蝉。洗耳尚逢高士笑，折腰肯受小儿怜。郭泰泛舟，折角半垂梅子雨；山涛骑马，接䍦倒着杏花天。

　　轻对重，脆对坚。碧玉对青钱。郊寒对岛瘦，酒圣对诗仙。依玉树，步金莲。凿井对耕田。杜甫清宵立，边韶白昼眠。豪饮客吞波底月，酣游人醉水中天。斗草青郊，几行宝马嘶金勒；看花紫陌，千里香车拥翠钿。

　　吟对咏，授对传。乐矣对凄然。风鹏对雪雁，董杏对周莲。春九十，岁三千。钟鼓对管弦。入山逢宰相，无事即神仙。霞映武陵桃淡淡，烟荒隋堤柳绵绵。七碗月团，啜罢清风生腋下；三杯云液，饮余红雨晕腮边。

　　中对外，后对先。树下对花前。玉柱对金屋，叠嶂对平川。

孙子策，祖生鞭。盛席对华筵。解醉知茶力，消愁识酒权。丝剪
芰荷开东沼，锦妆凫雁泛温泉。帝女衔石，海中遗魄为精卫；蜀
王叫月，枝上游魂化杜鹃。

【二萧】

琴对管，斧对瓢。水怪对花妖。秋声对春色，白缣对红绡。
臣五代，事三朝。斗柄对弓腰。醉客歌金缕，佳人品玉箫。风定
落花闲不扫，霜余残叶湿难烧。千载兴周，尚父一竿投渭水；百
年霸越，钱王万弩射江潮。

荣对悴，夕对朝。露地对云霄。商彝对周鼎，殷濩对虞韶。
樊素口，小蛮腰。六诏对三苗。朝天车奕奕，出塞马萧萧。公子
幽兰重泛舸，王孙芳草正联镳。潘岳高怀，曾向秋天吟蟋蟀；王
维清兴，尝于雪夜画芭蕉。

耕对读，牧对樵。琥珀对琼瑶。兔毫对鸿爪，桂楫对兰桡。
鱼潜藻，鹿藏樵。水远对山遥。湘灵能鼓瑟，嬴女解吹箫。雪点
寒梅横小院，风吹弱柳覆平桥。月牖通宵，绛蜡罢时光不减；风
帘当昼，雕盘停后篆难消。

【三肴】

诗对礼，卦对爻。燕引对莺调。辰钟对暮鼓，野馔对山肴。
雉方乳，鹊始巢。猛虎对神獒。疏星浮荇叶，皓月上松梢。为邦
自古推瑚琏，从政于今愧斗筲。管鲍相知，能交忘形胶漆友；蔺
廉有隙，终为刎颈死生交。

歌对舞，笑对嘲。耳语对神交。焉鸟对亥豕，獭髓对鸾胶。
宜久敬，莫轻抛。一气对同胞。祭遵甘布被，张禄念绨袍。花径
风来逢客访，柴扉月到有僧敲。夜雨园中，一颗不雕王子柰；秋

风江上，三重曾卷杜公茅。

衙对舍，廪对庖。玉磬对金铙。竹林对梅岭，起凤对腾蛟。鲛绡帐，兽锦袍。露果对风梢。扬州输橘柚，荆土贡菁茅。断蛇埋地称孙叔，渡蚁作桥识宋郊。好梦难成，蛩响阶前偏唧唧；良朋远到，鸡声窗外正嘐嘐。

【四豪】

茭对茨，荻对蒿。山麓对江皋。莺簧对蝶板，麦浪对松涛。骐骥足，凤凰毛。美誉对嘉褒。文人窥蠹简，学士书兔毫。马援南征载薏苡，张骞西使进葡萄。辩口悬河，万语千言常亹亹；词源倒峡，连篇累牍自滔滔。

梅对杏，李对桃。械朴对旌旄。酒仙对诗史，德泽对思膏。悬一榻，梦三刀。拙逸对贵劳。玉堂花烛绕，金殿月轮高。孤山看鹤盘云下，蜀道闻猿向月号。万事从人，有花有酒应自乐；百年皆客，一丘一壑尽吾豪。

台对省，署对曹。分袂对同胞。鸣琴对击剑，返辙对回艚。良借箸，操捉刀。香茗对醇醪。滴泉归海大，篑土积山高。石室客来煎雀舌，画堂宾至饮羊羔。被谪贾生，湘水凄凉吟鵩鸟；遭谗屈子，江潭憔悴著离骚。

【五歌】

微对巨，少对多。直干对平柯。蜂媒对蝶使，雨笠对烟蓑。眉淡扫，面微酡。妙舞对清歌。轻衫裁夏葛，薄袂剪春罗。将相兼行唐李靖，霸王杂用汉萧何。月本阴精，岂有羿妻曾窃药；星为夜宿，浪传织女漫投梭。

慈对善，虐对苛。缥缈对婆娑。长杨对细柳，嫩蕊对寒莎。

追风马，挽日戈。玉液对金波。紫诏衔丹凤，黄庭换白鹅。画阁江城梅作调，兰舟野渡竹为歌。门外雪飞，错认空中飘柳絮；岩边瀑响，误疑天半落银河。

松对竹，荇对荷。薜荔对藤萝。梯云对步月，樵唱对渔歌。升鼎雉，听经鹅。北海对东坡。吴郎哀废宅，邵子乐行窝。丽水良金皆待冶，昆山美玉总须磨。雨过皇州，琉璃色灿华清瓦；风来帝苑，荷芰香飘太液波。

笼对槛，巢对窝。及第对登科。冰清对玉润，地利对人和。韩擒虎，荣驾鹅。青女对素娥。破头朱泚笏，折齿谢鲲梭。留客酒杯应恨少，动人诗句不须多。绿野凝烟，但听村前双牧笛；沧江积雪，惟看滩上一渔蓑。

【六麻】

清对浊，美对嘉。鄙吝对矜夸。花须对柳眼，屋角对檐牙。志和宅，博望槎。秋实对春华。乾炉烹白雪，坤鼎炼丹砂。深宵望冷沙场月，边塞听残野戍笳。满院松风，钟声隐隐为僧舍；半窗花月，锡影依依是道家。

雷对电，雾对霞。蚁阵对蜂衙。寄梅对怀桔，酿酒对烹茶。宜男草，益母花。杨柳对蒹葭。班姬辞帝辇，蔡琰泣胡笳。舞榭歌楼千万尺，竹篱茅舍两三家。珊枕半床，月明时梦飞塞外；银筝一奏，花落处人在天涯。

圆对缺，正对斜。笑语对咨嗟。沈腰对潘鬓，孟笋对卢茶。百舌鸟，两头蛇。帝里对仙家。尧仁敷率土，舜德被流沙。桥上授书曾纳履，壁间题句已笼纱。远塞迢迢，露碛风沙何可极；长沙渺渺，雪涛烟浪信无涯。

疏对密，朴对华。义鹘对慈鸦。鹤群对雁阵，白苎对黄麻。

读三到，吟八叉。肃静对喧哗。围棋兼把钓，沉李并浮瓜。羽客片时能煮石，狐禅千劫似蒸沙。党尉粗豪，金帐笼香斟美酒；陶生清逸，银铛融雪啜团茶。

【七阳】

台对阁，沼对塘。朝雨对夕阳。游人对隐士，谢女对秋娘。三寸舌，九回肠。玉液对琼浆。秦皇照胆镜，徐肇返魂香。青萍夜啸芙蓉匣，黄卷时摊薛荔床。元亨利贞，天地一机成化育；仁义礼智，圣贤千古立纲常。

红对白，绿对黄。昼永对更长。龙飞对凤舞，锦缆对牙樯。云弁使，雪衣娘。故国对他乡。雄文能徙鳄，艳曲为求凰。九日高峰惊落帽，暮春曲水喜流觞。僧占名山，云绕茂林藏古殿；客栖胜地，风飘落叶响空廊。

衰对壮，弱对强。艳饰对新妆。御龙对司马，破竹对穿杨。读班马，识求羊。水色对山光。仙棋藏绿橘，客枕梦黄粱。池草入诗因有梦，海棠带恨为无香。风起画堂，帘箔影翻青荇沼；月斜金井，辘轳声度碧梧墙。

臣对子，帝对王。日月对风霜。乌台对紫府，雪牖对云房。香山社，昼锦堂。蔀屋对岩廊。芬椒涂内壁，文杏饰高梁。贫女幸分东壁影，幽人高卧北窗凉。绣阁探春，丽日半笼青镜色；水亭醉夏，熏风常透碧筒香。

【八庚】

形对貌，色对声。夏邑对周京。江云对涧树，玉磬对银筝。人老老，我卿卿。晓燕对春莺。玄春春玉杵，白露贮金茎。贾客君山秋弄笛，仙人缑岭夜吹笙。帝业独兴，尽道汉高能用将；父书空读，谁言赵括善知兵。

功对业，性对情。月上对云行。乘龙对附骥，阆苑对蓬瀛。春秋笔，月旦评。东作对西成。隋珠光照乘，和璧价连城。三箭三人唐将勇，一琴一鹤赵公清。汉帝求贤，诏访严滩逢故旧；宋廷优老，年尊洛社重耆英。

昏对旦，晦对明。久雨对新晴。蓼湾对花港，竹友对梅兄。黄石叟，丹丘生。犬吠对鸡鸣。暮山云外断，新水月中平。半榻清风宜午梦，一犁好雨趁春耕。王旦登庸，误我十年迟作相；刘蕡不第，愧他多士早成名。

【九青】

庚对甲，己对丁。魏阙对彤庭。梅妻对鹤子，珠箔对银屏。鸳浴沼，鹭飞汀。鸿雁对鹡鸰。人间寿者相，天上老人星。八月好修攀桂斧，三春须系护花铃。江阁凭临，一水净连天际碧；石栏闲倚，群山秀向雨余青。

危对乱，泰对宁。纳陛对趋庭。金盘对玉箸，泛梗对浮萍。群玉圃，众芳亭。旧典对新型。骑牛闲读史，牧豕自横经。秋首田中禾颖重，春余园内菜花馨。旅次凄凉，塞月江风皆惨淡；筵前欢笑，燕歌赵舞独娉婷。

【十蒸】

苹对蓼，莆对菱。雁弋对鱼罾。齐纨对鲁绮，蜀锦对吴绫。星渐没，日初升。九聘对三征。萧何曾作吏，贾岛昔为僧。贤人视履循规矩，大匠挥斤校准绳。野渡春风，人喜乘潮移酒舫；江天暮雨，客愁隔岸对渔灯。

谈对吐，谓对称。冉闵对颜曾。侯嬴对伯嚭，祖逖对孙登。

抛白纻，宴红绫。胜友对良朋。争名如逐鹿，谋利似趋蝇。仁杰姨惭周不仕，王陵母识汉方兴。句写穷愁，浣花寄迹传工部；诗吟变乱，凝碧伤心叹右丞。

【十一尤】

荣对辱，喜对忧。缱绻对绸缪。吴娃对越女，野马对沙鸥。茶解渴，酒消愁。白眼对苍头。马迁修史记，孔子作春秋。莘野耕夫闲举耜，渭滨渔父晚垂钩。龙马游河，羲帝因图而画卦；神龟出洛，禹王取法以明畴。

冠对履，舄对裘。院小对庭幽。面墙对膝地，错智对良筹。孤嶂耸，大江流。芳泽对园丘。花潭来越唱，柳屿起吴讴。莺懒燕忙三月雨，蛩摧蝉退一天秋。钟子听琴，荒径入林山寂寂；谪仙捉月，洪涛接岸水悠悠。

鱼对鸟，鹡对鸠。翠馆对红楼。七贤对三友，爱日对悲秋。虎类狗，蚁如牛。列辟对诸侯。陈唱临春乐，隋歌清夜游。空中事业麒麟阁，地下文章鹦鹉洲。旷野平原，猎士马蹄轻似箭；斜风细雨，牧童牛背稳如舟。

【十二侵】

歌对曲，啸对吟。往古对来今。山头对水面，远浦对遥岑。勤三上，惜寸阴。茂树对平林。卞和三献玉，杨震四知金。青皇风暖催芳草，白帝城高急暮砧。绣虎雕龙，才子窗前挥彩笔；描鸾刺凤，佳人帘下度金针。

登对眺，涉对临。瑞雪对甘霖。主欢对民乐，交浅对言深。耻三战，乐七擒。顾曲对知音。大车行槛槛，驷马聚骎骎。紫电青虹腾剑气，高山流水识琴心。屈子怀君，极浦吟风悲泽畔；王郎忆友，扁舟卧雪访山阴。

【十三覃】

宫对阙，座对龛。水北对天南。蜃楼对蚁郡，伟论对高谈。遴杞梓，树梗楠。得一对函三。八宝珊瑚枕，双珠玳瑁簪。萧王待士心惟赤，卢相欺君面独蓝。贾岛诗狂，手拟敲门行处想；张颠草圣，头能濡墨写时酣。

闻对见，解对谙。三橘对双柑。黄童对白叟，静女对奇男。秋七七，径三三。海色对山岚。鸾声何哕哕，虎视正眈眈。仪封疆吏知尼父，函谷关人识老聃。江相归池，止水自盟真是止；吴公作宰，贪泉虽饮亦何贪。

【十四盐】

宽对猛，冷对炎。清直对尊严。云头对雨脚，鹤发对龙髯。风台谏，肃堂廉。保泰对鸣谦。五湖归范蠡，三径隐陶潜。一剑成功堪佩印，百钱满卦便垂帘。浊酒停杯，容我半酣愁际饮；好花傍座，看他微笑悟时拈。

连对断，减对添。淡泊对安恬。回头对极目，水底对山尖。腰袅袅，手纤纤。凤卜对鸾占。开田多种粟，煮海尽成盐。居同九世张公艺，恩给千人范仲淹。箫弄凤来，秦女有缘能跨羽；鼎成龙去，轩臣无计得攀髯。

人对己，爱对嫌。举止对观瞻。四知对三语，义正对辞严。勤雪案，课风檐。漏箭对书签。文繁归獭祭，体艳别香奁。昨夜题诗更一字，早春来燕卷重帘。诗以史名，愁里悲歌怀杜甫；笔经人索，梦中显晦老江淹。

【十五咸】

栽对植，薙对芟。二伯对三监。朝臣对国老，职事对官衔。鹿麌麌，兔毚毚。启牍对开缄。绿杨莺睍睆，红杏燕呢喃。半篱白菊娱陶令，一枕黄粱度吕岩。九夏炎飙，长日风亭留客骑；三冬寒冽，漫天雪浪驻征帆。

梧对杞，柏对杉。夏濩对韶咸。涧瀍对溱洧，巩洛对崤函。藏书洞，避诏岩。脱俗对超凡。贤人羞献媚，正士嫉工谗。霸越谋臣推少伯，佐唐藩将重浑瑊。邺下狂生，羯鼓三挝羞锦袄；江州司马，琵琶一曲湿青衫。

袍对笏，履对衫。匹马对孤帆。琢磨对雕镂，刻划对镌镵。星北拱，日西衔。卮漏对鼎馋。江边生桂若，海外树都咸。但得恢恢存利刃，何须咄咄达空函。彩凤知音，乐典后夔须九奏；金人守口，圣如尼父亦三缄。

附录二

声 律 启 蒙

清·车万育

上 平 声

【一东】

云对雨，雪对风，晚照对晴空。来鸿对去燕，宿鸟对鸣虫。三尺剑，六钧弓，岭北对江东。人间清暑殿，天上广寒宫。两岸晓烟杨柳绿，一园春雨杏花红。两鬓风霜，途次早行之客；一蓑烟雨，溪边晚钓之翁。

沿对革，异对同，白叟对黄童。江风对海雾，牧子对渔翁。颜巷陋，阮途穷，冀北对辽东。池中濯足水，门外打头风。梁帝讲经同泰寺，汉皇置酒未央宫。尘虑萦心，懒抚七弦绿绮；霜华满鬓，羞看百炼青铜。

贫对富，塞对通，野叟对溪童。鬓皤对眉绿，齿皓对唇红。天浩浩，日融融，佩剑对弯弓。半溪流水绿，千树落花红。野渡燕穿杨柳雨，芳池鱼戏芰荷风。女子眉纤，额下现一弯新月；男儿气壮，胸中吐万丈长虹。

【二冬】

春对夏，秋对冬，暮鼓对晨钟。观山对玩水，绿竹对苍松。冯妇虎，叶公龙，舞蝶对鸣蛩。衔泥双紫燕，课蜜几黄蜂。春日园中莺恰恰，秋天寒外雁雍雍。秦岭云横，迢递八千远路；巫山雨洗，嵯峨十二危峰。

　　明对暗，淡对浓，上智对中庸。镜奁对衣笥，野杵对村舂。花灼烁，草蒙茸，九夏对三冬。台高名戏马，斋小号蟠龙。手擘蟹螯从毕卓，身披鹤氅自王恭。五老峰高，秀插云霄如玉笔；三姑石大，响传风雨若金镛。

　　仁对义，让对恭，禹舜对羲农。雪花对云叶，芍药对芙蓉。陈后主，汉中宗，绣虎对雕龙。柳塘风淡淡，花圃月浓浓。春日正宜朝看蝶，秋风那更夜闻蛩。战士邀功，必借干戈成勇武；逸民适志，须凭诗酒养疏慵。

【三江】

　　楼对阁，户对窗，巨海对长江。蓉裳对蕙帐，玉斝对银釭。青布幔，碧油幢，宝剑对金缸。忠心安社稷，利口覆家邦。世祖中兴延马武，桀王失道杀龙逄。秋雨潇潇，漫烂黄花都满径；春风袅袅，扶疏绿竹正盈窗。

　　旌对旆，盖对幢，故国对他邦。千山对万水，九泽对三江。山岌岌，水淙淙，鼓振对钟撞。清风生酒舍，白月照书窗。阵上倒戈辛纣战，道旁系剑子婴降。夏日池塘，出没浴波鸥对对；春风帘幕，往来营垒燕双双。

　　铢对两，只对双，华岳对湘江。朝车对禁鼓，宿火对塞缸。青琐闼，碧纱窗，汉社对周邦。笙箫鸣细细，钟鼓响摐摐。主簿栖鸾名有览，治中展骥姓惟庞。苏武牧羊，雪屡餐于北海；庄周活鲋，水必决于西江。

【四支】

　　茶对酒，赋对诗，燕子对莺儿。栽花对种竹，落絮对游丝。

四目颉，一足夔，鸲鹆对鹭鸶。半池红菡萏，一架白荼蘼。几阵秋风能应候，一犁春雨甚知时。智伯恩深，国士吞变形之炭；羊公德大，邑人竖堕泪之碑。

行对止，速对迟，舞剑对围棋。花笺对草字，竹简对毛锥。汾水鼎，岘山碑，虎豹对熊罴。花开红锦绣，水漾碧琉璃。去妇因探邻舍枣，出妻为种后园葵。笛韵和谐，仙管恰从云里降；橹声咿轧，渔舟正向雪中移。

戈对甲，鼓对旗，紫燕对黄鹂。梅酸对李苦，青眼对白眉。三弄笛，一围棋，雨打对风吹。海棠春睡早，杨柳昼眠迟。张骏曾为槐树赋，杜陵不作海棠诗。晋士特奇，可比一斑之豹；唐儒博识，堪为五总之龟。

【五微】

来对往，密对稀，燕舞对莺飞。风清对月朗，露重对烟微。霜菊瘦，雨梅肥，客路对渔矶。晚霞舒锦绣，朝露缀珠玑。夏暑客思敧石枕，秋寒妇念寄边衣。春水才深，青草岸边渔父去；夕阳半落，绿莎原上牧童归。

宽对猛，是对非，服美对乘肥。珊瑚对玳瑁，锦绣对珠玑。桃灼灼，柳依依，绿暗对红稀。窗前莺并语，帘外燕双飞。汉致太平三尺剑，周臻大定一戎衣。吟成赏月之诗，只愁月堕；斟满送春之酒，惟憾春归。

声对色，饱对饥，虎节对龙旗。杨花对桂叶，白简对朱衣。龙也吷，燕于飞，荡荡对巍巍。春暄资日气，秋冷借霜威。出使振威冯奉世，治民异等尹翁归。燕我弟兄，载咏棣棠韡韡；命伊将帅，为歌杨柳依依。

【六鱼】

无对有，实对虚，作赋对观书。绿窗对朱户，宝马对香车。伯乐马，浩然驴，弋雁对求鱼。分金齐鲍叔，奉璧蔺相如。掷地金声孙绰赋，回文锦字窦滔书。未遇殷宗，胥靡困傅岩之筑；既逢周后，太公舍渭水之渔。

终对始，疾对徐，短褐对华裾。六朝对三国，天禄对石渠。千字策，八行书，有若对相如。花残无戏蝶，藻密有潜鱼。落叶舞风高复下，小荷浮水卷还舒。爱见人长，共服宣尼休假盖；恐彰己吝，谁知阮裕竟焚车。

麟对凤，鳖对鱼，内史对中书。犁锄对耒耜，畎浍对郊墟。犀角带，象牙梳，驷马对安车。青衣能报赦，黄耳解传书。庭畔有人持短剑，门前无客曳长裾。波浪拍船，骇舟人之水宿；峰峦绕舍，乐隐者之山居。

【七虞】

金对玉，宝对珠，玉兔对金乌。孤舟对短棹，一雁对双凫。横醉眼，捻吟须，李白对杨朱。秋霜多过雁，夜月对啼乌。日暖园林花易赏，雪寒村舍酒难沽。人处岭南，善探巨象口中齿；客居江右，偶夺骊龙颔下珠。

贤对圣，智对愚，傅粉对施朱。名缰对利锁，挈榼对提壶。鸠哺子，燕调雏，石帐对郇厨。烟轻笼岸柳，风急撼庭梧。鹳眼一方端石砚，龙涎三炷博山炉。曲沼鱼多，可使渔人结网；平田兔少，漫劳耕者守株。

秦对赵，越对吴，钓客对耕夫。箕裘对杖履，杞梓对桑榆。天欲晓，日将晡，狡兔对妖狐。读书甘刺股，煮粥惜焚须。韩信武能平四海，左思文足赋三都。嘉遁幽人，适志竹篱茅舍；胜游公子，玩情柳陌花衢。

【八齐】

岩对岫，涧对溪，远岸对危堤。鹤长对凫短，水雁对山鸡。星拱北，月流西，汉露对汤霓。桃林牛已放，虞坂马长嘶。叔侄去官闻广受，弟兄让国有夷齐。三月春浓，芍药丛中蝴蝶舞；五更天晓，海棠枝上子规啼。

云对雨，水对泥，白璧对玄圭。献瓜对投李，禁鼓对征鼙。徐稚榻，鲁班梯，凤翥对鸾栖，有官清似水，无客醉如泥。截发惟闻陶侃母，断机只有乐羊妻。秋望佳人，目送楼头千里雁；早行远客，梦惊枕上五更鸡。

熊对虎，象对犀，霹雳对虹霓。杜鹃对孔雀，桂岭对梅溪。萧史凤，宋宗鸡，远近对高低。水寒鱼不跃，林茂鸟频栖。杨柳和烟彭泽县，桃花流水武陵溪。公子追欢，闲骤玉骢游绮陌；佳人倦绣，闷欹珊枕掩香闺。

【九佳】

河对海，汉对淮，赤岸对朱崖。鹭飞对鱼跃，宝钿对金钗。鱼圉圉，鸟喈喈，草履对芒鞋。古贤尝笃厚，时辈喜诙谐。孟训文公谈性善，颜师孔子问心斋。缓抚琴弦，像流莺而并语；斜排筝柱，类过雁之相挨。

丰对俭，等对差，布袄对荆钗。雁行对鱼阵，榆塞对兰崖。挑荠女，采莲娃，菊径对苔阶。诗成六义备，乐奏八音谐。造律吏哀秦法酷，知音人说郑声哇。天欲飞霜，塞上有鸿行已过；云将作雨，庭前多蚁阵先排。

城对市，巷对街，破屋对空阶。桃枝对桂叶，砌蚓对墙蜗。

梅可望，橘堪怀，季路对高柴。花藏沽酒市，竹映读书斋。马首不容孤竹扣，车轮终就洛阳埋。朝宰锦衣，贵束乌犀之带；宫人宝髻，宜簪白燕之钗。

【十灰】

增对损，闭对开，碧草对苍苔。书签对笔架，两曜对三台。周召虎，宋桓魋，阆苑对蓬莱。薰风生殿阁，皓月照楼台。却马汉文思罢献，吞蝗唐太冀移灾。照耀八荒，赫赫丽天秋日；震惊百里，轰轰出地春雷。

沙对水，火对灰，雨雪对风雷。书淫对传癖，水浒对岩隈。歌旧曲，酿新醅，舞馆对歌台。春棠经雨放，秋菊傲霜开。作酒固难忘曲蘖，调羹必要用盐梅。月满庾楼，据胡床而可玩；花开唐苑，轰羯鼓以奚催。

休对咎，福对灾，象箸对犀杯。宫花对御柳，峻阁对高台。花蓓蕾，草根荄，剔藓对剜苔。雨前庭蚁闹，霜后阵鸿哀。元亮南窗今日傲，孙弘东阁几时开。平展青茵，野外茸茸软草；高张翠幄，庭前郁郁凉槐。

【十一真】

邪对正，假对真，獬豸对麒麟。韩卢对苏雁，陆橘对庄椿。韩五鬼，李三人，北魏对西秦。蝉鸣哀暮夏，莺啭怨残春。野烧焰腾红烁烁，溪流波皱碧粼粼。行无踪，居无庐，颂成酒德；动有时，藏有节，论著钱神。

哀对乐，富对贫，好友对嘉宾。弹冠对结绶，白日对青春。金翡翠，玉麒麟，虎爪对龙鳞。柳塘生细浪，花径起香尘。闲爱登山穿谢屐，醉思漉酒脱陶巾。雪冷霜严，倚槛松筠同傲岁；日迟风暖，满园花柳各争春。

香对火，炭对薪，日观对天津。禅心对道眼，野妇对宫嫔。仁无敌，德有邻，万石对千钧。滔滔三峡水，冉冉一溪冰。充国功名当画阁，子张言行贵书绅。笃志诗书，思入圣贤绝域；忘情官爵，羞沾名利纤尘。

【十二文】

家对国，武对文，四辅对三军。九经对三史，菊馥对兰芬。歌北鄙，咏南薰，迩听对遥闻。召公周太保，李广汉将军。闻化蜀民皆草偃，争权晋土已瓜分。巫峡夜深，猿啸苦哀巴地月；衡峰秋早，雁飞高贴楚天云。

敧对正，见对闻，偃武对修文。羊车对鹤驾，朝旭对晚曛。花有艳，竹成文，马燧对羊欣。山中梁宰相，树下汉将军。施帐解围嘉道韫，当垆沽酒叹文君。好景有期，北岭几枝梅似雪；丰年先兆，西郊千顷稼如云。

尧对舜，夏对殷，蔡惠对刘蕡。山明对水秀，五典对三坟。唐李杜，晋机云，事父对忠君。雨晴鸠唤妇，霜冷雁呼群。酒量洪深周仆射，诗才俊逸鲍参军。鸟翼长随，凤兮洵众禽长；狐威不假，虎也真百兽尊。

【十三元】

幽对显，寂对喧，柳岸对桃源。莺朋对燕友，早暮对寒暄。鱼跃沼，鹤乘轩，醉胆对吟魂。轻尘生范甑，积雪拥袁门。缕缕轻烟芳草渡，丝丝微雨杏花村。诣阙王通，献太平十二策；出关老子，著道德五千言。

儿对女，子对孙，药圃对花村。高楼对邃阁，赤豹对玄猿。

妃子骑，夫人轩，旷野对平原。匏巴能鼓瑟，伯氏善吹埙。馥馥早梅思驿使，萋萋芳草怨王孙。秋夕月明，苏子黄岗游绝壁；春朝花发，石家金谷启芳园。

歌对舞，德对恩，犬马对鸡豚。龙池对凤沼，雨骤对云屯。刘向阁，李膺门，唳鹤对啼猿。柳摇春白昼，梅弄月黄昏，岁冷松筠皆有节，春喧桃李本无言。噪晚齐蝉，岁岁秋来泣恨；啼宵蜀鸟，年年春去伤魂。

【十四寒】

多对少，易对难，虎踞对龙蟠。龙舟对凤辇，白鹤对青鸾。风淅淅，露漙漙，绣毂对雕鞍。鱼游荷叶沼，鹭立蓼花滩。有酒阮貂奚用解，无鱼冯铗必须弹。丁固梦松，柯叶忽然生腹上；文郎画竹，枝梢倏尔长毫端。

寒对暑，湿对干，鲁隐对齐桓。寒毡对暖席，夜饮对晨餐。叔子带，仲由冠，郏鄏对邯郸。嘉禾忧夏旱，衰柳耐秋寒。杨柳绿遮元亮宅，杏花红映仲尼坛。江水流长，环绕似青罗带；海蟾轮满，澄明如白玉盘。

横对竖，窄对宽，黑志对弹丸。朱帘对画栋，彩槛对雕栏。春既老，夜将阑，百辟对千官。怀仁称足足，抱义美般般。好马君王曾市骨，食猪处士仅思肝。世仰双仙，元礼舟中携郭泰；人称连璧，夏侯车上并潘安。

【十五删】

兴对废，附对攀，露草对霜菅，歌廉对借寇，习孔对希颜。山垒垒，水潺潺，奉璧对探镮。礼由公旦作，诗本仲尼删。驴困客方经灞水，鸡鸣人已出函关。几夜霜飞，已有苍鸿辞北塞；数朝雾暗，岂无玄豹隐南山。

犹对尚，侈对悭，雾鬓对烟鬟。莺啼对鹊噪，独鹤对双鹇。黄牛峡，金马山，结草对衔环。昆山惟玉集，合浦有珠还。阮籍旧能为眼白，老莱新爱着衣斑。栖迟避世人，草衣木食；窈窕倾城女，云鬓花颜。

姚对宋，柳对颜，赏善对惩奸。愁中对梦里，巧慧对痴顽。孔北海，谢东山，使越对征蛮，淫声闻濮上，离曲听阳关。骁将袍披仁贵白，小儿衣着老莱斑。茅舍无人，难却尘埃生榻上；竹亭有客，尚留风月在窗间。

下 平 声

【一先】

晴对雨，地对天，天地对山川。山川对草木，赤壁对青田。郑郮鼎，武城弦，木笔对苔钱。金城三月柳，玉井九秋莲。何处春朝风景好，谁家秋夜月华圆。珠缀花梢，千点蔷薇香露；练横树杪，几丝杨柳残烟。

前对后，后对先，众丑对孤妍。莺簧对蝶板，虎穴对龙渊。击石磬，观韦编，鼠目对鸢肩。春园花柳地，秋沼芰荷天。白羽频挥闲客坐，乌纱半坠醉翁眠。野店几家，羊角风摇沽酒旆；长川一带，鸭头波泛卖鱼船。

离对坎，震对乾，一日对千年，尧天对舜日，蜀水对秦川。苏武节，郑虔毡，涧壑对林泉。挥戈能退日，持管莫窥天。寒食芳辰花烂熳，中秋佳节月婵娟。梦里荣华，飘忽枕中之客；壶中日月，安闲市上之仙。

【二萧】

　　恭对慢，吝对骄，水远对山遥。松轩对竹槛，雪赋对风谣。乘五马，贯双雕，烛灭对香消。明蟾常彻夜，骤雨不终朝。楼阁天凉风飒飒，关河地隔雨潇潇。几点鹭鸶，日暮常飞红蓼岸；一双鸂鶒，春朝频泛绿杨桥。

　　开对落，暗对昭，赵瑟对虞韶。辎车对驿骑，锦绣对琼瑶。羞攘臂，懒折腰，范甑对颜瓢。寒天鸳帐酒，夜月凤台箫。舞女腰肢杨柳软，佳人颜貌海棠娇。豪客寻春，南陌草青香阵阵；闲人避暑，东堂蕉绿影摇摇。

　　班对马，董对晁，夏昼对春宵。雷声对电影，麦穗对禾苗。八千路，廿四桥，总角对垂髫。露桃匀嫩脸，风柳舞纤腰。贾谊赋成伤鵩鸟，周公诗就托鸱鸮。幽寺寻僧，逸兴岂知俄尔尽；长亭送客，离魂不觉黯然消。

【三肴】

　　风对雅，象对爻，巨蟒对长蛟。天文对地理，蟋蟀对螵蛸。龙生矫，虎咆哮，北学对东胶。筑台须垒土，成屋必诛茅。潘岳不忘秋兴赋，边韶常被昼眠嘲。抚养群黎，已见国家隆治；滋生万物，方知天地泰交。

　　蛇对虺，蜃对蛟，麟薮对鹊巢。风声对月色，麦穗对桑苞。何妥难，子云嘲，楚甸对商郊。五音惟耳听，万虑在心包。葛被汤征因仇饷，楚遭齐伐责包茅。高矣若天，洵是圣人大道；淡而如水，实为君子神交。

　　牛对马，犬对猫，旨酒对嘉肴。桃红对柳绿，竹叶对松梢，藜杖叟，布衣樵，北野对东郊。白驹形皎皎，黄鸟语交交。花圃春残无客到，柴门夜永有僧敲。墙畔佳人，飘扬竞把秋千舞；楼前公子，笑语争将蹴鞠抛。

【四豪】

琴对瑟，剑对刀，地迥对天高。峨冠对博带，紫绶对绯袍。煎异茗，酌香醪，虎兕对猿猱。武夫攻骑射，野妇务蚕缫。秋雨一川淇澳竹，春风两岸武陵桃。螺髻青浓，楼外晚山千仞；鸭头绿腻，溪中春水半篙。

刑对赏，贬对褒，破斧对征袍。梧桐对橘柚，枳棘对蓬蒿。雷焕剑，吕虔刀，橄榄对葡萄。一椽书舍小，百尺酒楼高。李白能诗时秉笔，刘伶爱酒每哺糟。礼别尊卑，拱北众星常灿灿；势分高下，朝东万水自滔滔。

瓜对果，李对桃，犬子对羊羔。春分对夏至，谷水对山涛。双凤翼，九牛毛，主逸对臣劳。水流无限阔，山耸有余高。雨打村童新牧笠，尘生边将旧征袍。俊士居官，荣引鹓鸿之序；忠臣报国，誓殚犬马之劳。

【五歌】

山对水，海对河，雪竹对烟萝。新欢对旧恨，痛饮对高歌。琴再抚，剑重磨，媚柳对枯荷。荷盘从雨洗，柳线任风搓。饮酒岂知歆醉帽，观棋不觉烂樵柯。山寺清幽，直踞千寻云岭；江楼宏敞，遥临万顷烟波。

繁对简，少对多，里咏对途歌。宦情对旅况，银鹿对铜驼。刺史鸭，将军鹅，玉律对金科。古堤垂蓼柳，曲沼长新荷。命驾吕因思叔夜，引车蔺为避廉颇。千尺水帘，今古无人能手卷；一轮月镜，乾坤何匠用功磨。

霜对露，浪对波，径菊对池荷。酒阑对歌罢，日暖对风和。梁父咏，楚狂歌，放鹤对观鹅。史才推永叔，刀笔仰萧何。种橘犹嫌千树少，寄梅谁信一枝多。林下风生，黄发村童推牧笠；江头日出，皓眉溪叟晒渔蓑。

【六麻】

松对柏，缕对麻，蚁阵对蜂衙。赪鳞对白鹭，冻雀对昏鸦，白堕酒，碧沉茶，品笛对吹笳。秋凉梧堕叶，春暖杏开花。雨长苔痕侵壁砌，月移梅影上窗纱。飒飒秋风，度城头之筚篥；迟迟晚照，动江上之琵琶。

优对劣，凸对凹，翠竹对黄花。松杉对杞梓，菽麦对桑麻。山不断，水无涯，煮酒对烹茶。鱼游池面水，鹭立岸头沙。百亩风翻陶令秫，一畦雨熟邵平瓜。闲捧竹根，饮李白一壶之酒；偶擎桐叶，啜卢同七碗之茶。

吴对楚，蜀对巴，落日对流霞。酒钱对诗债，柏叶对松花。驰驿骑，泛仙槎，碧玉对丹砂。设桥偏送笋，开道竟还瓜。楚国大夫沉汨水，洛阳才子谪长沙。书箧琴囊，乃士流活计；药炉茶鼎，实闲客生涯。

【七阳】

高对下，短对长，柳影对花香。词人对赋客，五帝对三王。深院落，小池塘，晚眺对晨妆。绛霄唐帝殿，绿野晋公堂。寒集谢庄衣上雪，秋添潘岳鬓边霜。人浴兰汤，事不忘于端午；客斟菊酒，兴常记于重阳。

尧对舜，禹对汤，晋宋对隋唐。奇花对异卉，夏日对秋霜。八叉手，九回肠，地久对天长。一堤杨柳绿，三径菊花黄。闻鼓塞兵方战斗，听钟宫女正梳妆。春饮方归，纱帽半淹邻舍酒；早朝初退，衮衣微惹御炉香。

荀对孟，老对庄，郸柳对垂杨。仙宫对梵宇，小阁对长廊。风月窟，水云乡，蟋蟀对螳螂。暖烟香霭霭，寒烛影煌煌。伍子欲酬渔父剑，韩生尝窃贾公香。三月韶光，常忆花明柳媚；一年好景，难忘橘绿橙黄。

【八庚】

深对浅，重对轻，有影对无声。蜂腰对蝶翅，宿醉对余醒。天北缺，日东生，独卧对同行。寒冰三尺厚，秋月十分明。万卷书容闲客览，一樽酒待故人倾。心侈唐玄，厌看霓裳之曲；意骄陈主，饱闻玉树之赓。

虚对实，送对迎，后甲对先庚。鼓琴对舍瑟，搏虎对骑鲸。金匼匝，玉璁珑，玉宇对金茎。花间双粉蝶，柳内几黄莺。贫里每甘藜藿味，醉中厌听管弦声。肠断秋闺，凉吹已侵重被冷；梦惊晓枕，残蟾犹照半窗明。

渔对猎，钓对耕，玉振对金声。雉城对雁塞，柳袅对葵倾。吹玉笛，弄银笙，阮杖对桓筝。墨呼松处士，纸号楮先生。露浥好花潘岳县，风搓细柳亚夫营，抚动琴弦，遽觉座中风雨至；哦成诗句，应知窗外鬼神惊。

【九青】

红对紫，白对青，渔火对禅灯。唐诗对汉史，释典对仙经。龟曳尾，鹤梳翎，月榭对风亭。一轮秋夜月，几点晓天星。晋士只知山简醉，楚人谁识屈原醒。绣倦佳人，慵把鸳鸯文作枕；吮毫画者，思将孔雀写为屏。

行对坐，醉对醒，佩紫对纡青。棋枰对笔架，雨雪对雷霆。狂蛱蝶，小蜻蜓，水岸对沙汀。天台孙绰赋，剑阁孟阳铭。传信子卿千里雁，照书车胤一囊萤。冉冉白云，夜半高遮千里月；澄澄碧水，宵中寒映一天星。

书对史，传对经，鹦鹉对鹡鸰。黄茅对白荻，绿草对青萍。

风绕铎，雨淋铃，水阁对山亭。渚莲千朵白，岸柳两行青。汉代宫中生秀柞，尧时阶畔长祥蓂。一枰决胜，棋子分黑白；半幅通灵，画色间丹青。

【十蒸】

新对旧，降对升，白犬对苍鹰。葛巾对藜杖，涧水对池冰。张兔网，挂鱼罾，燕雀对鹍鹏。炉中煎药火，窗下读书灯。织锦逐梭成舞凤，画屏误笔作飞蝇。宴客刘公，座上满斟三雅爵；迎仙汉帝，宫中高插九光灯。

儒对士，佛对僧，面友对心朋。春残对夏老，夜寝对晨兴。千里马，九霄鹏，霞蔚对云蒸。寒堆阴岭雪，春泮水池冰。亚父愤生撞玉斗，周公誓死作金縢。将军元晖，莫怪人讥为饿虎；侍中卢昶，难逃世号作饥鹰。

规对矩，墨对绳，独步对同登。吟哦对讽咏，访友对寻僧。风绕屋，水襄陵，紫鹄对苍鹰。鸟寒惊夜月，鱼暖上春冰。扬子口中飞白凤，何郎鼻上集青蝇。巨鲤跃池，翻几重之密藻；颠猿饮涧，挂百尺之垂藤。

【十一尤】

荣对辱，喜对忧，夜宴对春游。燕关对楚水，蜀犬对吴牛。茶敌睡，酒消愁，青眼对白头。马迁修史记，孔子作春秋。适兴子猷常泛棹，思归王粲强登楼。窗下佳人，妆罢重将金插鬓；筵前舞妓，曲终还要锦缠头。

唇对齿，角对头，策马对骑牛。毫尖对笔底，绮阁对雕镂。杨柳岸，荻芦洲，语燕对啼鸠。客乘金络马，人泛木兰舟。绿野耕夫春举耜，碧池渔父晚垂钩。波浪千层，喜见蛟龙得水；云霄万里，惊看雕鹗横秋。

庵对寺，殿对楼，酒艇对渔舟。金龙对彩凤，獬豸对童牛。王郎帽，苏子裘，四季对三秋。峰峦扶地秀，江汉接天流。一湾绿水渔村小，万里青山佛寺幽。龙马呈河，羲皇阐微而画卦；神龟出洛，禹王取法以陈畴。

【十二侵】

眉对目，口对心，锦瑟对瑶琴。晓耕对寒钓，晚笛对秋砧。松郁郁，竹森森，闵损对曾参。秦王亲击缶，虞帝自挥琴。三献卞和尝泣玉，四知杨震固辞金。寂寂秋朝，庭叶因霜摧嫩色；沉沉春夜，砌花随月转清阴。

前对后，古对今，野兽对山禽。犍牛对牝马，水浅对山深。曾点瑟，戴逵琴，璞玉对浑金。艳红花弄色，浓绿柳敷阴。不雨汤王方剪爪，有风楚子正披襟。书生惜壮岁韶华；寸阴尺璧，游子爱良宵光景，一刻千金。

丝对竹，剑对琴，素志对丹心。千愁对一醉，虎啸对龙吟。子罕玉，不疑金，往古对来今。天寒邹吹律，岁旱傅为霖。渠说子规为帝魄，侬知孔雀是家禽。屈子沉江，处处舟中争系粽；牛郎渡渚，家家台上竞穿针。

【十三覃】

千对百，两对三，地北对天南。佛堂对仙洞，道院对禅庵。山泼黛，水浮蓝，雪岭对云潭。凤飞方翙翙，虎视已眈眈。窗下书生时讽咏，筵前酒客日酣酣。白草满郊，秋日牧征人之马；绿桑盈亩，春时供农妇之蚕。

将对欲，可对堪，德被对恩覃。权衡对尺度，雪寺对云庵。安邑枣，洞庭柑，不愧对无惭。魏征能直谏，王衍善清谈。紫梨摘去从山北，丹荔传来自海南。攘鸡非君子所为，但当月一；养狙是山公之智，止用朝三。

　　中对外，北对南，贝母对宜男。移山对浚井，谏苦对言甘。千取百，二为三，魏尚对周堪。海门翻夕浪，山市拥晴岚。新缔直投公子纻，旧交犹脱馆人骖。文在淹通，已咏冰兮寒过水；永和博雅，可知青者胜于蓝。

【十四盐】

　　悲对乐，爱对嫌，玉兔对银蟾。醉侯对诗史，眼底对眉尖。风飘飘，雨绵绵，李苦对瓜甜。画堂施锦帐，酒市舞青帘。横槊赋诗传孟德，引壶酌酒尚陶潜。两曜迭明，日东生而月西出；五行式序，水下润而火上炎。

　　如对似，减对添，绣幕对朱帘。探珠对献玉，鹭立对鱼潜。玉屑饭，水晶盐，手剑对腰镰。燕巢依邃阁，蛛网挂虚檐。夺槊至三唐敬德，栾棋第一晋王恬。南浦客归，湛湛春波千顷净；西楼人悄，弯弯夜月一钩纤。

　　逢对遇，仰对瞻，市井对闾阎。投簪对结绶，握发对掀髯。张绣幕，卷珠帘，石碏对江淹。宵征方肃肃，夜饮已厌厌。心褊小人长戚戚，礼多君子屡谦谦。美刺殊文，备三百五篇诗咏；吉凶异画，变六十四卦爻占。

【十五咸】

　　清对浊，苦对咸，一启对三缄。烟蓑对雨笠，月榜对风帆。莺睍睆，燕呢喃，柳杞对松杉。情深悲素扇，泪痛湿青衫。汉室既能分四姓，周朝何用叛三监。破的而探牛心，豪矜王济；竖竿以挂犊鼻，贫笑阮咸。

　　能对否，圣对贤，卫瓘对浑瑊。雀罗对鱼网，翠巘对苍崖。红罗帐，白布衫，笔格对书函。蕊香蜂竞采，泥软燕争衔。凶孽誓清闻祖逖，王家能乂有巫咸。溪叟新居，渔舍清幽临水岸；山僧久隐，梵宫寂寞倚云岩。

冠对带，帽对衫，议鲠对言谗。行舟对御马，俗弊对民岩。鼠且硕，兔多毚，史册对书缄。塞城闻奏角，江浦认归帆。河水一源形弥弥，泰山万仞势岩岩。郑为武公，赋缁衣而美德；周因巷伯，歌贝锦以伤谗。